*Carl Hilty*

# Glück - Erster Teil

Carl Hilty

**Glück - Erster Teil**

ISBN/EAN: 9783957701039

Auflage: 1

Erscheinungsjahr: 2014

Erscheinungsort: Dresden, Deutschland

© saxoniabuch, 2014, www.saxoniabuch.de

Bei diesem Buch handelt es sich um den Nachdruck eines vergriffenen Buches. Hieraus resultierende Qualitätseinbussen sind unvermeidlich. Wir bitten, diese zu entschuldigen.

# Glück

Von

**Prof. Dr. C. Hilty**

Erster Teil

56. bis 60. Tausend

1907

Leipzig  
J. C. Hinrichs'sche Buchhandlung

Frauenfeld  
Huber & Co. Verlag

## Inhaltsverzeichnis.

| | Seite |
|---|---|
| 1. Die Kunst des Arbeitens | 1 |
| 2. Epiktet | 21 |
| 3. Wie es möglich ist, ohne Intrigue, selbst im beständigen Kampfe mit Schlechten, durch die Welt zu kommen | 91 |
| 4. Gute Gewohnheiten | 119 |
| 5. Die Kinder der Welt sind klüger als die Kinder des Lichts | 137 |
| 6. Die Kunst, Zeit zu haben | 149 |
| 7. Glück | 177 |
| 8. Was bedeutet der Mensch, woher kommt er, wohin geht er, wer wohnt über den goldenen Sternen? | 213 |

# Die Kunst des Arbeitens.

## I.

Die Kunst des Arbeitens ist die wichtigste aller Künste. Denn wenn man diese einmal recht verstehen würde, so würde ja jedes andere Wissen und Können unendlich erleichtert werden. Dessenungeachtet verstehen verhältnismäßig immer nur wenige richtig zu arbeiten, und selbst in einer Zeit, in welcher vielleicht mehr als jemals früher von „Arbeit" und „Arbeitern" gesprochen wird, kann man eigentlich eine wirkliche Zunahme und größere Verbreitung dieser Kunst nicht auffallend bemerken, sondern geht viel eher die allgemeine Tendenz dahin, möglichst wenig, oder nur für eine kurze Zeit im Leben zu arbeiten, den übrigen Teil desselben hingegen in R u h e zuzubringen.

Es sind das also, wie es scheint, Gegensätze, die sich ausschließen, A r b e i t und R u h e? Das ist zu allernächst zu untersuchen, denn mit dem bloßen Preisen der Arbeit, zu dem jedermann bereit ist, kommt noch nicht die Lust zu derselben. Und so lange die Unlust zur Arbeit ein so verbreitetes Übel, beinahe eine Krankheit der modernen Völker ist, und sich jeder so bald als immer möglich dieser theoretisch gepriesenen Sache praktisch zu entziehen sucht, ist von irgend welcher Verbesserung der sozialen Zustände gar nicht die Rede. Sie wären in der Tat völlig unheilbar, wenn dies Gegensätze wären.

Denn nach Ruhe sehnt sich jedes Menschenherz. Der Geringste und Geistesärmste kennt dieses Bedürfnis, und der hochfliegendste Geist sucht nicht ewige Anstrengung; ja selbst die Phantasie hat für ein späteres, glücklicheres Dasein kein anderes Wort gefunden, als das der „ewigen Ruhe." Ist die Arbeit notwendig und die Ruhe ihr Gegensatz, dann ist das Wort: „Im Schweiße deines Angesichts sollst du dein Brot essen" wirklich ein Wort des bittern Fluches und die Erde in der Tat ein Jammertal. Denn in jeder Generation der Menschen können dann immer nur wenige ein „menschenwürdiges" Dasein führen und auch diese — worin der eigentliche Fluch liegt — nur dadurch, daß sie Ihresgleichen zur Arbeit zwingen und in der Knechtschaft der Arbeit erhalten. So sehen es in der Tat die Schriftsteller der antiken Welt an; die harte, hoffnungslose Arbeitssklaverei von Vielen mußte einem Einzigen die Mittel bieten, als freier Bürger eines politisch gebildeten Staatswesens zu leben, und noch im neunzehnten Jahrhundert haben die Bürger einer großen Republik, an ihrer Spitze sogar christliche Geistliche mit der Bibel in der Hand, den Satz verfochten, daß gewisse Menschenrassen zur Arbeit für andere auf ewige Zeiten hinaus erblich verurteilt seien. Kultur wächst nur auf dem Boden des Reichtums, Reichtum nur durch Kapitalansammlung, diese nur aus der Accumulierung der Arbeit derer, die dafür nicht den richtigen Lohn erhalten, ergo aus Ungerechtigkeit. Das sind ja die Sätze, die jetzt im Vordergrunde der Diskussion stehen. Wir wollen sie in diesen, dazu nicht bestimmten, Zeilen nicht auf ihre relative oder vollständige Wahrheit prüfen, sondern nur so viel als wahrscheinlich behaupten: Wenn alle richtig arbeiten würden, so wäre die sogenannte soziale Frage gelöst, und auf einem andern Wege wird sie überhaupt nicht gelöst werden. Mit bloßem Zwang kann das aber schwerlich jemals gemacht werden, und daraus entsteht auch, wenn selbst die physischen Mittel eines Zwanges aller gegen alle immer vorhanden wären, keine fruchtbare Arbeit. Es kommt also darauf an, im Menschen die **Lust zur Arbeit** zu wecken, und damit kommen wir wieder auf den richtigen „pädagogischen" Boden.

Diese Lust kann nicht anders entstehen als durch **Überlegung** und **Erfahrung**, niemals durch Lehre, und, wie sich leider tagtäglich erweist, auch nicht durch Beispiel. Die Erfahrung aber zeigt folgendes jedem, der es an sich selbst erproben will:

Die gesuchte Ruhe ist zunächst nicht in völliger oder möglichst großer Untätigkeit des Geistes und des Körpers zu finden, sondern umgekehrt nur in angemessen angeordneter Tätigkeit beider. Die ganze **Natur** des Menschen ist auf Tätigkeit eingerichtet, und sie rächt sich bitter, wenn er das willkürlich ändern will. Er ist freilich aus dem Paradiese der Ruhe verstoßen; aber Gott hat ihm den Befehl zur Arbeit nicht ohne den Trost der Notwendigkeit derselben gegeben. Die wirkliche Ruhe entsteht daher nur **inmitten** der Tätigkeit, geistig durch den Anblick eines gedeihlichen Fortganges einer Arbeit, der Bewältigung einer Aufgabe, körperlich in den natürlich gegebenen Ruhepausen, während dem täglichen Schlaf, dem

täglichen Essen und in der unersetzlichen Ruhe-Oase des
Sonntags. Ein solcher Zustand einer beständigen, ersprieß=
lichen, nur durch diese natürlichen Pausen unterbrochenen
Tätigkeit ist der **glücklichste**, den es auf Erden gibt;
der Mensch soll sich gar kein anderes äußeres Glück
wünschen. Ja man kann sogar noch einen Schritt weiter
gehen und hinzufügen: Es kommt dann nicht einmal so
sehr viel auf die Natur der Tätigkeit an. Jede wirk=
liche Tätigkeit, die nicht eine bloße Spielerei ist, hat die
Eigenschaft, interessant zu werden, sobald sich der Mensch
ernstlich in sie vertieft; nicht die Art der Tätigkeit macht
glücklich, sondern die Freude des Schaffens und Gelingens.
Das größte Unglück, das es gibt, ist ein Leben ohne
Arbeit und ohne Frucht derselben an seinem Ende. Daher
gibt es auch und **muß es geben ein Recht auf Arbeit**;
es ist dies sogar das **ursprünglichste** aller Menschen=
rechte. Die „Arbeitslosen" sind in der Tat die wahren
Unglücklichen in dieser Welt. Es gibt ihrer aber so viele
und noch mehr sogar in den sogenannten obern Ständen,
als in den untern, welche durch das Bedürfnis zur Arbeit
getrieben werden, während die andern durch falsche Er=
ziehung, Vorurteil und die allmächtige Sitte, die in gewissen
Kreisen die eigentliche Arbeit ausschließt, zu diesem großen
Unglück fast hoffnungslos und erblich verurteilt sind. Wir
sehen sie ja jedes Jahr ihre innere Öde und Langeweile
auch in unsere Berge und ihre Kurorte tragen, von denen
sie vergeblich Erfrischung erwarten. Ursprünglich genügte
ihnen noch der Sommer, um sich durch etwelche körperliche
Anstrengung wenigstens vorübergehend von ihrer Krankheit,

dem Müßiggang, zu erholen; nun müssen sie schon den
Winter auch dazu nehmen, und nächstens werden die
Spitäler, zu denen sie bereits unsere schönsten Täler
gemacht haben, das ganze Jahr für diese unruhige Menge
offen sein, die Ruhe überall sucht und sie nirgends findet
— weil sie sie nicht in der Arbeit sucht. „Sechs Tage
sollst du arbeiten", nicht weniger und nicht mehr. Mit
diesem Rezepte würden die meisten nervösen Krankheiten
unserer Zeit geheilt werden, soweit sie nicht bereits der
Fluch einer Abstammung von arbeitslosen Eltern sind, und
die meisten Kurärzte und Irrenärzte ihre Praxis einbüßen.
Das Leben soll man überhaupt nicht „genießen", sondern
fruchtbringend gestalten wollen. Wer das nicht einsieht,
der hat bereits seine geistige Gesundheit verloren,
und es ist nicht denkbar, daß er auch die körperliche in=
soweit behält, als es nach seiner natürlichen Beschaffenheit
und bei richtiger Lebensart möglich wäre.[1] Unser Leben
währt siebzig und wenn es hoch kommt achtzig Jahre, und
wenn es Mühe und Arbeit gewesen, so ist es köstlich
gewesen. So sollte der Spruch lauten. Vielleicht lag
das auch in seinem ursprünglichen Sinne.

Freilich tun wir gut, sogleich eine gewisse Einschränkung
beizufügen. Nicht alle Arbeit ist gleich, und es gibt auch

---

Einer der tätigsten Menschen, Livingstone, sagt: „Der
Schweiß der Stirne, wenn man für Gott arbeite, sei nervenstärkend",
und ein berühmter Schriftsteller unserer Zeit fügt hinzu: „Ruhig im
Gemüt werde man nur in der Unruhe geistiger Arbeit." Beide
sprechen zwar von ihrer speziellen Arbeit, aber offenbar aus
eigener Erfahrung.

Scheinarbeit, d. h. solche, die nur auf den Schein gerichtet oder nur zum Schein vorhanden ist. Ein Teil der sogenannten „weiblichen Handarbeiten", die bloße Soldatenspielerei, wie sie namentlich ehemals vorkam, ein großer Teil der Beschäftigung mit „Kunst", die bloß etwa in mangelhaftem und fruchtlosem Klavierspiel besteht, ein erheblicher Teil der Jagd und des sonstigen sogenannten „Sports", auch nicht am wenigsten die bloße „Administration" des eigenen Vermögens gehört dazu. Ein gescheiter und tätiger Mensch sollte etwas Befriedigenderes sich aussuchen.[1]

Das ist auch der Grund, weshalb die Arbeit an Maschinen, die mechanische und stückweise Arbeit überhaupt, so wenig befriedigt und der Handwerker oder ländliche Arbeiter viel zufriedener ist, als der Fabrikarbeiter, durch welchen erst die soziale Unruhe in die Welt gekommen ist. Derselbe sieht eben zu wenig von dem Erfolg seiner Arbeit; die Maschine arbeitet; er ist bloß i h r untergeordnetes

---

[1] Der originelle schwäbische Pfarrer Flattich erzählt ein solches Beispiel von einem Offizier seines Landes, der sich in dem bloßen unnützen Gamaschendienste seines Herzogs unglücklich fühlte und die Ursache seines Leidens nicht erkannte. Er brachte ihn zur Überzeugung dadurch, daß er ein kleines Mädchen hereinrief und diesem einen Gulden versprach, wenn es ruhig einen ganzen Tag lang auf einen Stuhl hinsitzen und einen silbernen Löffel in der Hand halten wolle. Wie er vorausgesehen, warf das Kind schon nach einer halben Stunde unwillig den Löffel hin und erklärte, eine solche unnütze Arbeit nicht tun zu wollen und auch nicht glauben zu können, daß es dafür wirklich belohnt werde. Das ist der Grund, warum viele Menschen an i h r e r „Arbeit" keine Freude haben; sie ist eben darnach.

Werkzeug, oder er hilft bloß immerfort irgend ein Rädchen erstellen, macht aber niemals eine ganze Uhr, die ein erfreuliches Kunstwerk, eine Leistung menschlicher wahrer Arbeit ist. Eine solche mechanische Arbeit verstößt gegen den natürlichen Begriff von menschlicher Würde, der auch dem Geringsten innewohnt, und befriedigt ihn nicht recht.

Umgekehrt sind diejenigen Arbeiter die glücklichsten, die sich ganz in ihre Arbeit versenken, darin aufgehen können, die Künstler, deren Geist gänzlich von ihrem Gegenstand erfüllt sein muß, wenn sie ihn erfassen und wiedergeben sollen, die Gelehrten, die außer ihrem Fache kaum noch Augen für irgend etwas anderes haben, ja selbst die „Originale" aller Gattungen, die mitunter in einem engsten Wirkungsfelde sich ihre kleine Welt erbaut haben.

Sie haben alle das Gefühl — vielleicht objektiv genommen sogar mit Unrecht — Arbeit, wahre, nützliche, für die Welt notwendige Arbeit zu leisten, keine Spielerei, und viele von ihnen erreichen in solcher beständiger, anstrengender und vielleicht sogar körperlich wenig gesunder Tätigkeit die höchsten Altersstufen, während die wenig beschäftigten aristokratischen Lebemänner und Modedamen, um gleich die unnützeste, prinzipiell am wenigsten arbeitende Menschenklasse der heutigen Welt anzuführen, an ihrer Gesundheit beständig auszubessern haben.

Das erste, was heute in unserer Welt geschehen muß, ist die Verbreitung der Einsicht und Erfahrung, daß zweckmäßige Arbeit notwendig zur Erhaltung der körperlichen und geistigen Gesundheit aller Menschen, ohne Ausnahme, und infolgedessen zu ihrem Glücke sei.

Woraus dann notwendig folgen wird, daß die Müßiggänger von Beruf nicht als eine bevorzugte, „distinguierte" Klasse, sondern als dasjenige angesehen werden, was sie sind, als geistig unvollkommene oder ungesunde Menschen, die die richtige Lebensführung verloren haben. Sobald einmal die Sitte, die der Ausdruck einer allgemeinen befestigten Überzeugung ist, sich dahin ausgesprochen haben wird, dann und erst dann wird eine bessere Ära für die Welt herankommen. Bis dahin krankt sie an ungehöriger Arbeit der einen und ungenügender der andern, die sich gegenseitig bedingen, und es ist noch sehr die Frage, welcher von beiden Teilen der reell unglücklichere ist.

Weshalb, fragen wir aber weiter, sind diese Sätze, deren Erfahrungsgrundlage eine tausendjährige ist, die auch jeder an sich selbst täglich erproben kann, wenn er arbeitet oder nicht arbeitet, und die alle Religionen und Philosophien predigen, noch nicht durchgedrungen, dergestalt, daß es z. B. noch Tausende von „Damen" gibt, die auf die Bibel große Stücke halten, die Todesstrafe z. B. sehr eifrig verteidigen, die nicht so deutlich darinnen steht, aber mit bewundernswerter Gemütsruhe, einem ganz klaren Gebote zuwider, höchstens einen Tag, wenn nicht gar keinen, arbeiten und sechs in ihrem Damenberufe ruhen? Das kommt vorzugsweise von der unrichtigen Einteilung und Anordnung der Arbeit, die allerdings dadurch auch eine reelle Last werden kann, und damit kommen wir auf die Überschrift unseres Themas zurück.

Hier allein ist nun eine gewisse Belehrung möglich, demjenigen gegenüber, der bereits von dem Grundsatz

der Notwendigkeit irgend einer Arbeit überzeugt ist und
sie gerne angreifen möchte, wenn ihm nicht merkwürdiger=
weise immer wieder etwas in die Quere käme.

## II.

Die Arbeit hat in der Tat, wie jede Kunst, auch
ihre Kunstgriffe, mittelst welcher man sie sich merklich
erleichtern kann, und nicht nur das Arbeitenwollen,
sondern auch das Arbeitenkönnen ist eine nicht ganz
leichte Sache, welche manche Leute niemals lernen.

1) Der erste Schritt zur Überwindung eines Hinder=
nisses besteht darin, dasselbe kennen zu lernen. Das
Hindernis für das Arbeitenkönnen ist hauptsächlich Träg=
heit. Jeder Mensch ist von Natur träge; es kostet
ihn stets Anstrengung, sich über das gewöhnliche, sinnlich=
passive Dasein zu erheben; Trägheit zum Guten ist über=
haupt unser eigentliches Grundlaster. Es gibt daher keine
Menschen, die von Natur arbeitsam sind, nur von
Natur und Temperament mehr oder weniger lebhafte.
Auch die lebhaftesten würden, ihrer Natur nachgebend, sich
lieber anders unterhalten als durch die Arbeit. Die Arbeit=
samkeit entsteht lediglich aus einem stärkern Motiv, als
das der sinnlichen Trägheit ist, und dieses Motiv ist stets
ein doppeltes. Entweder ein niedriges, nämlich eine
Leidenschaft, besonders Ehrgeiz und Habsucht, beziehungs=
weise eine Notwendigkeit: Lebenserhaltung; oder ein hö=
heres: Pflichtgefühl und Liebe, sei es zu der Arbeit selber,
oder zu den Menschen, für die sie geschieht. Das edlere

Motiv hat namentlich das für sich, daß es viel nachhaltiger ist und nicht an den Erfolg sich knüpft, daher weder durch Überdruß infolge des Mißlingens, noch durch Sättigung, Erreichung des Zweckes an Stärke verliert. Deswegen sind Ehrgeizige und Habsüchtige zwar oft sehr fleißige, seltener aber vollkommen stetige, gleichmäßig fortschreitende Arbeiter, und fast immer begnügen sie sich auch mit dem Scheine von Arbeit, wenn er nur die gleichen günstigen Ergebnisse für sie selbst, wenn auch keineswegs für ihre Nebenmenschen hat. Ein Teil der kaufmännischen und industriellen und wir müssen leider auch sagen der wissenschaftlichen und künstlerischen Arbeit hat heute diesen vorwiegenden Charakter. Wenn man also z. B. einem jungen ins Leben tretenden Manne einen ersten Rat zu geben hätte, so würde es der sein: Arbeiten Sie aus Pflichtgefühl und aus Liebe zu einer Sache oder zu bestimmten Menschen. Schließen Sie sich irgend einer großen Angelegenheit der Menschheit an, der politischen Befreiung der Völker, der Ausbreitung der christlichen Religion, der Hebung der untern verwahrlosten Klassen, der Beseitigung der Trunkenheit, meinetwegen auch der Herstellung des ewigen Friedens unter den Nationen, oder der Sozialreform, der Wahlreform, der Hebung des Straf- und Gefängniswesens 2c. — es gibt ja heute eine sehr große Auswahl von solchen Zwecken, — dann werden Sie am ehesten einen stetig von außen her auf Sie wirkenden Antrieb und, was anfangs sehr viel tut, auch Gesellschaft in der Arbeit haben. Es sollte kein junger Mensch (männlich oder weiblich) heute mehr in den zivilisierten Völkern vorkommen, der nicht in irgend einer solchen Armee des Fortschrittes aktives Mitglied ist. Das allein hebt und stärkt den jugendlichen Menschen und gibt ihm Ausdauer, daß er schon frühzeitig über sich hinaus kommt und nicht allein für sich lebt. Der Egoismus ist stets eine Schwäche und erzeugt lauter Schwächen.

2) Gegen die Trägheit dient sodann als wirksamstes Hilfsmittel zum Arbeiten die große Macht der Gewohn= heit. Weshalb sollten wir diese gewaltige Kraft, die gewöhnlich nur im Dienste unserer sinnlichen Natur steht, nicht auch ebenso gut für die höhere nutzbar machen können? Man kann sich in der Tat ebenso gut an die Arbeit, die Mäßigkeit, die Sparsamkeit, die Wahrhaftigkeit, die Frei= gebigkeit gewöhnen, wie an die Faulheit, die Genußsucht, die Verschwendung, die Übertreibung und den Geiz. Und wir wollen gleich hinzufügen: keine menschliche Tugend ist ein gesicherter Besitz, solange sie nicht zur Gewohnheit geworden ist. So gewöhnt man sich auch allmählich an die Arbeit, dergestalt, daß der Widerstand der Trägheit immer schwächer wird und zuletzt ein arbeitsames Leben zum Bedürfnisse wird. Wenn dies eintritt, dann ist der Mensch einem sehr großen Teil der gewöhnlichen Lebensschwierigkeiten entgangen.

Hier gibt es nun namentlich einige kleine Kunstgriffe, womit der Mensch sich selbst den Weg zur gewohnheits= mäßigen Arbeitsamkeit erleichtern kann. Es sind folgende:

Das allererste ist: anfangen können. Der Ent= schluß, zu einer Arbeit hinzusitzen, seinen Geist auf die Sache zu richten, ist im Grunde das allerschwerste. Hat man erst einmal die Feder oder die Hacke in der Hand und den ersten Strich oder Schlag getan, so ist die Sache schon um vieles leichter geworden. Es gibt aber Leute, denen immer noch etwas zum Anfangen fehlt und die vor lauter Vorbereitungen (hinter denen sich ihre Trägheit verbirgt) nie dazu kommen, bevor sie müssen, wo dann wieder das geistige, oft sogar körperliche Fieber, das aus diesem Gefühl der Bedrängnis infolge der kurz gewordenen Zeit entsteht, der Arbeit Eintrag tut.

Andere warten auf eine besondere Inspiration, die aber niemals leichter als eben bei und während der Arbeit kommt. Es ist (wenigstens für den Verfasser) eine Erfahrungstatsache, daß während der Arbeit dieselbe immer anders wird, als man sie sich zum voraus dachte, und daß man in keiner Ruhezeit so viele Ideen fruchtbarer und oft völlig anderer Gattung hat, als während des Arbeitens selber. Da kommt es also darauf an, nichts zu verschieben, auch nicht leicht irgend eine körperliche oder geistige Indisposition bei sich als Vorwand gelten zu lassen, sondern täglich eine bestimmte, wohl= abgemessene Zeit der Arbeit zu widmen.

Sieht dann der schlaue „alte" Mensch (um ihn mit dem Apostel Paulus zu bezeichnen), daß er doch auf jeden Fall eine gewisse Zeit irgend etwas arbeiten muß und nicht gänzlich seiner Ruhe pflegen darf, so entschließt er sich in der Regel ziemlich leicht, in diesem Falle auch gerade das zu tun, was heute am nötigsten ist.

3) Unendlich viele Menschen verlieren ihre Zeit und ihre Arbeitslust bei geistigen, produktiven Arbeiten mit der

Einteilung oder noch mehr mit der Einleitung der Arbeit. Abgesehen davon, daß gewöhnlich eine künstliche, tiefsinnige, oder überhaupt weither geholte Einleitung gar nicht zweckmäßig ist, sondern ungeeigneter Weise vorweg nimmt, was erst später folgen sollte, so ist ein ganz allgemein anwendbarer Rat jedenfalls der, die Einleitung und den Titel zuletzt zu machen. Sie ergeben sich dann gewöhnlich ganz von selber, und man fängt viel leichter an, wenn man gleich ohne jedes præambulum mit dem tatsächlich am besten bekannten Hauptabschnitte beginnt. Aus dem gleichen Grunde liest man ein Buch viel leichter, wenn man die Vorrede und meistenteils sogar das erste Kapitel zunächst überschlägt; der Verfasser dieses Aufsatzes wenigstens liest niemals die Vorrede zuerst und findet, wenn er nach dem Lesen des Buches einen Blick hineinwirft, beinahe ausnahmslos, daß er nichts dabei verloren hat. Es gibt allerdings auch Bücher, in denen die Vorrede das Beste ist; die sind aber überhaupt nicht sehr lesenswert.

Man kann ohne Gefahr noch einen Schritt weiter gehen und sagen: fange überhaupt (abgesehen von Einleitung oder Hauptteil) mit dem an, was dir am leichtesten ist; nur fange an. Der Umweg, der in der Anordnung der Arbeit dadurch verursacht werden kann, daß man nicht ganz systematisch arbeitet, wird mehr als ersetzt durch den Zeitgewinn.[1]

---

[1] Ein sehr berühmter Gelehrter (Bengel) sagt geradezu, er habe alle seine Kenntnisse der Gewohnheit zu verdanken, immer im Studium bei dem leichtesten zu beginnen.

Hiezu kommen als Korrelate schließlich noch zwei Punkte. Der eine heißt: "Sorge nicht für den morgigen Tag; ein jeder hat genug seiner eigenen Plage." Der Mensch hat die gefährliche Gabe der Phantasie, die ein viel ausgedehnteres Wirkungsgebiet hat, als seine Kraft. Sie stellt ihm die ganze Arbeit, die er vorhat, als ein zu Leistendes auf einmal vor Augen, während seine Kraft sie bloß nach und nach bewältigen kann und sich immer wieder zu diesem Zweck völlig erneuern muß. Arbeite also gewohnheitsgemäß stets nur für das Heute; das Morgen kommt von selber und mit ihm auch die neue morgige Kraft.

Das andere heißt: Man soll, namentlich bei geistigen Arbeiten, die Sache zwar recht machen, aber auch nicht ganz erschöpfen wollen, so daß gar nichts zu sagen oder zu lesen mehr übrig bliebe. Hiezu reicht heute die Kraft keines Menschen mehr aus; sondern es handelt sich im besten Falle darum, ein verhältnismäßig kleines Gebiet ganz und ein größeres in seinen wesentlichen Hauptpunkten zu verarbeiten. Wer zu viel will, der leistet jetzt gewöhnlich zu wenig.

4) Um gut zu arbeiten, dazu gehört: Nicht ohne Frische und Lust fortarbeiten. Anfangen soll man wohl auch ohne Lust — sonst finge man in der Regel gar nicht an, — aber aufhören, sobald infolge der Arbeit eine gewisse Ermüdung sich einstellt. Dabei ist es aber gar nicht nötig, deshalb die Arbeit überhaupt aufzugeben, sondern in der Regel bloß diese bestimmte Arbeit. Denn der Wechsel der Arbeit ist beinahe ebenso

erfrischend als die nötige Ruhe. Ohne diese Einrichtung unserer Natur würden wir überhaupt nicht sehr arbeitsfähig sein.

5) Um dagegen viel arbeiten zu können, muß man **Kraft sparen**. Dies geschieht praktisch dadurch besonders, daß man keine Zeit an unnütze Tätigkeiten wendet. Es ist nicht auszusprechen, wie viel Lust und Kraft zur Arbeit durch solche verloren geht. Wir rechnen dazu in allererster Linie die übermäßige Zeitungslektüre und in zweiter die übermäßige Vereins- und politische Tätigkeit, namentlich den Teil der letztern, welche unter dem Namen „Kannegießerei" weit und breit bekannt ist. Unzählige Menschen fangen z. B. ihren Morgen, die beste Arbeitszeit, mit der Zeitung an und beenden ihren Tag ebenso regelmäßig an einem Vereins- oder Gesellschafts-, wenn nicht gar einem Spieltisch. Was sie, wenn sie des Morgens ein ganzes Zeitungsblatt oder deren mehrere gelesen haben, am folgenden Tag noch davon an geistigem Gewinn behalten, wäre in den meisten Fällen schwer zu sagen; sicher aber ist das, daß sie meistens nach Beendigung dieser Lektüre eine gewisse Unlust zur Arbeit verspüren und zu einem weitern Blatte greifen, wenn ein solches sich gerade noch im Bereiche ihrer Hand befindet.

Ein Mensch, der **viel arbeiten will**, muß eine jede **unnütze** geistige, und man darf auch beifügen körperliche Beschäftigung sorgfältig meiden und seine Kraft für das zusammenhalten, was er soll.

6) Für die geistige Arbeit (die wir stets in erster Linie im Auge haben) ist endlich ein letztes großes

Erleichterungsmittel: das Wiederholen, oder, anders ausgedrückt, das Überarbeiten. Fast jede geistige Arbeit wird anfänglich lediglich im allgemeinen Umrisse erfaßt; erst bei dem zweiten Angriffe entwickeln sich ihre feineren Linien und ist das Verständnis dafür offener, vorbereiteter. Es ist daher auch der rechte Fleiß, wie ein bedeutender Schriftsteller unserer Zeit sagt, nicht etwa bloß „anhaltende Tätigkeit, die sich keine Ruhe gönnt, sondern vielmehr Versenkung in das, was geschaffen werden soll, mit der Sehnsucht, das geistige Vorbild in sichtbare Formen ganz hineinzubringen. Was man gemeinhin Fleiß nennt, Sorgfalt, ein größeres Material zu bewältigen und in einer gewissen Zeit darin sichtbar voranzukommen, das ist bloß eine Voraussetzung, die sich von selbst versteht, und steht weit unter jenem höheren, geistigen Fleiß, der stets arbeitet und nie fertig ist."

Wir wußten diesen Gedanken nicht besser auszudrücken, und in der Tat wird durch diese Auffassung der Arbeit auch das letzte Bedenken beseitigt, das wir anfänglich hatten, und die Kontinuität der Arbeit (trotz und während der notwendigen Ruhe) hergestellt, die doch eigentlich unser unabweisbares Ideal von rechter Arbeit ist.

Der Geist arbeitet immerfort, wenn er einmal diesen wirklichen Fleiß der Versenkung kennt, und es ist in der Tat merkwürdig genug zu beobachten, wie oft nach solchen (nicht übermäßig verlängerten) Arbeitspausen die Sache unbewußt fortgeschritten ist. Es ist alles wie von selbst klarer geworden; viele Schwierigkeiten erscheinen plötzlich wie gelöst; der anfängliche Vorrat von Ideen hat sich vergrößert und plastische Gestalt, Darstellungsfähigkeit, gewonnen, und die erneuerte Arbeitsleistung erscheint jetzt oft nur noch wie ein mühe loses Einsammeln dessen, was inzwischen ohne unser Zutun reif geworden ist.

Dies ist dann die Belohnung der Arbeit, neben derjenigen, die man gewöhnlich und zwar mit vollem Rechte anführt, daß nämlich nur der, welcher arbeitet, weiß, was Genuß und Erholung ist. Ruhe, ohne vorher gearbeitet zu haben, ist der gleiche Genuß, wie Essen ohne Appetit. Der beste, angenehmste, lohnendste und dazu noch überdies der wohlfeilste Zeitvertreib ist immer die Arbeit.

Wenn Sie mich, geehrter Herr Direktor,[1] aber schließlich etwa fragen, welchen Zweck diese Auseinandersetzung speziell in einem Schulblatte habe, so antworte ich darauf: die Kunst der Erziehung scheint mir wesentlich darin zu bestehen, in dem Zögling einerseits Lust und Geschick zur Arbeit hervorzubringen und ihn andererseits zu veranlassen, seinen Willen rechtzeitig in den Dienst irgend einer großen Sache zu stellen.

Und wie die Sachen heutzutage in der Welt stehen, erscheint die Erwartung gerechtfertigt, daß eine soziale Revolution auch wieder die dermaligen Arbeitenden zur herrschenden Klasse machen werde, gerade so wie diejenige zu Anfang des neunzehnten Jahrhunderts den tätigen Bürger über den müßigen Adeligen und Geistlichen emporgehoben hat.

---

[1] Der Aufsatz wurde auf Ersuchen des graubündnerischen Seminardirektors in die „Bündner Seminarblätter" geschrieben.

Wo immer dieser Bürger seither ein Müßiggänger geworden ist, der, wie seine Vorgänger, bloß noch von seinen Renten, d. h. von der Arbeit anderer leben will, wird er ebenfalls verschwinden müssen.

Die Zukunft gehört und die Herrschaft gebührt zu allen Zeiten der Arbeit.

# Epiktet.

Hochgeehrter Herr Direktor! [1]

Wenn ich Ihrem Wunsche diesmal durch einen Aufsatz über einen antiken Stoiker entspreche, dessen Lehren mir stets einen besondern pädagogischen Wert zu haben schienen, so hoffe ich damit nicht in Widerspruch mit der allgemeinen Tendenz der Seminarblätter zu kommen. Sie selbst legen ja doch, nach dem Vorgange Zillers, den Accent auf den erziehenden Unterricht, der auch bei jenem Philosophen bei weitem die Hauptsache [2] bildet, und meine eigene Ansicht von dem gesamten jetzigen Lehrwesen ist sehr ausgesprochen die, daß vor allem die Ausbildung der Individualität, sowohl im Lehrer als im Schüler, mehr Raum geschaffen werden muß.

Wenn ich auch gerne zugeben will, daß jeder Beruf seine Methode hat und haben muß, so scheint mir doch bei dem gesamten Lehrerberuf, von der untersten bis zur obersten Stufe, die lebensvolle, individuell ausgestaltete Persönlichkeit die Hauptsache zu sein, welche auf andere, noch unfertige Geister wirken und sie ebenfalls zu solchen Persönlichkeiten erziehen soll.

[1] Die Adresse war gerichtet an den Seminardirektor in Chur, in dessen „Bündner Seminarblättern" der Aufsatz zuerst erschienen ist.

[2] Er pflegte u. a. zu sagen, daß die Wissenschaft in einem unreinen und unwahren Gemüt ebenso unbrauchbar werde, wie der Wein in einem unreinen Gefäß.

Großer Mangel an selbständigen Persönlichkeiten, das ist mehr und mehr das charakteristische Merkmal unserer Zeit. Bewußter gewordene, schulmäßig gebildetere und insoweit vielleicht lebens= oder wenigstens erwerbsfähigere Massen haben wir wohl gegenüber den früheren Perioden unserer Geschichte; aber es fehlt dabei die Originalität im einzelnen und nach und nach in der Gesamtheit, die uns deutlich von andern Völkern unterscheidet und in der nach meinen Begriffen eine Hauptbedingung für eine nationale Fortexistenz liegt. Vergleicht man z. B. die politischen und nationalökonomischen Aufsätze, die zu Anfang des neunzehnten Jahrhunderts noch in den graubündnerischen „Sammler" geschrieben wurden, oder die politischen Flugschriften, welche diese Übergangsperiode erzeugte,[1] mit der heutigen periodischen Literatur, so wird man den erstgenannten Schriften, die allerdings nur von wenigen Personen der damaligen Zeit verfaßt werden konnten, nach Form und Inhalt den Vorzug zuerkennen müssen. Das Volk von Graubünden war im Jahr 1800 ein durch Schulen sehr wenig gebildetes, aber durch das Leben sehr geschultes und jedenfalls weit originelleres und in mancher Hinsicht nachdenkenderes Volk, als es heute ist.

Das Beispiel steht auch keineswegs etwa vereinzelt da. Im helvetischen Archiv können Sie ganze Foliobände von gesammelten Berichten, Vorschlägen ꝛc. vom ersten bis zum letzten Blatt mit Vergnügen lesen; es ist kein einziges Stück dabei, das nicht durch den Geist und die Auffassung,

---

[1] z. B. den „Friedensengel" und das „Gespräch der drei Landsleute von 1814", beide abgedruckt im „Politischen Jahrbuch" von 1887.

die durchblicken, lebhaft anregend wirkt. Ob dies in hundert Jahren mit dem jetzigen Bundesblatte auch der Fall sein wird, lasse ich dahingestellt. Das ist der Zauber der ausgeprägten Individualität, den die Welt jederzeit, wenn auch widerwillig, anerkennt.

Möglichst viele wirkliche Persönlichkeiten zu erziehen, das wäre eigentlich, glaube ich, die Quintessenz unseres Lehrerberufes.

Wie wird dies aber gemacht? Mit Schulbildung allein gewiß nicht; sonst müßten wir ja jetzt in der Welt mehr solcher Persönlichkeiten als jemals besitzen, während wir in großen gebildeten Ländern verhältnismäßig wenige sehen. Alles andere ist nur noch lauter „Partei" und „Gruppe", bei welcher die Zahl allein maßgebend ist.

Ich meinerseits habe die vom Schulstandpunkte wahrscheinlich paradoxe Meinung, daß Persönlichkeit durch Selbsterziehung und Beispiel entsteht, Sache der Occupation, nicht der Tradition ist (wobei allerdings die Schule eine gewisse Anregung und sogar Anleitung geben muß), und daß es nur zwei „Methoden" gibt, durch welche diese Selbsterziehung erreicht werden kann, den Stoizismus und das Christentum.

Von dem letzteren Wege, welchen einstweilen die Theologen in Erbpacht haben, wollen wir hier nicht ausführlich reden, obwohl wir persönlich der Meinung sind, ein Weltmensch wie Gordon Pascha habe ihn seiner Zeit besser gepredigt als die sämtliche englische Geistlichkeit, und in seinem kleinen Büchlein „Betrachtungen in Palästina" sei neben der sehr abstrusen Form eine authentischere Auf=

fassung des Christentums enthalten als in den Werken Calvins. Es ist dieser eine, sehr schmale Weg zur menschlichen Ausgestaltung aber nicht „Jedermanns Ding", und wir möchten vielmehr beinahe mit dem letztgenannten großen Reformator glauben, es gehöre eine Art von Prädestination, mindestens eine besondere Art von einfältiger, kindlicher, wenig spitzfindiger Natur dazu, die unsern komplizierten Zeitgenossen meistens und immer mehr abgeht.

Dagegen ist der Stoizismus ein Produkt ähnlicher Zeiten, wie sie gegenwärtig vorhanden sind, hervorgegangen aus notgedrungenem Nachdenken über die Quelle und Möglichkeit eines Glückes für dieses Leben und für Alle, wie es auch jetzt wieder ungemein viele Gemüter bewegt.[1] Er hat gar nichts Übernatürliches an sich; er fordert keinen

---

[1] Die meisten Menschen, die sich über ein rein tierisches Dasein erheben, sind dabei auch heute, wie damals am Ausgange der klassischen Zeit, der Meinung, daß es ein gewisses Sittengesetz geben müsse, auf welchem sowohl der eigentliche Wert des einzelnen Individuums, wie die Möglichkeit des Zusammenlebens der Menschen beruhe und das der Wertmesser der jeweiligen Kultur der Völker sei. Welches aber diese Gebote der Sittlichkeit sind und woher sie ihre Autorität nehmen, darüber gehen die Ansichten schon sehr auseinander. Noch schlimmer ist es, daß ein Teil der vorhandenen Sittlichkeitsgebote zwar einen unbezweifelten theoretischen Respekt genießt, faktisch aber gar nicht als absolut verpflichtend angesehen wird. Wie weit dies geht, läßt sich am besten aus einer Vergleichung der zwei bekanntesten Aufzeichnungen dieser Art, des mosaischen Dekalogs und der Bergpredigt, mit dem Laufe der Welt erkennen. Gegen das erste und zehnte Gebot fehlen die meisten Menschen fast gewohnheitsgemäß, und es wäre schwer, oder vielmehr eher leicht zu sagen, welchen Göttern eigentlich die heutige Welt

Glauben, sondern wendet sich immer nur an den gewöhnlichen gesunden Menschenverstand und ist entstanden aus den Bedürfnissen ähnlicher Menschen, wie die heutigen, nach etwas Besserem, als der bloße ästhetische Genuß in den höheren und die tägliche "Magenfrage" mit ihrer dient. Die sechs Tage Arbeit betrachten die allerfrömmsten Herren und Damen meistens als etwas, was sich doch nur für gewisse untere Klassen schicke. Für die Seligpreisungen der Bergpredigt haben die allerwenigsten Christen ein überzeugtes Verständnis, und einiges andere, was dort positiv vorgeschrieben ist, verbietet heute ganz ruhig die allgemeine Anschauung, wenn nicht sogar das Staatsgesetz. (Vgl. z. B. Ev. Matth. V, 32. 39. 42. 44; VI, 19. 34.) Vollends die Lebensregeln des Apostels Paulus im XII. Kapitel des Römerbriefes, Vers 16—21, wollen wir kaum anführen. Wer "trachtet nicht nach hohen Dingen und hält sich lieber herunter zu den niedrigen?" Und doch ist dies eine Grundbedingung des menschlichen Glücks.

Eine gewisse Durchschnittsmoral, die auf einer allgemeinen Zivilisation und einem geordneten Rechtszustand beruht, ist an Stelle der innerlichen Sittlichkeit getreten, wie dies in den ersten Jahrhunderten des römischen Kaiserreichs der Fall war, und es gibt auch jetzt, wie damals, zahllose Gebildete, die gerade darin den Fortschritt einer allgemeinen Kultur über einseitige oder beschränkte Anschauungen erblicken. Es ist nur schade, daß diese breiteren Grundlagen menschlicher Verhältnisse sich schließlich nicht als fest genug erweisen und weder für die einzelnen, noch für das Ganze das allgemeine Wohlbefinden hervorrufen, das man von einer solchen Kulturepoche erwartet; weitaus die meisten Menschen leben im Gegenteil in einem beständigen Schwanken zwischen Übermut und Furcht. Unter solchen Umständen suchen dann ernstere Geister die verschütteten wahren Quellen desselben wieder aufzudecken, und daraus entstehen die Philosophien stoischer Richtung und die religiösen Regenerationen.

beständigen Sorge und Klage in den unteren Gesellschafts=
kreisen.

Gegen diese beiden Lebens= und Weltanschauungen
richtet sich die stoische Philosophie, und es ist ihr gelungen,
in einzelnen Menschen wenigstens den Beweis zu er=
bringen, daß sie wirklich im stande sei, ausgeprägte, in
sich gefestigte Persönlichkeiten zu erziehen, die in allen
denkbaren Lebenslagen über die Wechselfälle ihres Ge=
schickes erhaben sind.

Die interessantesten dieser merkwürdigen Menschen sind
der Kaiser Marc Aurel und der Sklave Epiktet. Sie
sind es nicht allein deshalb, weil sie die Wirkungen der
Philosophie in so verschiedenen Lebenslagen zeigen, sondern
auch weil wir von ihnen allein eigentlich recht genießbare
Schriften über ihre Anschauungen besitzen. Von dem
Kaiser die jetzt sogenannten „Meditationen", eine Art nur
für den eigenen Gebrauch bestimmten Sentenzenbüchleins,
das bei seinem Tode in den Falten seines Kleides auf=
gefunden wurde. Dieselben sind bekannter und leicht zu
haben, enthalten jedoch bloß zufällige Gedanken, wie sie
eben jeder Tag für den vielbeschäftigten Herrscher brachte,
ohne systematische Anordnung oder gar Lehrzweck. Da=
gegen sind die Lehrsätze des Sklaven Epiktet weniger ver=
breitet. Ich weiß meinerseits nicht, ob es überhaupt davon
eine neue deutsche Ausgabe gibt.[1] In meinem Besitze ist

---

[1] Eine solche ist mir erst nach Abfassung dieses Aufsatzes zu
Gesicht gekommen; sie ist von H. Stich 1884 und enthält nebst der
Übersetzung des Handbuchs noch einige angeblich von Epiktet her=
rührende Aussprüche, die von andern antiken Schriftstellern, besonders

nur die mangelhafte Übersetzung von Junker (1826), sodann die Übersetzung des alten Kommentars des Simplicius von Schultheß (1778), und die Übersetzung der Unterredungen Arrians von Schultz 1801.[1] Die nachfolgende Revision versucht es nunmehr, das wesentliche auf uns kommende Werklein in verständlichem Deutsch Ihren Lesern vorzustellen.

Was wir von den Lebensverhältnissen dieses Philosophen wissen, ist mit wenigen Worten zu berichten. Wir haben nicht nötig, wie bei verstorbenen modernen Schriftstellern, Bände von immer neuen Biographien, Briefen, Tagebüchern nachzulesen, um auf das zu kommen, was wir am Ende doch allein von ihnen zu erfahren wünschten, nämlich den geheimnisvollen Kern ihres innern Lebens und den Weg, den sie einschlugen, um zu der bedeutenden Entwicklung desselben zu gelangen.

---

von Stobäus, erwähnt worden. Einzelne dieser Aussprüche sind originell, z. B.: „Drei Reben hat der Weinstock; die erste trägt die Lust, die zweite den Rausch, die dritte das Verbrechen"; oder: „Das Kleinlichste auf Erden ist Habsucht, Vergnügungssucht und Großsprecherei, das Größte Großmut, Sanftmut, Wohltätigkeit."

Sehr wahr ist auch besonders folgendes: „Wer Geld, Lust oder Ruhm liebt, liebt die Menschen nicht."

[1] Aus dem achtzehnten Jahrhundert gibt es noch deutsche Übersetzungen von Schultheß (1776, 1778), Link (1783), Thiele (1790); französische sind von Dacier, Boileau, Bellegarde und Guyau vorhanden. Die Ausgabe von Junker ist im Buchhandel nur schwer erhältlich. Von den griechischen und lateinischen Ausgaben, die ziemlich zahlreich sind, scheinen diejenigen von Heyne (1756, 1776, 1781) die bekanntesten, wenigstens in Deutschland, zu sein.

In der nämlichen Gedrängtheit sind auch die philosophischen Lehren Epiktets auf uns gekommen, was für ihre praktische Brauchbarkeit auch einen erheblichen Vorzug bildet. Der Mensch bedarf weder auf dem philosophischen noch auf dem religiösen Wege vieler Anweisungen. Es kommt vielmehr wesentlich darauf an, daß er diejenigen, welche er besitzt, wirklich glaubt und entschlossen anwendet. Und wenn wir die inneren Lebensgeschichten wahrhaft bedeutender Menschen besser kennten, so würden wir regelmäßig sehen, daß sie das, was sie vor so vielen auszeichnete und für die Menschheit wohltätig machte, sehr wenigen, aber festen Grundsätzen wahrer Philosophie oder Religion und daneben guten Gewohnheiten verdankten, die sie teils ererbt, teils auch durch eigenes Nachdenken und eigene Entschließung sich angeeignet hatten, während das Ganze dessen, was man jeweilen Philosophie oder Religion nennt, bei den meisten Menschen dekorativ, im besten Falle ein Wissen ohne direkte Einwirkung auf ihr praktisches Leben ist. Sonst müßten ja die gelehrtesten Philosophen und Theologen auch immer die besten Menschen sein.

Ein Charakter obenbezeichneter Art scheint Epiktetos gewesen zu sein.[1] Was wir von ihm Bestimmtes wissen, ist, daß er unter der Regierung der späteren Kaiser des

---

[1] Eine ausführliche Schilderung seines „Lebens und Todes" durch seinen Schüler Arrian aus Nicomedia (Präfekt von Kappadocien unter Hadrians Regierung) ist nicht mehr vorhanden. Der nämliche Arrian ist auch der Verfasser, resp. Aufzeichner des nachstehenden sogenannten „Handbuchs" (enchiridion) Epiktets und einer weitläufigeren, aber weit weniger interessanten Sammlung von „Unterredungen" desselben mit seinen Schülern, wovon aber auch

julischen Hauses im ersten Jahrhundert unserer Zeitrechnung zu Hierapolis in Phrygien in geringem Stande geboren ward und sodann schon frühzeitig in seinem Leben Sklave eines rohen Menschen Epaphroditos, Freigelassenen (nach andern Leibwächter) des Nero, wurde, der ihn mitunter körperlich mißhandelte, später aber freiließ. Infolge einer solchen Mißhandlung hatte er zeitlebens ein lahmes Bein. Er lebte in völliger Armut auch nach seiner Freigebung, indem alle seine äußeren Besitztümer in einer Bank, einem Kissen und einer Lampe[1] bestanden haben sollen, und heiratete daher auch erst in späterem Alter, wesentlich deshalb, um das Kind eines seiner Freunde desto besser annehmen und erziehen zu können. Unter der Regierung Domitians, welcher die Philosophen aus begreiflichen Ursachen haßte, wurde Epiktet aus Rom und ganz Italien ausgewiesen und hielt sich fortan zeitweise zu Nicopolis[2] in Epirus auf, bis er (erst nach dem Tode Domitians wahrscheinlich) zurückkehren durfte. Nach einzelnen unwahrscheinlichen Nachrichten soll er noch mit Hadrian

---

vier Bücher (von den ursprünglichen acht) verloren gegangen sind. Der oben beiläufig erwähnte Kommentator Simplicius aus Cilicien lebte im sechsten Jahrhundert unter Justin und Justinian und war öffentlicher Lehrer der Philosophie in Athen.

[1] Diese letztere kaufte nach seinem Tode, wie Lucian erzählt, um einen hohen Preis (3000 Drachmen) ein reicher Mensch, der wahrscheinlich bei Lebzeiten des Philosophen nie daran gedacht hatte, ihn vor dem Verhungern zu schützen. Dergleichen kommt auch noch heute vor.

[2] Es ist dies die von Augustus zu Ehren des entscheidenden Sieges von Actium erbaute Stadt.

befreundet gewesen sein, ja sogar bis zur Zeit Marc Aurels gelebt haben und 110 Jahre alt gestorben sein.[1] Die Umstände seines Todes sind unbekannt; doch läßt sich aus dem Titel der verloren gegangenen Biographie Arrians schließen, daß dieselben etwas Bemerkenswertes an sich hatten.

Christliche Schriftsteller der späteren Zeit, worunter der h. Augustin, rechneten Epiktet, wie Seneca und Marc Aurel zu den Halbchristen, und es wurde sogar die Vermutung aufgestellt, sein Herr Epaphroditos sei der in den beiden Briefen des Paulus an die Kolosser und Philipper

---

[1] Eine eigene Bemerkung des Marc Aurel in seinen Meditationen I, 7 scheint eher für das Gegenteil zu sprechen. Sie lautet:

Dem Rusticus verdanke ich, daß es mir einfiel, in sittlicher Hinsicht für mich zu sorgen und an meiner Veredlung zu arbeiten; daß ich frei blieb von dem Ehrgeiz der Sophisten; daß ich nicht Abhandlungen schrieb über abstrakte Dinge, noch Reden hielt zum Zwecke der Erbauung, noch prunkend mich als einen streng und wohlgesinnten jungen Mann darstellte, und daß ich von rhetorischen, poetischen und stilistischen Studien abstand; daß ich zu Hause nicht im Staatskleid einherging oder sonst etwas tat, und daß die Briefe, die ich schrieb, einfach waren, so einfach und schmucklos wie der seinige an meine Mutter von Sinuessa aus.

Ihm habe ich es auch zu danken, wenn ich mit denen, die mich gekränkt oder sonst sich gegen mich vergangen haben, leicht zu versöhnen bin, sobald sie nur selbst schnell bereit sind, wieder zu kommen. Auch lehrte er mich, was ich las, genau lesen und mich nicht mit einer oberflächlichen Kenntnis begnügen, auch nicht gleich beistimmen dem, was oberflächliche Beurteiler sagen. Endlich war er's auch, der mich mit den Schriften Epiktets bekannt machte, die er mir aus freien Stücken mitteilte.

erwähnte gewesen.[1] Es bedarf jedoch, abgesehen von dem Mangel eines jeden Beweises hiefür, nur eines kurzen Einblicks in die nachfolgenden Sentenzen, um den eigentümlichen Geist der stoischen Philosophie darin zu erkennen, die dem Geiste des Christentums zwar in einzelnen ihrer erhabensten Aussprüche nahe kommt, aber lange nicht dessen kindlich-freudigen Geist besitzt, wie sie denn auch im Grunde aus einer ganz anderen Weltanschauung fließt. Ganz besonders ist es die an mehreren Punkten bemerkbare unverhohlene Mißachtung des weiblichen Geschlechts, die echt griechisch und von dem christlichen Geiste gänzlich unberührt ist. Außer einigen solchen Punkten und im ganzen genommen ist aber allerdings das Handbuch Epiktets diejenige Schrift des Altertums, welche an sittlichem Gehalte den höchsten Rang beanspruchen kann und der christlichen Sittenlehre am nächsten steht.

Sie verdiente daher auch allgemeiner bekannt zu sein, als sie ist, und namentlich in den Schulen mehr gelesen zu werden, da gerade der Stoizismus für den jugendlich hochstrebenden, noch in der Entwicklung begriffenen Geist und Charakter etwas ungemein Anziehendes und Förderndes hat, während das Christentum bei Gebildeten mehr Lebenserfahrung und namentlich eine Demut voraussetzt, die der studierenden Jugend noch nicht eigen sein kann.

Epiktet hat keine eigenhändigen Schriften hinterlassen; was von ihm auf die Nachwelt gekommen ist, sind lauter Aufzeichnungen seiner Schüler. Eine solche Schrift, die

---

[1] Vgl. Kolosser I, 7; IV, 12. Philipper II, 25 (Epaphras und Epaphroditos).

12 Bücher Homilien, ist ganz verloren gegangen; eine andere, die Unterredungen (Diatriben), ist, wie schon erwähnt, nur teilweise erhalten. Ganz erhalten ist einzig das nachstehende kleine Handbuch (Enchiridion Epicteti), eine Art von „Grundriß" oder Auszug seiner Vorträge für die Schüler der stoischen Lebensweisheit. Nach dem ältesten Kommentar des Simplicius wurde es von Arrian niedergeschrieben, wobei derselbe „das Wichtigste und Nötigste aus allen Vorträgen der Philosophie und was am stärksten auf das Gemüt wirkt, aufgesucht hat."

Gewidmet wurde die kleine Schrift mit einer nicht mehr vorhandenen Zueignung dem Marius Valerius Messalinus, Konsul unter der Regierung des Antoninus Pius.[1]

Und nun lassen wir die ehrwürdige Stimme selber zu uns sprechen und jeden einzelnen Satz von unserem Nachdenken begleitet sein:

## 1.

Einige Dinge stehen in unserer Macht, andere hingegen nicht.

In unserer Macht sind Urteil, Bestrebung, Begier und Abneigung, mit einem Worte alles das, was Produkt unseres Willens ist.[2] Nicht in unserer Macht sind unser Leib, Besitz, Ehre, Amt, alles was nicht unser Werk ist. Was in unserer Macht ist, ist seiner Natur gemäß frei, kann nicht verboten oder verhindert werden; was aber

---

[1] Die erste gedruckte Ausgabe erschien in Venedig 1528.
[2] Alles, wobei wir selbst mit unserem Willen tätig sind.

nicht in unserer Macht steht, ist ohnmächtig, knechtisch, kann verwehrt werden, gehört einem anderen zu.

Deshalb bedenke, daß du Hinderung erfahren, in Trauer und Unruhe geraten, ja sogar Götter und Menschen anklagen wirst, wenn du das von Natur Dienstbare für frei und das Fremde für dein eigen ansiehst. Hältst du dagegen für dein Eigentum nur, was wirklich dein eigen ist, und betrachtest das Fremde als fremd, so wird dich niemand jemals zwingen oder hindern; du wirst niemanden anklagen oder beschimpfen und nicht das geringste mit Widerwillen tun; niemand kann dir schaden; du wirst keinen Feind haben,[1] und nichts, was dir nachteilig sein könnte, wird dir begegnen.

Willst du nun aber nach so großartigen Dingen trachten, so bedenke, daß du sie nicht bloß mit mittelmäßigem Ernste angreifen, sondern manches gänzlich aufgeben, anderes einstweilen hintansetzen mußt. Wenn du jene Dinge erstrebst,[2] gleichzeitig aber in hohen Ämtern

---

[1] Feind des Menschen ist nur der, welcher ihm Schaden zufügt. Die Feinde im gewöhnlichen Sinne sind dem Menschen meistens sehr nützlich und sogar unentbehrlich. Die Überlegung und Erfahrung erleichtert am meisten das sonst schwere Gebot, sie zu lieben. Plutarch, in seinen „Kennzeichen des Fortschritts in der Tugend", führt diesfalls einen Ausspruch des Diogenes an: „Wer Rettung nötig hat, muß entweder einen rechtschaffenen Freund, oder einen heftigen Feind suchen." Unter seinen moralischen Schriften findet sich auch ein eigener Aufsatz über „die Kunst, von seinen Feinden Nutzen zu ziehen." Dagegen ist die in Nekrologen oft gebrauchte Redensart: „Er hatte keine Feinde" für einen tüchtigen Menschen kein Ruhmestitel.

[2] Hier spricht der Stoiker den Hauptpunkt für die Erlangung

stehen oder reich sein willst, so wirst du wahrscheinlich diese letzteren Güter nur um so weniger erreichen, weil du eben zugleich nach den ersteren begehrst.[1] Ganz sicher aber wirst du dasjenige ganz verfehlen, woraus allein Glück und Freiheit entsteht.[2]

Bemühe dich daher, jedem unangenehmen Gedanken damit zu begegnen, daß du sagst: „Du bist nicht das, was du zu sein scheinst (etwas Reelles), sondern bloß ein Gedankending (eine Einbildung)." Alsdann prüfe nach den von dir angenommenen Grundregeln, besonders nach der ersten, ob es zu den in unserer Macht stehenden Dingen gehöre oder nicht. Gehört es zu den nicht in unserer Macht stehenden, so halte dies Wort bereit: Es berührt mich nicht.

---

alles wahren Lebens aus, nämlich, daß zu der Ergreifung desselben anfänglich ein gewisser Enthusiasmus, oder mit andern Worten ein Glaube gehört, und daß man nicht zweien Herren gleichzeitig dienen kann, was selbst die bessern Menschen noch zu tun pflegen.

[1] Eine berühmte katholische Heilige, Catterina Fieschi-Adorno von Genua, sagt hierüber: „Könnte der Mensch gleich anfangs sehen, was Gott den Guten gibt, er würde so eifrig werden, daß er nur von diesen himmlischen Dingen noch hören wollte. Gott will aber, daß der Mensch sich nicht aus Eigennutz zum Guten leiten lasse, sondern durch Glauben zum Gnadenlohne gelange." Der Mensch muß also in seinem Leben früher oder später dazu gelangen, auf reelle Güter, die sichtbar sind, zu verzichten, im bloßen Vertrauen darauf, daß er dann bessere, ihm zur Zeit aber noch gar nicht recht verständliche erlangen werde. Das ist der unumgängliche schmale Weg der stoischen Philosophie und des Christentums, der den meisten Menschen als eine vollkommene Torheit vorkommt.

[2] Nämlich die stete Seelenruhe, das höchste Glück der Stoiker.

## 2.

Mache dir klar, daß die Begierde das Erlangen desjenigen verspricht, was man begehrt, die Abneigung aber nicht in das hineingeraten will, was verabscheut wird, und daß der, welchen seine Begierde täuscht, unglücklich ist, noch unglücklicher aber der, welcher in das gerät, was er nicht leiden kann.

Wenn du nun bloß das verabscheust, was denjenigen Dingen zuwider ist, welche in deiner Macht stehen, so wird dir nichts, was du verabscheuen müßtest, begegnen können. Verabscheust du aber die Krankheit, oder den Tod, oder die Armut, so wirst du unglücklich werden. Gestatte dir daher keine Abneigung gegen alles, was nicht in unserer Macht ist, und laß sie nur gegen das walten, was der Natur der in unserer Macht stehenden Dinge zuwider ist.

Der Begierde aber enthalte dich vorderhand gänzlich. Denn begehrst du etwas, was nicht in unserer Macht ist, so mußt du notwendig das Glück vermissen; von dem aber, was in unserer Macht ist und was zu begehren sich ziemt, weißt du einstweilen noch nichts.[1] Bei allem Begehren und Verabscheuen wende dich nur sanft und gelassen ab und zu.

---
[1] Als Lernender. Der richtige Gedanke liegt hier verborgen, daß der Anfang des Besserwerdens immer darin besteht, seinen Willen, das einzige, was der Mensch wirklich besitzt, zu befreien, beziehungsweise in den Dienst dessen, dem man dienen will, zu stellen. Eine berühmte Heilige des fünfzehnten Jahrhunderts sagt daher geradezu: „Aller eigene Wille ist Sünde."

### 3.

Bei allen erfreulichen, nützlichen und daher von dir geliebten Dingen unterlaß nie, dir klar zu machen, wie sie beschaffen sind, und fange hierbei bei den kleinsten Gütern an. Siehst du einen Krug, so sage dir, daß du einen Krug siehst; dann wirst du nicht in Unruhe geraten, wenn er bricht. Umarmst du dein Kind oder Weib, so sage dir, daß du einen Menschen küssest, so wirst du nicht ungelassen werden, wenn er stirbt.

### 4.

Beginnst du irgend ein Werk, so bedenke genau, von welcher Art es sei. Willst du baden gehen, so erwäge zuvor bei dir selbst, was sich alles im Bade zu ereignen pflegt, daß einige sich herausdrängen, andere ungestüm hineinstürzen, einige schimpfen, andere stehlen. Daher wirst du mit größerer Sicherheit die Sache unternehmen, wenn du dir von vornherein sagst: „Ich will baden und dabei meine vernunftgemäßen Entschlüsse behaupten."[1]

So verfahre bei jedem Werke. Dann hast du, wenn sich während des Badens irgend etwas Hinderndes ereignet, sogleich den Gedanken bei der Hand: „Nicht bloß dieses (baden z. B.) wollte ich, sondern auch meinen freien Willen und Charakter bewahren. Ich würde ihn aber nicht behaupten, wenn ich über das, was hier vorgeht, ungehalten sein wollte."

---

[1] Diese Regel wäre jetzt ganz besonders bei dem Reisen sehr anwendbar.

## 5.

Nicht die Dinge selbst, sondern die Meinungen über dieselben beunruhigen die Menschen. So ist der Tod an und für sich nichts Schreckliches, sonst wäre er auch dem Sokrates so vorgekommen; vielmehr ist die vorgefaßte Meinung von ihm, daß er etwas Schreckliches sei, das Schreckhafte. Wir wollen daher, wenn wir von etwas gehindert, beunruhigt, oder betrübt werden, niemals andere anklagen, sondern uns selber, nämlich unsere Meinung davon. Seines Unglücks wegen andere anklagen, ist die Art der Ungebildeten, sich selbst, die der Anfänger, weder andere, noch sich, die der Gebildeten und vollständig Erzogenen.

## 6.

Sei nicht stolz auf einen Vorzug, der nicht dein eigen ist. Wenn ein Pferd in stolzer Selbsterhebung sagen würde: „Ich bin schön", so wäre dies erträglich; wenn du aber mit Stolz sprächest: „Ich habe ein schönes Pferd", so bist du stolz auf des Pferdes Vorzug. Was gehört dir dabei? Die Denkungsart. Mit Recht wirst du dann stolz sein können, wenn du darin richtig handelst, denn dann bist du auf eine gute Eigenschaft stolz, die wirklich dir angehört.[1]

---

[1] Dieser Stolz auf einen äußern, zufälligen Besitz ist in der Tat das charakteristische Merkmal aller zu wenig gebildeten Menschen und muß der Jugend gründlich bei ihrer Erziehung benommen werden. Es ist überhaupt eine sehr richtige Bemerkung eines geistreichen zeitgenössischen Geistlichen (Zündel), daß „Vornehmheit", ja sogar schon der äußerlichste Schein derselben, ein schöner Anzug,

## 7.

Wie du auf einer Seereise, wenn das Schiff zeitweise in einem Hafen vor Anker liegt und du aussteigst, um Wasser zu holen, auf dem Wege etwa auch ein Müschelchen oder ein Zwiebelchen auflesen magst, dabei aber stets deine Gedanken auf das Schiff gerichtet haben und fortwährend zurückschauen mußt, ob nicht etwa der Steuermann rufe, und wenn er ruft, alles verlassen mußt, um nicht sonst wie die Schafe gebunden (gleich einem ungehorsamen oder entlaufenen Sklaven) in das Schiff geworfen zu werden, so magst du auch im Leben, wofern dir ein Frauchen oder Kindchen gegeben ist, dich daran freuen; wenn aber der Steuermann ruft, so eile zum Schiffe, verlaß alles, schaue dich nach nichts um.

Bist du schon ein Greis, so entferne dich überhaupt nie mehr weit vom Schiffe, damit du nicht zurückbleibst, wenn der Steuermann ruft.

---

leicht einen „verdummenden" Einfluß ausübe. Daher ist auch der Umgang mit Niedrigerstehenden, mit dem Volke überhaupt, dem geistigen Leben, als Ganzes genommen, förderlicher, als eine kastenartige Isolierung auf eine besondere sogenannte „Gesellschaft." Er öffnet gewissermaßen die Verschlossenheit und Beschränktheit des eigenen Geistes, und wie er von vorneherein durch eine gewisse Weitherzigkeit bedingt ist, so schützt er den Geist vor Verarmung an Ideen, die in kleineren Zirkeln mit Sicherheit, wenn nicht in der ersten, so doch in späteren Generationen eintritt.

In neuerer Zeit ist durch die allgemeine Militärdienstpflicht eine direktere Näherung der Klassen eingetreten, die auf die oberen sehr günstig eingewirkt hat und auf der z. B. die Popularität des Königtums jetzt sehr wesentlich beruht.

## 8.

Begehre nicht, daß die Sachen in der Welt gehen, wie du es willst, sondern wünsche vielmehr, daß alles, was geschieht, so geschehe, wie es geschieht, dann wirst du glücklich sein.[1]

---

[1] Das ist die volle stoische Ergebung, die aber ohne einen religiösen Hintergrund sich nur in bevorzugten Fällen vor Stumpfheit des Gefühls wird schützen können. Im zu erstrebenden Resultate kommt sie der christlichen gleich, aber nicht in dem Wege dazu. Der Unterschied zwischen Christentum und Stoizismus, den zwei einzigen Lebensanschauungen, die dem Ernste des Lebens wirklich entsprechen, besteht mit kurzen Worten gesagt darin, daß der letztere den Versuch macht, die Leiden des Lebens zu leugnen und jedenfalls durch eine überlegene Geisteskraft zu verachten, das erstere sie hingegen in ihrer vollen Realität als vorhanden anerkennt, aber eine Kraft und ein höheres inneres Glück verspricht, das sie erträglich, ja sogar bedeutungslos macht. Überhaupt ist nicht irgend etwas Individuelles die Hauptfrage bei dem Christentum, sondern der Sieg eines geistigen Reiches, das gegründet werden soll; das Glück des einzelnen erscheint als eine kleine Sache in diesem großen Werk und muß geopfert werden können. Der Buddhismus, der mitunter noch diesen beiden Heilswegen an die Seite gestellt zu werden pflegt, lehrt einfach die bittere Notwendigkeit ertragen und passiv auf ein sicher herankommendes Ende aller Schmerzempfindungen hoffen, statt sie schon im Leben durch freudige Tätigkeit zu überwinden. Ehrwürdig in ihrer Art sind alle Menschen, die auf einem dieser Wege sich und der Menschheit einen Ausweg aus dem Pessimismus, oder der bloßen Gedankenlosigkeit eröffnet haben. Das sind eigentlich die fünf Wege, auf denen die Menschheit seit jeher wandelt, und leider ist der letztgenannte der begangenste. Das Judentum nennen wir dabei nicht, weil wir es als die natürliche, historische Wurzel des

### 9.

So ist Krankheit ein Hindernis des Körpers, nicht des Willens, insofern dieser sie nicht selbst dazu macht. Hinken ist ein Hindernis des Beines, nicht des Willens. Sage dir das bei allem, was sich für dich ereignet, so wirst du finden, daß die Ereignisse stets etwas anderes tun, als dich hindern.

### 10.

Bei allen Ereignissen besinne dich, in dir forschend, welche Kraft du gegen dieselben besitzest. Siehst du eine schöne Person, so wirst du die Enthaltsamkeit als Kraft gegen sie bei dir finden; kommt dir mühsame Arbeit auf den Hals, Ausdauer; wenn dir Schmach zu teil wird, Geduld; nie werden dich, wenn du dich so gewöhnst, die Vorstellungen hinreißen.

---

Christentums mit Ehrfurcht und Zuneigung betrachten und glauben, daß es seine gewaltsam unterbrochene Entwicklung noch nachholen wird. Der schöne Vers des Grafen Zinzendorf: „Doch, Sem, wir haben dich auch lieb und säh'n dich gerne leben" drückt diesen Gedanken aus, der jetzt mitunter einer sonderbaren, namentlich vom christlichen Standpunkte unmotivierten Feindschaft Platz gemacht hat. Ebenso schlimm als ein unrichtiger Weg ist ein bloß halb gegangener. Vergl. Bengel, Apophthegmata ad Ezech. 15 und Joh. 15: „Wer ein rechtschaffener Christ ist und bleibt, ist sehr nützlich, wie das Rebholz den Menschen großen Nutzen bringt. Wenn aber ein Christ wieder in die Welt geht, so ist er auch in zeitlichen Geschäften nicht zu gebrauchen, ebenso wie das Rebholz außer am Rebstock zu nichts nütze ist, als zum Verbrennen."

## 11.

Sprich nie von einer Sache: Ich habe sie verloren, sondern: Ich habe sie zurückgegeben. Dein Söhnlein ist gestorben, es ist zurückgegeben. Dein Gut ist dir entrissen worden, auch dies ist zurückgegeben. Wohl ist der ein Bösewicht, der es dir entreißt; was liegt dir aber daran, durch wen es der Geber zurückfordern will? So lange er es dir zum Besitz überlassen hat, besitze es als ein fremdes Gut, wie ein vorüberreisender Wanderer seine Herberge.

## 12.

Willst du rechte Fortschritte in der Weisheit machen, so beseitige in dir folgende unrichtige Gedanken: „Wenn ich mein Eigentum sorglos behandle, werde ich keinen Lebensunterhalt mehr haben; wenn ich meinen Sohn nicht strafe, so wird er ein Bösewicht werden." Besser ist es, ohne Furcht und Kummer sterben, als mit unruhigem Gemüt in allem Überflusse leben; besser, daß der Junge ein Bösewicht werde, als daß du unglücklich seiest.[1]

---

[1] Hier kommt der **philosophische Egoismus** zu Tag, der dieser stoischen Ansicht anhängt. Wir leben nicht für uns allein, auch nicht einmal für unsere eigene Vervollkommnung, und eine solche ist überdies gar nicht möglich ohne Sorge für andere. Der ganzen Philosophie des Altertums liegt überhaupt immer die Frage zu Grunde: Wie ist der höchste Grad von Glück für mich in diesem Leben zu finden? Die Frage nach der höchsten individuellen **Ausbildung** liegt ihr schon etwas ferner und kommt eigentlich bloß als Mittel zum Glück in Betrachtung. Ganz fernab liegt der christliche Gedanke, daß es eigentlich gar nicht auf ein individuelles

Fange deshalb bei dem kleinsten an. Es wird dir Öl verschüttet, man stiehlt dir Wein, sprich dabei: So teuer kauft man Leidenschaftslosigkeit, so teuer Gemüts-

---

Glück, ja selbst nicht einmal auf Vervollkommnung in erster Linie ankomme, sondern auf Fruchtbringen, Arbeitsleistung an einem geistigen Reiche, welches von dem Reiche dieser Welt und seinen Gütern verschieden sei, und daß dies nur durch eine Veränderung der ganzen innern Natur des Menschen geschehen könne, die auch nicht eigenes Werk sei.

Der antike Philosoph hingegen macht alles selbst aus sich, durch Aneignung vernünftiger Prinzipien und sodann beständige Übung darin. Daher ist sein Glück auch mehr ein negatives, bestehend in der möglichsten subjektiven Herabminderung der mit dem menschlichen Leben notwendig verbundenen Übel, keineswegs in dem großen aktiven Glücksgefühl, welches allein in der Teilnahme an einem großen Werke gefunden wird und neben welchem alle zweifellos vorhandenen Leiden der Welt als etwas Unbedeutendes erscheinen. (Brief an die Hebräer, Kap. XI.) Auch seine Demut ist daher ein kaum versteckter Stolz, der allerdings die kleinere Eitelkeit überwindet, dennoch aber auf den Nebenmenschen nicht immer angenehm wirkt. Die beiden Verteidigungsreden des Sokrates sind ein sprechendes Beispiel dafür. Daher fängt die Lehre des Christentums mit der Forderung an: Ändert eueren Sinn und glaubet an eine außer euch liegende, historische, frohe Botschaft (Markus I, 15), die euch zu einem Glücke beruft und fähig macht, bei welchem die Leiden des täglichen Lebens nicht mehr in Betracht kommen. Man muß überhaupt niemals übersehen, daß nach der Grundansicht des Christentums das Heil nicht auf irgend einer Lehre, sondern auf gewissen ein für allemal geschehenen und festgestellten geschichtlichen Tatsachen beruht. Vergleiche hiefür z. B.: Evang. Joh. XI, 25—27; VI, 47. I. Kor. XV, 17. I. Joh. V, 5. Ap.-Gesch. XVI, 31. Jede Religionsauffassung, die nicht auf Tatsachen beruht, ist überhaupt eigentlich Philosophie, etwas von

ruhe.[1] Umsonst bekommt man nichts. Wenn du deinen
Diener rufst, so stelle dir zugleich vor, er könne es nicht
gehört haben, oder er könne, wenn er es hörte, nicht tun,
was du wünschest. Aber (sagst du) das schickt sich nicht
für ihn. (Es mag sein.) Für dich aber schickt es sich,
dich nicht von ihm ärgern zu lassen.

### 13.

Wenn du in der Weisheit gehörig vorwärtskommen
willst, so ertrage es geduldig, wegen äußerer Dinge für
unverständig oder dumm gehalten zu werden. Wolle nicht
erscheinen, als wüßtest du etwas, und selbst wenn du
andern etwas zu sein scheinst, so mißtraue dir selbst.
Denn es ist, das mußt du wissen, nicht leicht, zugleich
den innern Vorsatz und die äußeren Dinge festzuhalten,

dem Menschen selbst Konstruiertes, das angenommen werden kann
oder auch nicht, und im letztern Falle für den nicht annehmenden
gar nicht existiert. Tatsachen, geschichtliche Ereignisse hingegen existieren, ob man sie acceptiere oder nicht.

Die moderne Philosophie sucht weniger das Glück, als
die Macht. Sie will einen Schlüssel (wo nicht gar einen Dietrich,
wie ein moderner Literar-Historiker sich ausdrückt) finden, der rascher
als gewöhnlich zum Verständnis und Wissen aller Dinge führt, auf
dem die Macht beruht. Da sich die abstrakte Philosophie darin
bisher als täuschend erwies, so wird dieser Schlüssel jetzt in den
Naturwissenschaften und der Statistik gesucht. In der Philosophie
Trost und Hoffnung zu suchen, das erklären einige jetzige Hauptvertreter derselben, z. B. Hartmann, selbst als fruchtlos.

[1] „Apatheia" und „ataraxia." Daraus folgt das Schiboleth
der Stoiker, in das sie ihre sämtlichen Grundsätze zusammenzufassen
pflegten: „sustine et abstine", ertrage und entsage.

vielmehr notwendig, daß der, welcher das eine davon eifrig betreibt, das andere darüber vernachlässigen muß.

## 14.

Du bist ein Narr, wenn du willst, daß deine Kinder, dein Weib, deine Freunde ewig leben; denn du willst etwas, das nicht in deiner Macht steht, in der Gewalt haben und etwas Fremdes zu eigen. Ebenso bist du ein Narr, wenn du verlangst, daß dein Knabe keine Fehler begehe. Damit willst du, daß Fehler nicht Fehler seien, sondern etwas anderes. Dagegen kannst du das Ziel erreichen, daß dir nichts fehlschlägt, wenn du nämlich nur tust, was du vermagst.

Ein Herr über alles ist, wer das, was er will oder nicht will, erreichen oder vermeiden kann. Wer frei sein will, muß nichts begehren und nichts fürchten, was in eines andern Macht steht; andernfalls ist er dessen Knecht.[1]

## 15.

Bedenke das: du mußt dich im Leben wie bei einem Gastmahle verhalten. Wird etwas herumgeboten und kommt es zu dir, strecke die Hand aus und nimm ein bescheidenes Teil davon. Es kommt etwas, das du gern hättest, einstweilen noch nicht zu dir, richte dein Begehren nicht weiter darauf, sondern warte, bis es an dich gelangt. Verhalte dich so in Hinsicht auf Kinder, Weib, Ehrenstellen, Reichtum; dann wirst du einst ein würdiger Gast der Götter sein.

---

[1] Die absolute Freiheit besteht darin, nur Gott und niemand sonst zu dienen. „Deo servire libertas."

Wenn du aber auch von dem dir Angebotenen nichts nimmst, sondern gleichgültig darüber wegsiehst, dann wirst du nicht bloß Gast, sondern Mitregent der Götter sein. Durch diese Art zu handeln verdienten Diogenes, Herakleitos und ähnliche wirklich den Namen der Göttlichen, der ihnen gegeben ward.

### 16.

Siehst du jemand in Trauer, weil sein Sohn in die Ferne gereist ist, oder weil er sein Vermögen verlor, so laß dich nicht zu der eigenen Einbildung hinreißen, daß dieser Mensch durch den Verlust der äußeren Dinge unglücklich sei, sondern halte dich bereit, bei dir zu sprechen: „Nicht dieser Unfall beschwert ihn (denn manche andere würden ja davon nicht geplagt werden), sondern die Vorstellung, die er davon hat." Säume nicht, durch vernünftige Gespräche ihn zu heilen, auch wohl, wenn es sein muß, mit ihm zu weinen. Nur hüte dich, daß du nicht in deinem Innern mitseufzest.

### 17.

Bedenke das, du bist in einem Drama der Inhaber einer bestimmten Rolle, welche der Dichter durch dich ausführen will. Ist sie kurz, so spielst du eine kurze, ist sie lang, eine lange Rolle. Will er, daß du einen Armen vorstellest, so spiele ihn gut; ebenso einen Lahmen, oder eine obrigkeitliche Person, oder einen gewöhnlichen Bürger. Denn das ist deine Sache, die Rolle, die dir übertragen ist, gut zu spielen; sie zu wählen, ist die Sache eines andern.

## 18.

Wenn dir ein Rabe Unheil krächzt, so laß dich nicht von der Vorstellung davon beunruhigen, sondern unterscheide und stelle bei dir sogleich fest: „Mir ward nichts angedeutet, sondern meinem hinfälligen Leibe, oder meinem bißchen Vermögen, oder dann wieder meiner Ehre, oder meinen Kindern, oder meinem Weibe. Mir wird, wenn ich es so will, lauter Glück geweissagt; denn was sich auch ereignen wird, es steht in meiner Macht, daraus Vorteil zu ziehen." [1]

## 19.

Du kannst unüberwindlich sein, wenn du keinen Kampf unternimmst, in welchem du nicht siegen kannst. Hüte dich, daß du nicht, wenn du einen sehr geehrten, oder sehr mächtigen, oder sonst in hohem Ansehen stehenden Mann siehst, von deiner Vorstellung hingerissen, ihn (mit Neid) für glücklich schätzest. Da alle wahren Güter in Dingen bestehen, die in unserer Macht sind, so haben Neid und Eifersucht keinen Sinn. Du willst doch nicht Feldherr, nicht Magistrat, nicht Konsul sein, sondern frei. Der Weg zur Freiheit aber ist Verachtung aller Dinge, die nicht in unserer Macht stehen.

## 20.

Erwäge, daß nicht der dich mißhandelt, welcher dich lästert oder schlägt, sondern deine Vorstellung, daß dies

---

[1] Catterina von Siena schreibt in ähnlicher Weise: „Dem Tapfern sind Glück und Unglück wie seine rechte und linke Hand; er gebraucht sie beide."

eine Schande sei. Macht dich jemand böse, so reizt dich nur deine eigene Vorstellung. Bemühe dich also vor allem, nie im Augenblicke von ihr hingerissen zu werden; später, wenn du einmal Zeit zur Überlegung gehabt hast, wirst du dich schon beherrschen können.[1]

## 21.

Laß dir täglich Tod, Verbannung und alles, was sonst furchtbar erscheinen mag, vor Augen sein, so wirst du nie niedrig denken, oder allzuheftig begehren.

## 22.

Wenn du die Weisheit lernen willst, so mußt du darauf gefaßt sein, daß man dich auslachen wird, und daß viele spottend sagen werden: Der kommt ja plötzlich als ein Philosoph daher; warum für uns (die wir ihn doch von Jugend auf kennen) die hohen Augenbrauen?

Mache du überhaupt keine stolze Miene; halte aber an dem, was du als das Beste erkannt hast, so fest, als ob du von Gott auf diesen Posten kommandiert seiest, und

---

[1] Dies ist sehr wahr. Laß den Haß im Moment der Beleidigung nicht in die Seele sich eindrängen; nachher wird es leicht, ihn zu überwinden. Ist er aber einmal darin, so kostet es Mühe, ihn wieder auszurotten. Überhaupt wird jeder einigermaßen lebenserfahrene Mensch bestätigen können, daß sogenannte „Feinde" lange nicht so schädlich (auch Freunde nicht so nützlich) sind, als man im ersten Augenblick der Erregung durch sie leicht anzunehmen geneigt ist. Sie sind meistens bloß Werkzeuge, wo sie glauben selbsttätig zu handeln, und können von ihren Absichten nur einen geringen Teil ausführen, wenn ihr Haß nicht von dir erwidert wird.

glaube, daß, wenn du fest auf demselben beharrst, die, welche dich früher verlachten, dich später bewundern werden.[1] Gibst du ihnen aber nach, so werden sie dich doppelt verlachen.

## 23.

Sollte es dir begegnen, daß du dich einmal von dir selbst nach außen wendest und der Welt gefallen willst, so hast du deinen richtigen Zustand verloren. Begnüge du dich, immer ein Philosoph zu sein, und willst du es auch jemand scheinen, so scheine es dir selbst, das ist genug.

## 24.

Nie laß dich durch den Gedanken beunruhigen: „Ich werde ohne Ehrung und Bedeutung mein Leben hinbringen müssen." Wäre Mangel an Ehre ein Übel, so kann dich doch niemand in dasselbe stürzen, so wenig als in eine Schande. Ist es deine Sache, Ehrenstellen zu erlangen, oder zu Gastmählern geladen zu werden? Keineswegs. Wie kann es denn Unehre für dich sein? Und wirst du unbedeutend leben, da du gerade für die Dinge, die in deiner Macht stehen, bedeutend sein und dir die größte

---

[1] Gerade in dem lauten Tadel und Spott liegt oft nur die Absicht, sich selbst gegen eine innere Bewegung sicher zu stellen. Jugendgenossen wird es immer schwer, den Unterschied, der sich oft erst im späteren Lebensalter herausstellt, wahrzunehmen.

Bunyans Pilgerreise stellt dieses doppelte Verlachen, zuerst über den Versuch, sich zu bessern, später über die eingetretene Mutlosig= keit, in der Figur des „Gefügig" im zweiten Kapitel sehr ergötzlich und lebenswahr dar.

Ehre erwerben kannst? Aber (sagst du) meine Freunde
werden hilflos sein. Was nennst du hilflos? Allerdings
werden sie von dir kein Geld erhalten, und du wirst sie
nicht zu römischen Bürgern machen können. Wer sagte
dir, daß dies Dinge sind, die in unserer Macht stehen,
und nicht vielmehr fremde, und wer kann andern geben,
was er selbst nicht hat? Eben deshalb (sagst du) muß man
Vermögen erwerben, damit die andern auch haben. Wenn
ich ohne Verletzung des Gewissens, der Redlichkeit und
einer edlen Gesinnung Besitztümer erwerben kann, so zeigt
mir diesen Weg, so will ich sie erwerben. Verlangt ihr
aber von mir, daß ich meine (wahren) Güter aufgeben
soll, damit ihr Nichtgüter erwerbet, so müßt ihr selbst es
einsehen, wie unbillig und unverständig ihr seid. Welches
wollt ihr lieber: Geld oder einen treuen, gewissenhaften
Freund? Darum helft mir lieber zu dem letzteren und
verlangt nicht, daß ich etwas tue, wodurch ich diese Eigen=
schaft verlieren würde. Aber das Vaterland — so sprichst
du — wird die Hilfe, die ich ihm leisten könnte, entbehren
müssen. Dagegen sage ich: welche Hilfe meinst du? Aller=
dings wird es durch mich weder Säulenhallen noch Bäder
erhalten; aber was tut das? Es bekommt auch keine
Schuhe von einem Schmied und keine Waffen von einem
Schuster. Nützest du dem Vaterlande nicht auch, wenn
du ihm andere zu treuen, gewissenhaften Bürgern er=
ziehst? Das wohl. Also bist du ihm nicht unnütz. Welche
Stellung aber, sprichst du, soll ich im Staate einnehmen?
Welche du mit Treue und Gewissenhaftigkeit bekleiden
kannst. Andernfalls, was würdest du dem Vaterlande

nützen, wenn du unverschämt und treulos geworden wärest?[1]

## 25.

Es wird jemand dir bei einem Gastmahle vorgezogen, oder bei einer Begrüßung, oder bei Zuziehung zu einer

---

[1] Hier wird ein Gedanke bloß leise angedeutet, der eine größere Tragweite hat. Was uns, praktisch genommen, an dem stoischen System am unrichtigsten erscheint, ist seine Methode, den beständigen Gleichmut des Wesens zu bewahren, den es nicht mit Unrecht als das höchste (wir würden sagen, ein sehr hohes) Gut betrachtet. Die stoischen Weisen erringen dieses Ziel durch eine beständige philosophische Selbsterhöhung, die in manchen Fällen dem Hochmut (der ihnen schon im Altertum öfters vorgeworfen wurde) ziemlich ähnlich sieht; daneben durch eine gewisse Abstumpfung des Gefühles, das in seinem Extrem in Cynismus übergeht, und durch eine weitgehende Abschließung von dem Gros der Menschen. Niemand, der das menschliche Herz kennt, wird überdies leugnen, daß die Befriedigung, die in allen diesen Fällen erreicht wird, eben doch nur eine philosophische, d. h. durch beständige Reflexion, gleichsam den fortwährenden Entschluß, sich für befriedigt zu erklären, vermittelte ist. Das wirkliche (objektive) Glück des Lebens und der natürliche Gleichmut entsteht nach unserm Dafürhalten durch ein Dienstverhältnis, das am ehesten dem Militärdienste verglichen werden kann, nach welchem ein Mensch sein ganzes Leben rechtzeitig in den Dienst irgend einer großen und wahren Sache stellt. Das verschafft ihm eine produktive Tätigkeit, ohne die wahres Glück nicht denkbar ist, macht ihn gefaßt bei Anfechtung, fest gegen Abneigung, unzugänglich der Furcht (dem größten Tyrannen der Erde), entschieden in seinen Ansichten, bereit zum Leiden und geduldig auch gegen die eigenen Fehler, auf die es am Ende auch nicht so sehr ankommt, wenn nur die Treue gegen die Sache niemals fehlt, somit auch zugänglich der steten, vollkommen richtigen

Beratung. Sind dies nun wirkliche Güter, so wünsche dem Glück, welchem sie zu teil werden; wenn es aber Übel sind, so hast du dich nicht zu betrüben, daß du sie nicht erlangtest. Jedenfalls bedenke, daß du nicht gleiche Belohnungen wie andere erlangen kannst, ohne das näm= liche, wie sie, zur Erlangung dessen, was nicht in unserer

Selbstbeurteilung, die vor dem Wahnsinn schützt, der aller großen Dinge nächster Nachbar ist. Es erhält ihn im gehörigen Kontakt mit der Welt und mit allen Menschen, welche ja sämtlich Freunde und Gegner der Sache, der er dient, sind, und verschafft ihm ein ruhiges Alter durch den freudigen Rückblick auf ein Leben, das nicht verloren gehen kann und in dem es auch in den meisten Fällen selbst nicht an einem gewissen greifbaren Erfolge gefehlt hat.

„Wir schulden unser Leben" — so läßt Lassalle seinen Sickingen sprechen — „jenen großen Zwecken, in deren Werkstatt die Ge= schlechter nur die treuen Arbeiter sind. Ich habe getan, was ich gekonnt, und fühle mich frei und leicht, wie einer, welcher redlich seine Schuld abgetragen hat."

Das ist die Denkungsart der modernen Stoiker. Es ist auch gewiß nicht zufällig, daß der erste Mensch, der die Mission Christi richtig auffaßte, nicht etwa ein Geistlicher Israels (im Gegenteil, der größte geistliche Mensch der Zeit wurde irre an ihm), sondern ein römischer Offizier war. (Vergl. Evang. Matth. VIII, 9; XI, 3). Der Mann, welcher von allen modernen Volksführern unzweifelhaft das schwerste und gefährlichste Dasein hatte, Cromwell, sagte am 22. Januar 1655 seinem zweiten rebellischen Parlamente: „Let the difficulties be whatsoever they will, we shall in His Strength be able to encounter with them. And I bless God I have been inured to difficulties and I never found God failing when I trusted in him. I can laugh and sing in my heart, when I speak of these things to you or elsewhere." Dieser Ausspruch von Cromwell macht noch auf einen andern Punkt aufmerksam. Jeder „Dienst" ist an und für sich

Macht steht, zu tun. Oder wie kann der, der einem großen Herrn keine Besuche macht, bei demselben in gleicher Gunst stehen, wie der, welcher es tut, oder der, welcher nicht an seinem Ehrengeleite sich beteiligt, so wie der, welcher beiwohnt, oder der, welcher kein schmeichelndes Lob spendet, wie der, welcher lobt? Du wärest ungerecht und unersättlich, wenn du den Preis, wofür diese Dinge feil sind, nicht zahlen, sondern dieselben unentgeltlich bekommen wolltest.[1]

Wie teuer verkauft man Salat? Vielleicht um einen Groschen. Wenn nun jemand seinen Groschen zahlt und dafür den Salat erhält, du aber das Geld nicht auslegst

---

hart und macht hart, wenn nicht ein sänftigendes und tröstendes Element dazu kommt, eben das, was jenen großen Mann in seinem Herzen unter allen Schwierigkeiten lachen und singen ließ. Der Mangel dieses Elementes hingegen hat dem größten „Staatsdiener" des achtzehnten Jahrhunderts am Schlusse seines taten= und erfolg= reichen Lebens den Schmerzensruf ausgepreßt: „Ich bin es müde, über Sklaven zu herrschen." Müde im höchsten Grade werden alle Edeln, die bloß der Menschheit dienen. Das ist der Fehler der an sich sehr würdigen und selbst unter Umständen großartigen Anschauungsweise, die man „Humanität" nennt. Einige der alt= testamentarischen Propheten sprechen schon diesen Gedanken ziemlich klar aus (besonders Jeremias XVII, 5—9, Jesaias XL, 29—31, Hosea XIV, 4).

In diesem freudigen Ertragen eines öffentlichen aktiven Lebens voller großen Schwierigkeiten ist unsere moderne Welt im ganzen der antiken voraus, obgleich (oder weil?) ihre besten Philosophen dies nicht mehr ex professo sind, sondern sogar großenteils, nach dem Beispiel ihres Ahnherrn von Capernaum, in der Uniform stecken.

[1] Und doch wollen auch heute ungemein viele Leute ganz dasselbe.

und nichts erhältst, so hast du nicht weniger als jener. Er hat seinen Salat, du deinen Groschen, den du nicht hingabst. So verhält es sich auch in andern Dingen. Du bist nicht zu jemand eingeladen worden, hast aber eben dem Einladenden auch nicht das gegeben, wofür er die Einladung verkauft. Er verkauft sie ja um Lob, oder Dienstleistungen. Bezahle ihm seinen Preis, wenn es dir vorteilhaft scheint; willst du aber nicht geben und doch nehmen, so bist du ein habgieriger Tor. Hast du nun nichts anstatt des Gastmahles? Doch, du hast das, daß du den nicht gelobt hast, den du nicht loben wolltest.[1]

---

[1] Auch hier liegt noch ein Gedanke verborgen: Die gewöhnlichen Menschen suchen naturgemäß ihr Interesse und werden in ihrem Denken und Handeln durch Furcht vor Übeln und Neigung zu Genüssen bestimmt. Ob diese Motive ihres Handelns bewußter oder unbewußter in der Gesinnung, feiner oder gröber in der Form seien, darauf kommt im Grunde sehr wenig an; es bildet dies vielmehr nur einen Unterschied im Grade der Knechtschaft. Die schwerste ist die mit Bewußtsein gewählte, der philosophische Egoismus. Jede wahre Philosophie oder Religion tendiert dahin, davon zu befreien; die Philosophie tut es durch eigene Kraft und vernünftige Überlegung, die Religion durch fremde Kraft, welcher eine Hingabe des Willens an dieselbe und in höchster Potenz ein Tod des eigenen Willens auf Glauben hin vorangehen muß, zu welchem den weitaus meisten Menschen aber der Mut und das Vertrauen auf den Erfolg fehlt. Daher sagt das Evangelium: „Wenn du glauben könntest, würde dir geholfen." Ein Glaube ohne Willenshingabe ist ganz wertlos für die menschliche Vervollkommnung und läßt den Menschen, wie er natürlich ist. Das, was man mit Recht Glauben nennt, ist ein Geschenk, eine fortwährende Belohnung der Willenstreue. Kein Mensch kann ihn mit aller Anstrengung sich selber geben. Wie verfehlt die Bemühungen unserer

## 26.

Die Stimme der Vernunft können wir in unzweifelhaften Dingen deutlich vernehmen. Wenn z. B. der Knabe eines andern ein Gefäß zerbrach, so sagt sich jeder sogleich: Das ist nichts Ungewöhnliches. Benimm dich also ebenso, wenn das deinige zerbricht, wie du dich verhieltest, als das des andern zerbrach. Wende dies auf größere Dinge an. Das Kind oder Weib eines andern starb; jedermann sagt: das ist Menschenlos. Ist aber jemandem eines der Seinen gestorben, so wird geklagt: O weh, ich Unglücklicher! Wir sollten uns aber erinnern, mit welchen Gefühlen wir das nämliche bei andern aufnahmen.

Religionslehrer sind, uns denselben „einzuprägen", haben wir alle wohl selbst erfahren. Dennoch aber ist jeder Mensch verantwortlich dafür, wenn er ihn nicht hat, sogar in höherem Grade, als wenn es eine Erkenntnis wäre; denn er wendet die Mittel dazu nicht an, die in seinem Besitze sind, und will den Preis dafür nicht bezahlen. Insofern ist der Glaube doch seine eigene Tat und beginnt jede aufrichtige Bekehrung mit einer solchen. Das klar zu machen, wäre die Aufgabe aller fruchtbaren Religionslehre. Jeder neuen Willensübergabe folgt hingegen von selber, nach einem uns nicht erklärlichen Gesetze unserer Natur, eine neue, klarere Erkenntnis und Überzeugung. Nur auf diese Weise werden die echten, innern Erkenntnisse gewonnen, welche Swedenborg das „Innewerden" nennt, „das die Gelehrten nicht fassen." Es ist, um ein sehr geringes und alltägliches Bild anzuwenden, ein Vorgang ähnlich dem der automatischen Wage. Gerade dieses Stück des eigenen Ichs, und kein anderes, muß hingegeben werden, wenn diese Wirkung sich unfehlbar daran knüpfen soll. (Vergleiche hiezu Ev. Joh. V, 30. 44; IX, 25. 39; XI, 40; VII, 17.)

## 27.

Wie ein Ziel aufgesteckt wird, nicht um es zu verfehlen, so ist auch das Unglück in der Welt nicht vorhanden, um ihm auszuweichen.[1]

## 28.

Wenn man dem ersten besten Gewalt über deinen Leib gäbe, das würde dich entrüsten. Scheust du dich denn nicht, jedem beliebigen, der dir begegnet, Gewalt über dein Gemüt zu geben, so daß er dasselbe erschüttern und in Unruhe versetzen kann, sobald er sich mit dir zankt?

## 29.

Bei jedem Geschäfte prüfe zuerst genau, was ihm vorangehen muß und was es mit sich bringt; dann erst beginne es. Sonst wirst du, wenn du die notwendigen Folgen nicht überlegst, anfangs willig beginnen, wenn

---

[1] Ein sehr braver Spruch, der mit dem oben (ad 18) angeführten der h. Catterina von Siena übereinstimmt. Die meisten Menschen leben in einer törichten Furcht vor dem, was sie Mißgeschick oder Mißerfolg nennen, und wissen niemals, was dies für Güter sein können.

Was überhaupt Glück sei und wie es erkennbar sei, darüber bestehen schon viele Versionen. Zwei sehr praktische sind die folgenden:
1) Glücklich ist der, welcher sich Tag für Tag gerne in sein Schicksal findet.
2) Glücklich ist, wer sich abends bei dem Einschlafen darauf freut, am folgenden Morgen wieder zu erwachen.

Darnach wären wir allerdings s. Z. in der Kantonsschule zu Chur nur selten glücklich gewesen.

aber Schwierigkeiten sich zeigen, mit Beschämung zurück=
treten müssen. Du willst z. B. einen Preis in den olym=
pischen Spielen gewinnen. Ich auch, bei den Göttern,
denn das ist ruhmvoll. Aber überlege zuerst, was solchem
Werke vorangeht und was nachfolgt, dann greife es an.
Du mußt dich in strenger Zucht halten, nach Zwangs=
regeln essen, aller Leckerbissen dich enthalten, dich nach
strengem Befehl zu bestimmten Stunden in Hitze und
Kälte üben, nichts Kaltes trinken, nicht ohne Vorsicht
Wein trinken, mit einem Wort, du mußt dich dem Lehr=
meister gerade wie einem Arzte übergeben. Dann mußt
du auf den Kampfplatz treten. Dabei ist es möglich, daß
du eine Hand oder einen Knöchel verrenkst, viel Staub
verschluckst, vielleicht sogar geschlagen und dann erst noch
besiegt wirst. Dies erwäge genau, und erst, wenn du
dann noch Lust hast, so werde ein Kämpfer. Sonst ver=
fährst du wie die Kinder, die bald Ringer, bald Fechter
spielen, bald Trompeter, bald Schauspieler vorstellen. So
machst du es. Jetzt bist du ein Ringkämpfer, dann ein
Fechter, dann ein Redner, dann ein Philosoph, von ganzer
Seele aber nichts, sondern du ahmst nur wie ein Affe
nach, was du jeweilen siehst und es gefällt dir eines nach
dem andern. Du bist eben nicht mit Überzeugung und
gehöriger Voraussicht an die Sache gegangen, sondern
leichtfertig und mit bald wieder erkaltender Begierde. Wenn
einige einen Philosophen sehen oder sagen hören: „Wie doch
Euphrates[1] reden kann! Keiner kommt ihm darin bei",
so wollen sie sogleich auch Philosophie studieren. Mensch,

---

[1] Ein syrischer Stoiker jener Zeit.

erwäge zuerst genau, was eine Sache erfordert, und dann betrachte dich selbst, ob du ihr gewachsen seiest. Du willst ein Athlet in den fünf Spielen sein,¹ oder ein Ringkämpfer; siehe deine Arme, deine Schenkel, deine Lenden an. Nicht jeder ist zu allem geschaffen. Oder glaubst du, daß du dabei ebenso wie sonst essen, trinken, zürnen könntest?² Du mußt vielmehr wachen, arbeiten, dich von den Freunden absondern, selbst von Sklaven dich geringschätzen lassen und in allem zurückstehen, in Ehre, Ämtern, Gerichten und allen Geschäften. Erwäge, ob du dagegen Leidenschaftslosigkeit, Freiheit, Unbeugsamkeit³ eintauschen willst, sonst würdest du wie die Knaben bald Philosoph, bald Finanzmann, dann wieder Redner und zuletzt gar kaiserlicher Prokurator werden wollen. Diese Dinge passen nicht zusammen. Du mußt ein einheitlicher Mensch sein, ein guter oder ein schlechter. Du mußt entweder den vornehmsten Teil deines Ichs (Verstand, Vernunft, Geist) oder die Außenseite ausbilden, auf Inneres oder Äußeres bedacht, entweder ein Philosoph oder ein gewöhnlicher Mensch⁴ sein.

---

[1] Pentathlet; die fünf Spiele sind: Fechten, Laufen, Springen, Werfen, Ringen.

[2] Wenn du ein Philosoph sein willst, ist hier wiederum gemeint. (Vgl. Ezechiel XXXVI, 14.)

[3] Die stoischen Güter.

[4] „Idiot." Das hat aber nicht ganz den Sinn, den wir jetzt mit diesem Wort verbinden.

## 30.

Die **Pflichten** richten sich nach den persönlichen Verhältnissen. Einen Vater muß man achten, ihm in allen Dingen nachgiebig sein, es dulden, wenn er tadelt oder schlägt. Aber (sagst du) der Vater ist ein böser Mann. Hat dich das Geschick zu einem guten Vater gesellt? Nein, sondern zu einem Vater. Dein Bruder handelt ungerecht gegen dich. Betrachte dein Verhältnis zu ihm, sieh nicht darauf, was er tut, sondern durch welches Vorgehen du vernünftig handelst. Es kann dich niemand kränken, wenn du es nicht willst. Gekränkt bist du, wenn du dich für gekränkt hältst. Ebenso wirst du die Pflichten gegen Nachbarn, Mitbürger, Anführer finden, wenn du dich gewöhnst, darüber nachzudenken, was diese Benennungen bedeuten.[1]

## 31.

Wisse, daß es in Bezug auf die **Religion** wesentlich darauf ankommt, richtige Vorstellungen von den Göttern

---

[1] Mit den Menschen kann eigentlich nur der auskommen, dem sie ganz gleichgültig geworden sind, oder wer ihnen nach dem Ausdrucke des Evangeliums siebenmal siebenzigmal zu vergeben fest entschlossen ist. Im erstern Falle lebt das menschliche Herz in einem dichten Panzer verschlossen, wenn man das noch ein Leben nennen will; im andern ist es unverwundbar geworden durch die allmählich zur Gewohnheit werdende Reflexion: „Es ist ja nicht vernünftig, mit einem Zorne anzufangen, den man doch alsbald wieder aufgeben muß." Alle Mittelwege zwischen diesen beiden sind Torheiten.

zu haben, nämlich die: daß sie existieren[1] und das Weltall gut und gerecht regieren; daß du dazu bestimmt seiest, ihnen zu gehorchen; ihre Verfügungen anzunehmen und willig zu befolgen, da sie Anordnungen des höchsten Ratschlusses sind. Dann wirst du weder jemals die Götter tadeln noch anklagen, als ob du von ihnen vernachlässigt worden wärest. Das ist aber nicht anders möglich, als wenn du auf die Dinge verzichtest, die nicht in unserer Macht sind, und nur in denen, die in unserer Macht sind, Gutes und Schlimmes erkennst. Wenn du nämlich irgend ein Ding für ein Gut oder ein Übel ansiehst, so mußt du notwendig seinen Urheber anklagen und hassen, sobald du nicht erlangst, was du wünschest, oder in etwas gerätst, was du nicht willst; denn jedes lebendige Wesen ist so beschaffen, daß es das, was ihm schädlich erscheint, und seine Ursachen flieht und verabscheut, das Nützliche hingegen und seine Ursachen aufsucht und bewundert. Es ist daher nicht möglich, daß einer, der sich für geschädigt hält, mit dem zufrieden sei, von dem er sich geschädigt glaubt, wie es auch unmöglich ist, sich über die Schädigung

Zu glauben braucht man in der Tat zunächst bloß eine Tatsache, die wir, wie es scheint, nicht wissen können und sollen (denn alle sogenannten Beweise sind ungenügend) — die Existenz Gottes. Von da führt eine logische Reihenfolge zum Christentum, oder zum Pessimismus oder Nihilismus. Die Güte und die Schwäche der menschlichen Natur bringen es aber mit sich, daß die meisten Menschen irgendwo auf halbem Wege nach diesen beiden Endpunkten ihr Leben zubringen.

Epiktet gibt auch den wahren Grund an, weshalb viele Menschen nicht an Gott glauben können.

selber zu freuen. Daher wird selbst ein Vater vom Sohne geschmäht, wenn er seinem Kind Dinge, welche Güter zu sein scheinen, verweigert. Das machte Polynikes und Eteokles zu Feinden, daß sie die Alleinherrschaft für ein Gut hielten. Daher kommt es, daß der Landmann, der Schiffer, der Kaufmann, oder die, welche Weib und Kind verloren haben, wider die Götter murren, denn bei ihnen ist Glück und Religion beisammen. Wirkliche Religion hat nur, wer rechtmäßige Begierden und Abneigungen hat. Für jeden aber ziemt es sich, Opfer nach heimischer Sitte zu bringen, rein, nicht schlecht, nicht nachlässig oder spärlich, und auch nicht über Vermögen.[1]

## 32.

Gehst du zu einem Wahrsager, so bedenke, daß du den Ausgang, den die Sache nehmen wird, nicht kennst, sondern eben kommst, um ihn von einem Wahrsager zu erfahren. Bist du aber ein Philosoph, so kanntest du die Gestalt der Sache schon, bevor du hingingst. Denn ist es eines von den Dingen, die nicht in unserer Macht sind, so folgt notwendig daraus, daß es weder ein Gut, noch ein Übel sei. Bringe daher weder Lust noch Unlust mit zum Wahrsager, sonst mußt du mit Zagen zu ihm gehen, sondern gehe dahin in der Überzeugung, daß alles, was geschehen (dir geweissagt) werde, dir gleichgültig sei und dich nicht berühre, wie es auch sein möge; denn es kann dir ja niemand wehren, einen guten Gebrauch davon zu

---

[1] Dieser letzte Satz paßt nicht recht in den Zusammenhang und ist vielleicht bloß ein Zusatz Arrians, den er aus Klugheit macht.

machen.[1] Mutig gehe zu den Göttern, wie zu Ratgebern.
Bedenke aber auch dabei, wenn dir nun ein Rat zu teil
ward, was für Ratgeber du angerufen hast und wem du
ungehorsam wirst, wenn du nun nicht Folge leistest.

Gehe aber zum Wahrsager, nach der Vorschrift des
Sokrates, nur in Dingen, wobei es auf den Zufall an=
kommt, und weder die Vernunft, noch irgend eine Geschick=
lichkeit die Mittel darbietet, den Fall zu beurteilen. So
brauchst du, wenn du für einen Freund oder für das
Vaterland in Gefahr dich begeben sollst, nicht erst den
Wahrsager zu fragen, ob du es tun sollst.[2] Denn wenn
dir der Wahrsager ankündigt, das Opfer sei von schlimmer
Vorbedeutung begleitet gewesen, so bedeutet dies Tod oder
Verstümmelung eines Gliedes oder Flucht, und doch ge=
bietet dir die Vernunft, auch unter solchen Umständen
dem Freunde beizustehen und mit dem Vaterlande die
Gefahr zu wagen. Achte darum auf den größern Wahr=
sager Apollo selbst, welcher den aus seinem Tempel trieb,
der seinem Freunde, als er ermordet wurde, nicht zu
Hilfe geeilt war.[3]

---

[1] „Denen, die Gott lieben, müssen alle Dinge zum Besten
dienen."

[2] „Ein Wahrzeichen nur gilt, das Vaterland zu erretten."
In Fällen klarer Pflicht ist viel Fragen und Ratsuchen das Zeichen
eines falschen Gemüts, das sich nach einem Auswege umsieht. In
unsern christlichen Zeiten gibt es sehr viele angeblich Fromme,
welche Sprüche in der Bibel aufschlagen oder Geistliche fragen in
Dingen, wo sie sehr wohl wissen, was sie tun sollten.

[3] Ein solcher schlechter Freund, der nachher nach Delphi kam,
erhielt folgenden Bescheid von dem Orakel: „Frevler, fliehe die

## 33.[1]

1) Vergegenwärtige dir einen Charakter, ein Musterbild, wonach du zu leben dir vornimmst, sowohl im privaten, als im öffentlichen Leben.

2) Beobachte meistenteils Stillschweigen, oder sprich nur das Notwendige und auch dies mit wenigen Worten.[2]

3) Nur selten, bei besonders dazu auffordernden Verhältnissen, können wir uns in Reden einlassen, aber nicht von

---

heilige Stätte, die du entweiht hast, weil du, zugegen, doch Rettung nicht schuffst dem sterbenden Freunde."

[1] Dieser Artikel enthält eine ganze Reihe kleiner, recht guter Lebensregeln.

[2] Die echten Heiligen aller Denominationen und Zeiten haben stets zwei unfehlbare Eigenschaften an sich: sie sind sehr einfach und sehr freundlich. Die h. Teresa bespricht einen solchen (Petrus von Alcantara) in ihrer Lebensgeschichte mit folgenden charakteristischen Worten: „Er war sehr alt, als ich ihn kennen lernte, und so abgezehrt, daß er aussah, wie von Baumwurzeln zusammengeflochten. Bei aller seiner Heiligkeit war er ungemein freundlich, aber schweigsam, wenn man ihn nicht fragte. Da er einen ausgezeichneten Verstand hatte, war nichts angenehmer, als sein Gespräch." Es war der Mann, der sie in der schwersten Zeit ihres innern Lebens allein verstanden und aufrecht gehalten hatte.

Es hat aber zu allen Zeiten neben diesen freundlichen auch mürrische, zornige, oder pompöse Heilige gegeben. Denen traue du nicht; sie sind höchstens halbecht, d. h. selbst noch nicht ganz durch den Tod hindurch gegangen, den sie verlangen; sonst würden sie wissen, wie schwer er ist, und mit allen Geduld haben. Am besten für sie selber würde es sein, sie blieben noch ganz unbekannt und im Schweigen. Auf sie geht in der christlichen Literatur Offenbg. Joh. III. 1. und 2.

Tagesneuigkeiten, nicht von Zweikämpfen, Pferderennen, Athleten,[1] Essen und Trinken, was die gewöhnlichen Gesprächsgegenstände sind, am allerwenigsten von Menschen, sie tadelnd oder lobend, oder mit einander vergleichend.

4) Kannst du es, so lenke stets durch deine Reden deine Gesellschaft auf anständige Gegenstände; bist du unter lauter Fremden, so schweige.

5) Lache selten, nicht über vieles und nicht übermäßig.

6) Verweigere, wenn es möglich ist, den Eid ganz, sonst soweit es sich tun läßt.

7) Gastmähler[2] mit der großen Menge und mit Ungebildeten vermeide. Kommt aber doch ein solcher Anlaß, dem du nicht ausweichen kannst, so sei aufmerksam, daß du nicht in Gewöhnlichkeit verfallest. Denn wisse, wenn einer ein unsauberer Mensch ist, so wird auch der notwendig befleckt, wie rein er gewesen sei, der sich mit ihm in Genossenschaft einläßt.

8) Die körperlichen Dinge, wie Speise, Trank, Kleidung, Wohnung, Dienstpersonal gebrauche bloß nach Notdurft. Alles, was in das Gebiet des Luxus gehört, vermeide gänzlich.[3]

9) Des geschlechtlichen Verkehrs enthalte dich soweit dir möglich; sonst bediene dich desselben auf die gesetzliche

---

[1] Heute würden wir sagen: vom Theater, von Politik, von Wahlen, von Zeitungsneuigkeiten.

[2] Feste würden wir sagen.

[3] Das wird leichter, wenn man sich stets vor Augen hält, daß der wirkliche Lebensgenuß nie an solche Dinge geknüpft ist. „Nos vrais plaisirs sont des besoins."

Weise. Sei aber nicht unwillig oder tadelsüchtig gegen die, welche sich seiner bedienen, und prahle nicht damit, daß du dich seiner enthaltest.[1]

10) Wenn dir jemand erzählt, daß der oder dieser dir Böses nachrede, so verteidige dicht nicht gegen das, was man über dich sagte, sondern antworte: Die andern mir anklebenden Fehler wußte er nicht, sonst hätte er nicht bloß diese angeführt.[2]

11) Spiele (Theater) öfters zu besuchen, ist nicht notwendig (also auch zu vermeiden). Verlangen es aber die Umstände, einmal hinzugehen, so zeige kein besonderes Interesse (nimm nicht Partei)[3] und wünsche nichts anderes,

---

[1] Hier ist der Heide sichtbar, der keine rechte Vorstellung von der ganzen Wichtigkeit dieser Sache hat. Immerhin stimmt es zum Teil mit Ev. Matth. XIX. 11. 12 überein.

Das kirchliche Cölibat hingegen birgt beständige Gefahr nicht bloß der Heuchelei, sondern auch des Hochmuts in sich, indem eine an und für sich nicht sehr bedeutende Tugend als ein ungeheures Verdienst erscheint und den Mangel an anderen Tugenden mit ihrem Königsmantel bedeckt.

[2] Ein ausgezeichnetes Mittel, sich nicht über Nachreden und Tadel zu ärgern, für Leute, die nicht von sich selbst eingenommen sind. Carlyle in seiner drastischen Ausdrucksweise sagt: das beste Mittel, zur Zufriedenheit zu gelangen, sei, sich vorzustellen, man verdiente, gehängt zu werden, was wahrscheinlich der Fall sei, dann ergebe sich die Zufriedenheit auf dem natürlichsten Wege. Ohne Zweifel trägt Mangel an richtiger Selbstschätzung sehr zu der heute allgemein verbreiteten Unzufriedenheit bei.

[3] Zeige also namentlich kein persönliches Interesse für Schauspieler und Schauspielerinnen, wie es auch in unserer Zeit selbst bei gebildeten Leuten noch häufig genug geschieht.

als das, was geschieht, und daß der siege, der wirklich siegt, so wird dir (auch im Theater) kein Hindernis (deiner philosophischen Anschauung) begegnen. Enthalte dich ganz und gar, jemand zuzurufen, zu belachen (beklatschen) oder in Aufregung zu kommen, und nach dem Weggehen unterhalte dich nicht viel über das Vorgegangene, insoweit es nicht zu deiner Besserung dient. Denn sonst würde daraus hervorgehen, daß du das Schauspiel bewundert habest.

12) In die Vorlesungen mancher Leute[1] gehe nicht unbedachtsam und leichtsinnig. Wenn du aber hingehst, so bewahre ein ernsthaftes und würdiges Wesen, immerhin ohne damit jemand lästig zu fallen.

13) Wenn du dich mit jemand, ganz besonders mit vornehmen Personen in Unterhaltung einlassen willst, so stelle dir vor, wie Sokrates oder Zeno in diesen Fällen sich benommen hätte,[2] so wirst du nicht verlegen sein, den eintretenden Umständen gemäß dich zu verhalten.

---

[1] Sophisten und Rhetoren; auch mancherlei Arten von Lehrern und „Kanzelrednern" würden wir heute dazu zählen müssen.

[2] D. h. ohne Unterwürfigkeit und, was vielleicht unter Umständen beinahe noch schwerer ist, auch ohne unschicklichen Hochmut, mit würdiger Respektierung ihres Standes. Zeno soll diese vollkommene Würde des gebildeten Mannes im Umgange mit Höherstehenden in solchem Maße besessen haben, daß der König Antigonos erklärte, er sei in seinem Leben nur einmal verlegen gewesen, bei einer Unterredung mit diesem Philosophen.

Derselbe lebte von 340—260 v. Chr., von 280 ab als Lehrer der Philosophie und Gründer der stoischen Schule in Athen, war jedoch selbst kein Grieche, sondern ein Phönizier aus der Hafenstadt

14) Gehst du zu einem Vornehmen, so stelle dir vor, daß du ihn nicht zu Hause treffen werdest, oder daß man dir den Zutritt verweigere, daß dir die Türe vor dem Gesicht zugemacht werde, oder daß er auf dich nicht achthaben werde. Hältst du es dann trotzdem für deine Pflicht, zu ihm zu gehen, so ertrage, was dir begegnet, und sprich niemals: Es war nicht der Mühe wert, hinzugehen. So würde ein Ungebildeter sprechen, der die Äußerlichkeiten zu hoch achtet.

15) Hüte dich davor, in Gesellschaften häufig und weitläufig von deinen Taten und Gefahren zu sprechen, denn wenn es auch dir angenehm ist, bestandener Gefahren dich zu erinnern, so ist es andern nicht so angenehm, davon zu hören.

16) Ebenso ferne sei es von dir, Lachen zu erregen, denn das ist ein heikler Charakterzug, der leicht zu Gemeinheit führt und die Hochachtung deiner Freunde vermindert.

17) Gefährlich ist es auch, in nicht anständigen Redegegenständen sich zu ergehen. Wenn etwas von dieser Art in deiner Gegenwart vorkommt, so gib, sofern es die Umstände gestatten, dem, der es sich zu Schulden kommen ließ, einen Verweis, oder zeige sonst durch Stillschweigen, Erröten, unwilligen Ernst dein Mißfallen über solche Gespräche.

Kittion auf der Insel Cypern. Er galt in allen Dingen als das Musterbild eines stoischen Weisen, so daß ihm die Athener ein Denkmal mit der Inschrift setzten: „Sein Leben war seinen Lehren vollkommen gleich." Demgemäß soll er auch in hohem Alter sein Dasein durch einen freiwilligen Tod geendet haben.

## 34.

Tritt das Bild einer sinnlichen Lust in deine Vorstellung, so laß dich, wie bei andern sinnlichen Einbildungen, nicht davon hinreißen, sondern die Sache soll dir ein wenig warten. Nimm dir eine Frist zur Überlegung und betrachte die beiden Hauptzeitpunkte, denjenigen, in welchem du das Vergnügen genießen, und den andern, in welchem du nach dem Genuß Reue empfinden und dich selbst heftig tadeln würdest. Dem setze sodann die Vorstellung entgegen, wie du dich freuen und dich selber loben wirst, wenn du dich enthalten hast. Scheint es dir dennoch zulässig, dich mit der Sache einzulassen, so hüte dich, nicht von dem Süßen und Lockenden derselben bezwungen zu werden, sondern erwäge, wie viel besser das Selbstbewußtsein sei, über sie einen Sieg erfochten zu haben.

## 35.[1]

Wenn du etwas nach bestimmter Überzeugung, daß es getan werden müsse, tust, so scheue dich nicht, es öffentlich zu tun, wenn auch die Menge (das Publikum) darüber ganz anders denkt. Denn handelst du nicht recht, so scheue die Tat; handelst du aber recht, was scheust du denn die, welche dich mit Unrecht tadeln?

---

[1] Eine der besten Regeln, besonders für Republiken. Nichts liefert dieselben mehr den politischen Intriganten allein in die Hände, als die Halbheit der guten Bürger, die im vertrauten Kreise tadeln und opponieren, niemals aber öffentlich aufzutreten wagen. Dadurch beherrschen kleine kecke Minoritäten oft große Majoritäten.

### 37.[1]

Wenn du eine Rolle übernimmst, der du nicht gewachsen bist, so machst du dir damit nicht bloß Unehre, sondern du vernachlässigst auch eine andere, welche du (mit Ehre) ausfüllen konntest.[2]

### 38.

Wie du dich beim Gehen in acht nimmst, nicht auf einen Nagel zu treten, oder nicht deinen Fuß zu verrenken, so hüte dich, den besten Teil deines Ichs[3] nicht zu verletzen. Wenn wir das bei allen unseren Handlungen ins Auge fassen, so werden wir sie mit mehr Sicherheit unternehmen.

---

[1] 36 enthält einen ziemlich umständlichen philosophischen Syllogismus und eine höchst triviale Nutzanwendung, dahingehend, daß man bei Mahlzeiten nicht bloß an seinen Magen, sondern auch an den Anstand gegen den Wirt und die Tischgesellschaft denken soll. An solchen Beispielen sieht man doch den Fortschritt der allgemeinen Gesittung deutlich.

[2] Etwas ungemein Wahres und sehr oft im Leben Vorkommendes. Es sind fast alle Menschen brauchbar, sofern sie ihre Rolle rechtzeitig im Leben finden können. Ein französischer Heiliger des sechzehnten Jahrhunderts beseitigt einen damit verwandten Fehler vieler Menschen mit den Worten: „Unsere Heilung besteht nicht in der Veränderung unserer Werke, sondern wesentlich darin, daß wir um Gottes willen tun, was wir bisher nur um unserer selbst willen verrichteten."

[3] „Was Nutzen hätte es, wenn jemand die ganze Welt gewänne und nähme Schaden an seiner Seele?" Dennoch ist nichts häufiger als das. Die „Magenfrage" ist den meisten Menschen wichtiger als die Seelenfrage.

### 39.

Das Bedürfnis des Körpers ist der Maßstab für den Besitz, wie der Fuß der Maßstab für den Schuh ist. Bleibst du dabei stehen, so wirst du Maß halten, gehst du darüber hinaus, so wirst du notwendig wie in einen Abgrund gerissen. Gerade so, wie es mit dem Schuh ist. Wenn du einmal das Bedürfnis des Fußes überschreitest, so kommt erst ein vergoldeter, dann ein purpurner, dann ein gestickter an die Reihe. Denn alles, was einmal über das Maß hinaus ist, hat keine Grenzen mehr.[1]

### 40.

Die Frauenzimmer werden vom 14. Altersjahr an von den Männern Herrinnen genannt. Da sie sehen, daß sie kein anderes Verdienst als das der Schönheit[2] haben, so fangen sie an, sich auf den Putz zu legen und alle ihre Hoffnung auf den äußern Reiz zu setzen. Es wäre zweckmäßig, sie fühlen zu lassen, daß sie sich mit nichts anderem Ehre verschaffen können, als durch Anständigkeit, Schamhaftigkeit und Zucht.[3]

---

[1] Wenn wir aber Nahrung und Bedeckung haben, so wollen wir uns daran genügen lassen. „Alles weitere sind künstliche Bedürfnisse, die kein Maß mehr in sich haben und sich bei vorhandenen Mitteln in das Abenteuerliche steigern" (Ludwig II. von Bayern). Das ist die Hauptgefahr des Luxus und der Grund, weshalb er die Menschen unfehlbar innerlich verdirbt.

[2] Das Original drückt sich derber aus. Der Gedanke ist richtig, daß die Frauen durchschnittlich so sind, wie die Großzahl der Männer sie wollen und verdienen.

[3] Ein christlicher Stoiker des Mittelalters, Thomas von Kempen,

### 41.

Es ist ein Zeichen eines unedlen Charakters, wenn man zu lange bei körperlichen Dingen verweilt, zu lange zu essen, zu trinken u. s. w.[1] Alle diese Dinge muß man als überflüssige behandeln; auf den Geist sei Zeit und Fleiß gewendet.

### 42.

Wenn dir jemand Böses tut oder nachredet, so denke: Er handelt oder spricht so, weil er meint, er habe recht. Er folgt eben nicht deinen Begriffen, sondern seinen, und wenn diese falsch sind, so hat er den Schaden davon, indem er sich täuscht. Denn wenn jemand einen richtigen Schlußsatz für falsch hält, so schadet dies nicht dem Objekt des Satzes, sondern ihm, der sich irrt. Wenn du das stets bedenkst, so wirst du dich sanftmütig gegen

---

geht in seiner „Nachfolge Christi" noch darüber hinaus, indem er rät, man solle jeden Verkehr mit dem weiblichen Geschlechte vermeiden und „bloß alle frommen Weiber Gott empfehlen." Das Beispiel Christi ist jedoch dagegen. Richtig dürfte nur das sein: Man kann mit den Menschen nur ohne Schaden umgehen, wenn man ihnen aufrichtig wohl will und ihr Bestes sucht. Außerdem wirkt jeder Umgang nachteilig auf den eigenen Geist. Unter diesen Voraussetzungen hingegen bedeutet der Unterschied des Geschlechts, ausgenommen in sehr jugendlichem Alter, für den gewöhnlichen geselligen Verkehr nicht viel. Den Umgang mit eitlen, leichtfertigen oder oberflächlichen Menschen wird man ja überhaupt zeitlebens zu vermeiden suchen müssen.

[1] Epiktet führt das mit einer für unsern Geschmack etwas zu großen Natürlichkeit noch weiter aus.

den benehmen, der dich beschimpft.[1] Sage dir deshalb bei jedem solchen Vorfalle: Es hat ihm so geschienen. (Er spricht oder handelt, wie er's versteht.)

### 43.

Jede Sache hat zwei Seiten, von denen sie genommen werden kann. Von der einen ist sie erträglich,[2] von der andern nicht erträglich. Tut dir z. B. dein Bruder Unrecht, so nimm es nicht von der Seite auf, daß er dich beleidigt — das ist seine Handhabe, die für dich unfaßbar ist — sondern von der Seite, daß er dein Bruder und Jugendfreund ist; dann fassest du die Sache da an, wo sie hebhaft ist.

### 44.

Folgendes sind falsche Schlüsse: „Ich bin reicher als du, also bin ich vorzüglicher", oder: „Ich bin beredter als du, folglich bin ich besser." Schlüssig ist bloß dies: „Ich bin reicher als du, folglich ist mein ökonomischer Zustand besser als deiner; ich bin beredter als du, also ist meine Sprechweise besser als die deinige." Du selber aber bist weder Besitz noch Ausdrucksweise.

---

[1] Entweder hat er ganz oder teilweise recht (was öfter, als man meint und gelten lassen will, der Fall ist); dann ist kein Grund vorhanden, ihm deshalb zu zürnen; oder er handelt und denkt unrichtig: dann ist er zu bedauern; dir schadet es wenig oder nichts, sobald du dich nicht darüber ärgerst. Es ist sogar auffallend, wie oft frühere Feinde zu Freunden werden, wenn man sie sanftmütig und gerecht behandelt.

[2] Hebhaft, anfaßbar.

## 45.

Einer badet früher, als es gewöhnlich ist; sprich nicht: er tut übel daran, sondern: er badet früh. Einer trinkt viel Wein; sage nicht: er handelt unrecht, sondern: er trinkt viel. Denn woher weißt du, daß er unrecht handelt, bevor du seine ihn bestimmenden Gründe kennst? Dadurch wirst du es vermeiden, nur von einem Teile der Dinge deutliche Vorstellungen zu haben, andern aber blindlings zu folgen.[1]

## 46.

Niemals nenne dich selber einen Philosophen, noch sprich bei Uneingeweihten von Grundsätzen, sondern handle nach denselben.[2] Z. B. bei einem Gastmahle sprich nicht davon, wie man essen soll, sondern iß richtig. Erinnere dich, daß auch Sokrates alles Prahlerische auf diese Art von sich abhielt. Es kamen Leute zu ihm, die den Wunsch hatten, zu Philosophen zum Unterricht geführt zu werden; er führte sie zu solchen und ertrug es, selbst übersehen zu werden.

Wenn daher bei Uneingeweihten das Gespräch auf einen philosophischen Lehrsatz kommt, so schweige meistens;

---

[1] Der Sinn des letzten Satzes ist wohl der: Dadurch wirst du es vermeiden, über Sachen abzuurteilen, von denen du keine genügende Kenntnis hast. Das viele Richten ist eine große Plage für die Gerichteten, wie für die Richtenden, und die letztern sollten den Spruch Ev. Matth. VII, 1 als eine wohltätige Dispensation für alle Fälle auffassen, in denen sie nicht durch eine Pflicht dazu verbunden sind.

[2] Bei der Religion ist dies noch viel deutlicher anwendbar. Dieselbe würde weit größeren Kredit genießen, wenn man sie sähe statt so viel von ihr zu hören.

denn es ist große Gefahr vorhanden, du möchtest etwas von dir geben, was du noch nicht verdaut hast. Spricht dann jemand zu dir: Du verstehst nichts und du lässest dich das nicht anfechten, so wisse, daß du auf guten Wegen bist. Und wie die Schafe das Gras nicht wieder ausspeien, um dem Hirten zu zeigen, wie sie geweidet haben, sondern das Futter verdauen und Milch erzeugen, so zeige du den Uneingeweihten nicht deine Prinzipien, sondern die aus ihnen hervorgehenden Handlungen, sofern du jene wirklich verdaut hast.

### 47.

Wenn du an eine einfache Lebensart gewöhnt bist, so sei nicht stolz darauf. Trinkst du nur Wasser, so sage nicht bei jedem Anlaß: Ich trinke Wasser, sondern bedenke, wie viel kümmerlicher die Armen leben und wie viel sie ertragen; und willst du dich einmal in Arbeit und Ausdauer üben, so tue es für dich und nicht vor den Leuten. Umklammere nicht Bildsäulen,[1] sondern wenn dich heftig dürstet, so nimm den Mund voll kaltes Wasser, speie es wieder aus und — sage es niemand.

### 48.

Die Art des Uneingeweihten (Nichtphilosophen) ist die: Er erwartet nie Vorteil und Nachteil von sich, sondern immer von den äußern Dingen. Die Art des Philosophen ist: Er erwartet jeden Nutzen und Schaden von sich selbst.

---

[1] Das taten ruhmsüchtige Stoiker im Winter, um vor aller Welt zu zeigen, wie sie Kälte ertragen könnten.

Die Kennzeichen, daß jemand (in der Weisheit) Fort=
schritte macht, sind die folgenden:[1] Er tadelt niemand,
lobt niemand, beklagt sich über niemand, spricht nicht von
sich, als ob er etwas sei oder wisse. Wenn er in irgend
etwas gehemmt wird, oder Widerstand erfährt, so gibt er
sich selbst die Schuld; lobt ihn jemand, so lacht er bei
sich über den Lobenden; tadelt man ihn, so verteidigt er
sich nicht. Er geht herum, wie ein noch Schwacher (ein
Rekonvaleszent), in Sorge, etwas von dem, was eben
erst geheilt worden ist, ehe es erstarke, wieder zu erschüttern.
Alle Begierden (Wünsche) hat er abgelegt; Abneigung ge=
stattet er sich bloß noch bezüglich der Dinge, die der Natur
der in unserer Macht stehenden zuwider sind; seine Willens=
regung ist stets gemäßigt; ob er für einen Toren oder

---

Solche Kennzeichen des inneren Fortschrittes haben auch
Plutarch in der gegen die Stoiker gerichteten Abhandlung „Wie
man seine Fortschritte in der Tugend bemerken kann" und Richard
Baxter, Feldprediger unter Cromwell, der letztere in seinem be=
rühmten Buche über „die ewige Ruhe der Heiligen", das in alle
Sprachen übersetzt worden ist, aufgestellt (Abschnitt VIII). Kürzer
bezeichnet den Hauptpunkt das aus dem Altertum (von Menedemus)
herstammende Wort: „Die Anfänger in der Lebensweisheit, die nach
Athen zur Hochschule ziehen, halten sich für Weise; später nennen
sie sich noch Philosophen (Liebhaber der Weisheit), dann noch
Redner, zuletzt einfache Menschen." Das ist ziemlich unfehlbar.

Ein sehr praktisches Kennzeichen des innern Fortschrittes ist
zuerst von Zeno angegeben worden, nämlich die Träume, indem
er sagte, der sei tugendhaft, der selbst im Schlaf nichts Unrechtes
billige oder verübe, oder daran Gefallen finde, so daß die Ein=
bildungskraft und das Empfindungsvermögen durch die Vernunft
völlig geläutert sei.

Unwissenden gehalten werde, bekümmert ihn nicht. Mit einem Worte, er ist gegen sich selbst beständig auf der Hut, wie gegen einen Feind und Verräter.

### 49.

Wenn sich jemand berühmt, er könne den Chrysipp[1] verstehen und auslegen, so sprich zu dir selbst: Wenn Chrysipp nicht dunkel geschrieben hätte, so hätte jener nichts, um sich zu brüsten.[2] Was will ich aber? Die Natur kennen lernen und ihr folgen. Darum frage ich: Wer erklärt sie mir? Und da ich vernehme, Chrysipp sei der Mann dazu, so gehe ich zu ihm. Aber nun verstehe ich seine Schriften nicht. Gut, so suche ich einen, der sie mir auslegt. Bis dahin ist nirgends ein Grund, stolz zu sein. Habe ich einen Ausleger gefunden, so muß ich von seinen Erklärungen Gebrauch machen; das allein ist erheblich. Wenn ich aber nur das Auslegen selbst (die Gelehrsamkeit dabei) bewundere (und darin Fertigkeit erlange), was bin ich dann anders als ein Grammatiker statt eines Philosophen geworden,[3] bloß mit dem Unter=

---

[1] Ein etwas schwer verständlicher Stoiker, Schüler Zenos und Kleanthes', von dessen angeblichen 700 Schriften bloß einzelne Fragmente auf uns gekommen sind. Hauptsächlich war er ein berühmter Dialektiker, so daß man zu sagen pflegte, wenn die Götter sich einer Dialektik bedienen, so könne es nur die des Chrysipp sein.

[2] Wie manche heutige „wissenschaftliche Bedeutung" beruht auch gänzlich darauf, daß andere dunkel geschrieben haben.

[3] „Wenn die Künste verblühn,
  Kommt die Wissenschaft in Gunst;
  Da gilt auch Handwerksbemühn,
  Denn Wissen ist keine Kunst."

schied, daß ich statt eines Homer bloß den Chrysipp aus=
legen kann. Lieber will ich erröten, wenn jemand mir
sagt: Lies mir den Chrysipp vor, wenn ich nicht Taten
aufweisen kann, die seinen Aussprüchen ähnlich sind und
mit ihnen übereinstimmen.

## 50.

Bei dem, was hier gelehrt wird (bei der stoischen
Lehre), beharre wie bei Gesetzen und wie wenn du gottlos
handeltest, wenn du je etwas davon übertreten würdest.
Kehre dich nicht daran, was man auch deshalb über dich
reden mag; das geht dich gar nichts mehr an.

Wie lange verschiebst du es, dich des Besitzes der
größten Güter würdig zu achten und in nichts mehr
unvernünftig zu handeln (die unterscheidende Vernunft zu
verletzen)? Du hast die Lehrsätze gehört, nach denen du
dich bilden sollst — du hast sie angenommen. Welchen
Lehrer erwartest du nun noch und willst deine Verbesserung
bis auf ihn verschieben? Du bist kein Jüngling mehr,
sondern ein erwachsener Mann. Wenn du dich immer
noch vernachlässigst und sorglos dahin lebst, immer Auf=
schub auf Aufschub, Vorsatz auf Vorsatz häufst[1] und immer

---

[1] „Es ist ein köstlich Ding, daß das Herz fest werde."
Das werden auch alle diejenigen sagen, die den weitern Zusatz nicht
annehmen, und jedenfalls darf man vermuten, daß dies in keinem
menschlichen Leben auf einmal geschehe, sondern stufenweise, in
Etappen. Aber einmal und auf irgend einem Wege muß es
kommen, wenn das Leben einen würdigen Verlauf haben soll. Die
Hauptsache dabei ist, daß das Herz fest werde, nicht bloß der Kopf
eine Theorie annehme. Die innersten Überzeugungen des Menschen

einen Tag nach dem andern bestimmst, von dem an du auf dich achten wollest, wirst du unvermerkt zu gar keinem Fortschritte gelangen und als Ungebildeter leben und sterben.

Darum halte dich nun für würdig, als ein vollkommener Mann zu leben und als einer, der Fortschritte

müssen völlig Natur werden, nicht Kunst bleiben; sonst befriedigen sie ihn selbst nicht und verfehlen des Eindrucks auf andere. Dieser Glaube ist aber nach der Auffassung des Christentums gar nicht etwa das Resultat irgend einer Beweisführung und von daher gewonnenen Einsicht, sondern die unfehlbare, von selbst entstehende Frucht, zuerst der Hinneigung (Josua XXIV, 23), und (in einem weitern Stadium) der Entscheidung des Willens für Gott. Aus diesem einzigen Grunde kann die christliche Lebensauffassung alle Menschen, die einen Willen haben, für ihren Unglauben verantwortlich erklären, was sonst nicht möglich wäre. In diesem Ausgangspunkte aller Philosophie und aller Religion stimmt somit das Christentum mit der Stoa gänzlich überein. Es erklärt ebenfalls, daß der Wille in unserer Macht steht; wo dies geleugnet wird, hört überhaupt jeder Begriff von Moral und jede Diskussion über solche Themata auf. Dagegen verweist es allerdings in der Folge die Menschen nicht auf die eigene Kraft, sondern verlangt eigentlich bloß diese eine „Wendung" zu Gott. (Jesaias XLV, 22—24.) Um so aufrichtiger wird diese sein müssen, wenn sie etwas nützen soll. In einem ausgezeichneten Briefe schreibt dies Gordon mitten aus seinen Mühsalen im Sudan an ein englisches Mitglied der Antisklaverei=Gesellschaft. „Mein Lieber, richten Sie Ihr Leben in Wahrheit nach dem Christentum ein, dann wird es Sie befriedigen. Das Christentum der meisten Leute aber ist ein schales, kraftloses Ding und führt zu gar nichts. Ein gutes Diner ist ihnen wichtiger   Ach, die armen Sklaven! heißt es da und: Darf ich Ihnen noch ein Stückchen Salm anbieten?"

macht. Was dir als das Rechte erscheint, laß dir ein unverbrüchliches Gesetz sein.[1] Begegnet Mühsal dir und Schmach, so denke, daß jetzt die Zeit des Kampfes ist, daß die olympischen Spiele da sind und kein Verschub mehr stattfindet,[2] und daß durch Niederlage oder Nachlassen dein Fortschreiten gehemmt, umgekehrt aber glücklich gefördert wird.

So wurde Sokrates ein vollkommener Mann, indem er sich in allen Dingen dazu anhielt, nichts anderem als der Vernunft zu gehorchen. Du aber, wenn du auch noch nicht Sokrates bist, mußt doch leben wie einer, der ein Sokrates werden will.

### 51.

Der erste und notwendigste Teil der Philosophie ist der, welcher die Lebensregeln enthält, z. B.: „Du sollst

---

[1] Vgl. Ev. Joh. XIII, 17 und VII, 17: „So ihr solches wisset, selig seid ihr, wenn ihr's tut." „So einer tun will den Willen dessen, der mich gesandt hat, der wird inne werden, ob diese Lehre von Gott sei oder ob ich aus mir selbst rede." Sofort das Wenige in Aktion setzen, was man anfänglich als wahr erkannt, das ist der einzige Weg zu größerer Erkenntnis. Wer zuerst alles begreifen und dann anfangen will, danach zu handeln, wird niemals anfangen.

[2] Augustin in seinen „Confessiones", Buch VIII, Kap. 12, beschreibt diesen Zustand des Aufschubes sehr anschaulich, der nur durch eine entschiedene Wendung der Seele beseitigt wird. Daher lautet auch die erste Forderung der Religion nicht: begreife oder lerne etwas, sondern wolle etwas, richte deinen Sinn auf etwas anderes als bisher. Jesaias XLV, 22 und LV. Evang. Matth. III, 2; IV, 17.

nicht lügen." Der zweite ist der von den Beweisen (dieser Regeln), z. B.: „Warum soll man nicht lügen?" Der dritte der, welcher beide vorangehende bestätigt und erklärt, z. B. warum dies einen Beweis bilde, was ein Beweis sei, was eine Schlußfolgerung, was ein Widerspruch, was ein wahres oder ein falsches Urteil. Darum ist der dritte Teil um des zweiten und der zweite um des ersten willen vorhanden; der notwendigste, der den Ruhepunkt des Ganzen bildet, ist der erste. Wir hingegen kehren es um;[1] wir halten uns bei dem dritten Teile auf und wenden allen unsern Fleiß darauf; den ersten vernachlässigen wir gänzlich. Daher kommt es denn, daß wir lügen, während wir den Beweis dafür, daß man nicht lügen solle, stets bei der Hand haben.

## 52.

Immer müssen wir folgende Gedanken in Bereitschaft haben:[2]

1) „So leitet mich, o Zeus, und du, o Schicksal,
Wohin mir euer Wink zu gehn befiehlt;

---

[1] Sehr wahr. Das ganze Studium der Philosophie leidet seit Hegel unter dieser Verkehrung, und daher ist unsere Generation seiner beinahe überdrüssig und ihm fremd geworden. Ebenso neigen die Jurisprudenz und die Theologie zu dieser bloß formellen Ausgestaltung, bei der das wahre Recht und die echte Religion beständig zu kurz kommen.

[2] Diese Verse sind zuerst vier Jamben des Stoikers Kleanthes, Schülers des Zeno und Lehrers des Chrysippos, sodann Worte aus einer unbekannten Tragödie des Euripides und zuletzt die

Ich bin bereit zu folgen; wollt' ich nicht,
So wär' ich feig und müßte dennoch folgen."[1]
2) „Wer der Notwendigkeit sich gerne fügt,
Der ist ein Weiser und erkennet Gott."
3) „Kriton, ist es den Göttern so recht, so geschehe es also;
Töten können mich wohl Anyt und Melitos,
Aber mir schaden, das können sie nicht."

Diese Grundsätze der stoischen Philosophie bedürfen unseres Erachtens kaum noch vieler Erläuterung. Wenigstens nicht für den, der sie nicht bloß wissen, sondern auch zu eigenem Hausgebrauch sich überlegen will. Der Hauptsatz, der anfänglich allerdings geglaubt, nachher aber durch Erfahrung erwiesen wird, ist der, daß die Tugend das einzige Gut, das Laster das einzige wahre Übel in der Welt, und überhaupt die inneren Güter, als unverlierbar und in der Macht der Menschen stehend, den äußeren,[2] die allen möglichen Zufälligkeiten preisgegeben

bekannten Worte des Sokrates. Anytos, Melitos und Lykon waren die Ankläger desselben.

[1] Ein englisches Sprichwort drückt dies so aus: „Reader, if thou an often told tale wilt trust, thou shalt gladly do and suffer what thou must."

[2] Das sind die „Adiaphora", die gleichgültigen Dinge. Zeno selbst sah übrigens wohl ein, daß die Behauptung, z. B. „Krankheit sei kein Übel", auf Widerspruch stoßen müsse, meinte aber, man müsse das „krumme Holz stark nach der andern Seite umbiegen", um es gerade machen zu können.

sind, bei weitem vorzuziehen seien. Die Tugend[1] ist Weisheit, das Laster Torheit, und zwischen beiden gibt es keine Übergangsstufen. Das Höchste in dem Menschen ist der Verstand (nus), der dies einsieht; dann folgt die Willenskraft (thymos), die es ausführt und festhält; endlich das Begehrungsvermögen, das durch diese andern beiden Seelenkräfte in den richtigen Schranken gehalten wird.

Der schwache Punkt dieser erhabenen und echt republikanischen Anschauung liegt zunächst darin, daß ein hoher Grad von Verstand und Willenskraft schon erforderlich ist, um sie anzunehmen, noch mehr aber, um sie im Leben beständig zur Durchführung zu bringen, und diese Kraft muß der Mensch auch noch fortwährend in sich selbst neu erzeugen. Die Maschine, würden wir heute sagen, arbeitet mit so viel Friktion, daß der halbe Nutzen sofort verloren geht. Es ist ein Werk, das einer beständigen Mühsal gleicht und leicht zu der Verzweiflung am Leben führen kann, die der Stoiker gar nicht als etwas Unrechtes betrachtet. „Exitus patet." Man kann ja jeden Augenblick die Last abwerfen, wenn sie zu schwer wird. Diesen rauhen Forderungen entspricht der Stolz des allein Weisen, die unbedingte Verachtung und Vernachlässigung dessen, der denselben nicht gewachsen ist (des Idioten) und infolge

---

[1] Im einzelnen zerfällt dann diese Weisheit in die vier bekannten philosophischen Tugenden (Beständigkeit, Mäßigkeit, Tapferkeit und Gerechtigkeit), die auch in der Philosophie des christlichen Mittelalters (z. B. von dem jetzt eben wieder zur Geltung gelangenden h. Thomas von Aquino) den drei theologischen des Apostels Paulus an die Seite gestellt werden.

davon die ganze Härte, Kälte und Mitleidslosigkeit gegen die Mangelhaften oder Andersdenkenden, zu der die menschliche Natur ohnehin zu sehr neigt. Die Stoa gleicht einer Art philosophischer Kaserne, in der ein bevorzugter Teil der Menschheit in beständiger harter Pflichterfüllung erhalten wird, mit der Belohnung eines erhöhten Standesbewußtseins und der Herrschaft über die andern Menschen.

Das Christentum geht dagegen in einer ganz andern Weise vor, um zu den gleichen Endresultaten zu gelangen. Es hält die Menschen überhaupt, ohne allen Unterschied der Bildung, nicht für fähig, eine so hohe Kraft aus sich zu entwickeln, sondern verspricht ihnen diese Kraft ohne weiteres von außen her, als Resultat eines Glaubens an Tatsachen. Das Heil ist geschichtlich, nicht philosophisch (kein Denkprozeß), und beruht auf lauter Tatsachen, die ein für allemale, unwiderruflich und unabhängig von Meinungen, wie andere geschichtliche Ereignisse, gegeben sind. Und es ist auch sogar das Annehmen dieser Tatsachen, der Glaube, etwas, was dem Menschen, der sich verlangend danach ausstreckt, gegeben wird, und zwar allen gleich, Gebildeten und Ungebildeten, Weisen und Toren, relativ Tugendhaften und groben Sündern.

An eine Tugend aus eigener Kraft glaubt überhaupt das Christentum nicht, sondern das Leben nach Gottes Willen erfordert eine vorherige völlige Umgestaltung des natürlichen Seins, das immer egoistisch gerichtet bleibt (ob feiner oder gröber, das macht keinen reellen Unterschied aus), durch welche Veränderung das, was früher (fruchtlose) Anstrengung war, nun natürlich und leicht wird, indem es eben der neuen Natur entspricht.[1]

Die Konsequenzen dieser beiden Anschauungen, namentlich auch im Verhalten gegenüber andern Menschen, sind sichtbar genug. Es wird sich jedoch nicht leugnen lassen, daß die christliche Ansicht vorzugsweise ein Produkt eigener reifer Lebensanschauung und eines innern Kampfes sein muß, den ein Mensch nicht in seiner frühen Jugend, sondern frühestens „nel mezzo del cammin di nostra vita" durchmacht.[2]

In der Zwischenzeit ist es einerseits die gesamte christliche Atmosphäre, in welcher der jugendliche Mensch, ihm unbewußt, aufwächst, die ihn vor den groben Lastern des Heidentums schützt; andererseits ist hier die Stelle, wo die klassische Philosophie, die klassische Bildung und Denkart überhaupt eintritt, und eine Selbsterziehung zur beständigen Arbeit an sich und zur Willensenergie beginnt, die oft den nicht klassisch gebildeten Christen bedenklich mangelt und dem Christentum selbst den weichlichen, bloß gefühlsseligen, mitunter recht kümmerlichen Anschein verleiht, der ihm in den Augen recht entschlossener, männ-

---

[1] Vgl. z. B. Jesaias LV, Brief des Paulus an die Galater V, an die Römer III und VIII und besonders Evang. Joh. III. Die römische Kirche ist davon etwas abgegangen; die Reformatoren aber hatten wenigstens die Absicht gehabt, diesen Standpunkt vollkommen wiederherzustellen.

[2] Die frühreifen christlichen Kinder, wie sie in den Sonntagsschulen erzogen werden, erwecken immer einige Zweifel, bevor sie durch das spätere Leben bewährt sind. Auch die vornehmen und stolzen Christen sind sonderbare, unlogische Erscheinungen.

licher und daher etwas selbstbewußter Naturen am meisten zum Vorwurf gereicht, keineswegs aber seiner eigentlichen Natur entspricht, die im Gegenteil männlicher als alles andere sein sollte.[1]

Es ist auch die einzige Anschauung, die nicht nur eine Elite der Menschheit, sondern das Ganze derselben aus einem tierähnlichen Zustande zu einem höheren Leben in vollkommener Freiheit und Gleichheit zu heben versprechen kann und die dieses Versprechen in höherem Grade, beziehungsweise in weiterer Ausdehnung als die klassische Philosophie, gehalten hat.

Gemeinsam beiden Anschauungen ist, daß sie einen hohen Wert auf den Willen des Menschen legen, der allein eigentlich sein wahres Eigentum ist (so daß er auch zum Guten nicht gezwungen werden kann[2]), und die feste Überzeugung von einer sittlichen Weltordnung fordern, welche eine Abweichung von ihren Prinzipien nicht duldet, sondern dem darauf gerichteten Eigenwillen des Menschen einen völlig sicheren und unbesiegbaren Widerstand entgegensetzt.[3]

---

[1] z. B. den Selbstmord entschieden perhorresziert und opferwilliger für andere als jede Philosophie ist.

[2] Vgl. V. Mos. V, 29; X, 12. I. Mos. IV, 7; II, 17. Jesaias XLIV, 22. Der Unterschied ist nur der, daß dem Stoizismus das richtige Wollen ein beständiger harter Zwang gegen sich selbst, dem Christentum aber ein fröhliches Müssen, vermöge einer Veränderung der innern Natur des Menschen ist. Wir können hiebei nicht umhin, auch auf den israelitischen Kommentar von Hirsch zu den fünf Büchern Mosis zu verweisen, der noch besser ist, als die unsrigen.

[3] Darauf kommt es eigentlich praktisch am meisten an, und

Auf diesen beiden Punkten beruht die Übereinstimmung, die sich in manchen Folgerungen dann zeigt, namentlich in der beiden Überzeugungen gemeinsamen Anschauung, daß das Gute tun zu **können** (wonach eigentlich doch jedes Menschenherz verlangt), der Lohn des Guten, und das

dieser Satz läßt sich glücklicherweise durch die Erfahrung jedes ein= zelnen und der Völker in ihrer Geschichte erweisen. Sobald der Mensch davon überzeugt ist, daß jedem Unrechthandeln die Strafe gewissermaßen als Eigenschaft innewohnt und daher mit absoluter Notwendigkeit von selber auf den gegen die Ordnung Frevelnden sich ergießt, dann bekommen, wie ein merkwürdiger Bibelkommentar sagt, „die göttlichen Gebote ein liebliches Angesicht", indem man sie nun nicht mehr als harte Vorschriften, sondern als „rechte Präservationen" ansieht, durch die Gott auf die Seite räumen wolle, was Gift ist. (Berleburger Bibel **ad** Lukas IV.)

Damit ist dann die Hauptsache bei jedem Menschen entschieden. Er will nicht in der „**selva selvaggia ed aspra e forte**" des gewöhnlichen Lebens bleiben, in welcher Furcht und Sorge, die unangenehmsten aller Empfindungen, einen so großen Bestandteil ausmachen, und er sucht die Kraft, um herauszukommen, da, wo er sie zu finden hoffen kann. Freilich gehört dann dazu sofort, nach dem schönen ersten Gesang des Dante, daß er das Geld, die Ehre und den Genuß in sich zu überwinden unternimmt, und dies fällt der eigenen Kraft des Menschen so schwer, daß ein **echtester** Stoiker der modernen Zeit, Spinoza (in der Abhandlung über die Aus= bildung der Erkenntnis) sagt: „Obgleich ich in meinem Denken dies so klar begriffen, so konnte ich doch nicht alle Habsucht und Sinn= lichkeit und allen Ehrgeiz ablegen." Die berühmte Maxime „Kenne dich selbst" ist daher als Weg zum Lebensglück ganz unnütz. Wer sich selbst kennt, bevor er gleichzeitig die sicheren Mittel zur eigenen Verbesserung gefunden hat, muß zum Pessimismus gelangen. Da ist, um mit Carlyle zu sprechen, ein weit besserer Spruch: „**Know thy work and do it.**" Wenn den Menschen nicht aus Gottes

Böse tun zu müssen (mit innerem Widerstand und Grauen), die Strafe des Bösen auf dieser Welt sei.[1]

Es liegt die stoische Moral in unseren Tagen vielen Menschen weit näher als der religiöse Glaube, der, man möchte es manchmal denken, ein für diese Welt zu feines Lichtwesen hat und eigentlich unaussprechlich ist, so daß jede Aussprache (oder gar Organisierung) dieser seiner Lichtnatur Gefahr bringt,[2] — während die Moral an den allgemeinen gesunden Menschenverstand, das natürliche Bedürfnis des Zusammenlebens, und selbst an einen gewissen gesunden Egoismus des Menschen sich wenden kann.[3]

---

Gnaden die Selbstkenntnis entzogen und eine gute Dosis Selbstbewunderung verliehen wäre, bevor sie den starken Antrieb zum Bessern erhalten haben, so würde die pessimistische Weltanschauung heutzutage einen Grad erreichen, der den zur Zeit Epiktets vorhandenen noch überstiege.

[1] Vgl. Zinzendorfs Brief an König Friedrich Wilhelm I. von Preußen vom 4. April 1740.

[2] Schopenhauer sagte einmal, sobald unser Denken Worte gefunden habe, sei es schon nicht mehr im tiefsten Grunde Ernst. Darin liegt leider eine große Summe innerer Erfahrung.

[3] Die letzte Frage an die antike Philosophie stellte der christliche Apostel Johannes, vielleicht noch zu Lebzeiten unseres Philosophen, im Kap. V, Vers 5, des ersten der von ihm vorhandenen Briefe. Ihre volle Bedeutung tritt erst dann hervor, wenn man dabei die Tendenz des christlichen Glaubens bedenkt, nicht nur etwa einzelne zu Philosophen zu erziehen, sondern ganze (rohe oder verdorbene) Völker, und ebenso den Geistesarmen gleich dem Gebildeten zur Erreichung der höchsten Ziele zu befähigen.

Die antike Philosophie hat die Frage in diesem Sinne unbeantwortet gelassen. Für sie gab es zu jeder Zeit nur Philosophen und gemeines Volk, an dem nichts zu verbessern ist. Die

Ja, es mag sogar, wie wir schon andeuteten, die Frage nicht ganz unberechtigt erscheinen, ob nicht in einer Lebensperiode der raschen Entwicklung, wo ein eifriges Streben nach allem Großen und Schönen, ja ein gewisser Ehrgeiz, ein notwendiger Durchgangspunkt ist, um den Menschen zunächst von dem Versinken in ein bloß materiell tierisches Dasein durch einen kräftigen Stoß abzulenken, auch heute noch die stoische Philosophie ein wirksameres Erziehungsmittel als die Religion sei.[1]

In diesem Sinne singen die seligen Knaben bei Fausts Ende:

moderne Philosophie dagegen verlangt großenteils nicht einmal mehr die Überwindung alles dessen, was der Apostel die „Welt" nennt, sondern sucht, soweit sie überhaupt noch ein bestimmtes Ziel besitzt, sich mit derselben einzurichten und zu vertragen. Man könnte vielleicht sogar in vielen Fällen sagen, sie begehrt gar nichts Besseres, als von der Welt überwunden zu werden; sie nimmt den Kampf Epiktets gar nicht mehr auf.

[1] Namentlich wirksamer als die „Schulreligion", an die wir wenigstens aus der Churer Kantonsschule her eine unauslöschliche Erinnerung besitzen. Wir verdankten unsere ganze moralische Erziehung den damaligen ausgezeichneten Vertretern der klassischen Bildung.

Daß dies nicht der kürzeste Weg ist, weiß ich. Zinzendorf macht in der ersten seiner Berliner-Reden von 1738 darüber folgendes auffallend treffende Zitat: „Der kürzeste Weg zum Glauben ist Christum annehmen, Joh. I, 12." Wer das unter unsern Gebildeten ohne weiteres kann, der mache es nur. Er nehme sich lediglich wohl in acht, daß er es nicht mit bloßer Kirchlichkeit machen will. Vgl. Ev. Matth. XIX, 26; XVI, 17; XI, 25; VII, 21—23; XXII, 11. 12.

„Gerettet ist das edle Glied der Geisterwelt vom Bösen.
Wer immer strebend sich bemüht, den können wir erlösen."

Unlösbar versinken die in die Tierwelt und teilen das Los der Vernichtung derselben, welche als Feiglinge und Verräter an ihrer eigenen höheren Natur gelebt haben.

Daher erschien es uns in einer Zeit, wo mehr als je und mit scheinbar praktischen Gründen die Vollberechtigung und Unentbehrlichkeit der klassischen Bildung in Abrede gestellt wird, durch die in jugendlichem Herzen erfahrungsgemäß der Antrieb zu dieser Ausbildung der höheren Anlagen geweckt werden kann, nicht unberechtigt, solchen Strebenden ein nicht sehr bekanntes Bild vor Augen zu stellen, denn:

„Großer Männer Leben mahnt uns,
Daß wir edel leben können
Und beim Abschied hinterlassen
Spuren in dem Sand der Zeiten;
Spuren, die vielleicht ein andrer,
Armer, hilfverlaßner Bruder,
Steuernd durch des Lebens Brandung,
Sieht und neuen Mut sich faßt."

# Wie es möglich ist,
## ohne Intrigue, selbst im beständigen Kampfe mit Schlechten, durch die Welt zu kommen.

Es gilt heute bei vielen, selbst bei sehr wohlgesinnten Leuten, als eine im Grunde unbezweifelbare Tatsache, daß der Idealismus zwar eine sehr achtbare Anschauung bilde, deren man sich namentlich zur Erziehung der Jugend mit Nutzen bediene, mit der jedoch später, im L e b e n , wenig anzufangen sei. In der Theorie — so sagen sie — und für die Erziehung möge diese Ansicht vielleicht manches für sich haben, aber in der Praxis nehmen sich die Sachen, „die sich hart im Raume stoßen", doch ganz anders aus. Sie teilen also das menschliche Leben in zwei Teile, einen solchen, in dem man sich in schönen Gedanken und Gefühlen wiegen darf, dazu sogar aufgemuntert wird, und einen andern, in dem man, unsanft daraus erwachend, mit der Wirklichkeit sich abfindet, wie man kann.

Kant hat aber in einer seiner kleinen Schriften schon vor hundert Jahren bewiesen, daß der schon damals aufgestellte Satz: „Das mag wohl in der Theorie richtig sein, taugt aber nicht für die Praxis"[1] einen lächerlichen und eines denkenden Menschen unwürdigen Widersinn enthalte, und der konsequente „Realismus" unserer Tage läßt daher nun auch diesen Vorsatz fallen und gelangt zu der

---

[1] Werke ed. Hartenstein V, 303.

brutalen Idee eines „Kampfes ums Dasein", in dem
die Rücksichtslosigkeit und der Egoismus erlaubt, ja sogar
von einer vernünftigen Weltanschauung, die mit Realitäten
rechne, mehr oder weniger geboten sei. Es könne sich —
so sagen die modernen „Realisten" — nicht darum han=
deln, ob eine solche Weltordnung, bei der es nur wenige
gut haben können und viele schlecht haben müssen,
weil die vorhandenen Lebensgüter lange nicht für alle
ausreichen, eine gute und für alle gerechte sei; im Gegen=
teil, sie müsse eher eine harte, unvernünftige und un=
gerechte genannt werden; dies sei aber einmal von dem
einzelnen, der ohne seinen Willen in dieselbe gestellt sei,
nicht zu ändern und derselbe müsse nun eben sehen, daß
er wenigstens Hammer und nicht Amboß sei.

Das ist der eigentliche Kern der Lebensweisheit vieler
gebildeten Menschen unserer Tage.

Damit hört im Grunde das Bedürfnis einer mora=
lischen Erziehung auf; der Religions= oder Moralunter=
richt in den Schulen könnte gänzlich geschlossen und nach
dem genialen Vorschlage St. Justs etwa durch einige täg=
lich an den Straßenecken anzuschlagende moral=polizeiliche
Verordnungen der Regierung ersetzt werden.

Die junge Generation wird bei dieser Theorie un=
geheuer vernünftig und praktisch werden, ganz auf raschen
Erwerb und gutes Fortkommen gerichtet, frei von allem
Edelmut, der ihr dabei nur hindernd in den Weg treten
könnte. Die meisten gehen darüber zwar schon frühzeitig
geistig, körperlich und sittlich zu Grunde; andere bedauern
vielleicht zu spät den Verlust ihrer Jugend für etwas, das im

ohne Intrigue durch die Welt zu kommen.

besten Falle des Strebens nicht wert war, für einen unsichern Besitz, der beständig gegen tausend Kompetitoren verteidigt werden muß und Verbitterung bei allen im Gefolge hat, den Besitzenden und den Nichtbesitzenden. — Zufrieden, glücklich ist dabei eigentlich niemand.

Das ist das heute schon offenbare Endresultat dieser vorwiegend „praktischen" Denkungsart.[1]

Wir halten unsererseits den Idealismus für einen Glauben, eine innere Überzeugung, die trotz ihrer absoluten Notwendigkeit für den Bestand der Welt nicht bewiesen werden kann, freilich auch keines Beweises bedarf für den, der sie hat, und zu der überhaupt niemand durch Lehre, auf bloß verständnismäßigem Wege, gelangt.

Es ist dies an sich nichts Auffallendes. Auch die Folgerichtigkeit der menschlichen Vernunft läßt sich nur durch die Erfahrung beweisen.[2] Ebenso würden die Wahrheiten der Religion für uns unbewiesen bleiben, wenn nicht die sittliche Kraft, die die Folge ihrer Annahme ist, den Beweis dafür bildete. Was eine Kraft ist, muß etwas Reelles sein; einen andern Beweis der Realität gibt es überhaupt nicht.[3] Ja selbst die Wahrnehmungen

---

[1] „Sodoms Ende" von Sudermann zeigt dies jetzt sehr dramatisch.

[2] Wer das nicht annimmt, lese einmal aufmerksam Kants „Kritik der reinen Vernunft", das einzige wahrhaft grundlegende philosophische Buch, das es gibt; er wird sich wohl überzeugen müssen.

[3] Christus z. B. gibt keinen andern Beweis für seine Lehre und verlangt auch keine andere Annahme derselben, als gewissermaßen auf Probe (Ev. Joh. VII, 17). Es ist auch noch nie jemand durch Vernunftgründe zum Christentum bekehrt worden, wohl aber

unserer Sinne würden uns keineswegs überzeugen dürfen, wenn nicht die eigene und die Erfahrung aller uns versicherte, daß wir ihnen, zwar nicht unbedingt, aber **unter gewissen normalen Verhältnissen**, trauen können, ohne Täuschungen ausgesetzt zu sein. Was den Menschen überzeugt, ist **Erfahrung**; was in ihm den Wunsch und die geistige Disposition erzeugt, eigene Erfahrungen zu machen, ist das Zeugnis derer, die sie gemacht haben.

Ein solches in kurzen Worten abgelegtes Zeugnis für den „Idealismus im praktischen Leben" enthält eine kleine

---

kann man seine Wahrheit **erfahren**; der Anfang ist aber immer ein Entschluß, es zu versuchen, der ohne Überzeugung gefaßt werden muß; darüber ist nicht hinwegzukommen. Diejenigen, die zuerst einen philosophischen Beweis von der Wahrheit der Religion haben wollen, kommen niemals dazu; denn Unbefriedigenderes als die vorhandenen philosophischen Beweise für die Existenz Gottes oder die Erlösung kann es nicht geben. Die „Confessiones" von Augustin enthalten u. a. ein historisch beglaubigtes merkwürdiges Beispiel eines solchen Kampfes der Philosophie mit einem unphilosophischen Entschluß. Das nämliche ist der Gegenstand des bekannten Gesprächs Christi mit Nikodemus (vgl. hiefür Ev. Joh. III; VI, 53; IX, 25. 39). Dieser Entschluß wird freilich den Demütigen leichter als den Gebildeten; welchen Versuch sollte man aber nicht lieber noch machen, als sich ohne weiteres in die Härte und Trostlosigkeit einer Weltanschauung, wie die rein materialistische, zu ergeben, oder in eine Philosophie, die nur immer für ganz wenige paßt, dem größten Teile der Menschheit aber nicht zugänglich gemacht werden kann, die allerunerträglichste Aristokratie, die es gibt? Sonderbarerweise allerdings gibt es heute unendlich viele, die das Christentum für etwas Aristokratisches halten, während es in Wirklichkeit die eigentliche philosophische Grundlage der absoluten Demokratie ist.

Schrift eines Jugendfreundes von Goethe, des nachmaligen russischen Generals v. Klinger, die unter dem eingangs angeführten Titel in seinen jetzt kaum mehr gelesenen Werken sich findet. Es sind nur wenige Sätze folgenden gewichtigen Inhalts:

„Wie es möglich ist, ohne Intrigue, selbst im beständigen Kampfe mit Schlechten, durch die Welt zu kommen."

1) Vorzüglich muß er (d. h. derjenige, der dies versuchen will) an das, was Menschen Glück machen nennen, gar nicht denken, streng und kräftig auf geradem, offenem Weg, ohne Furcht und Rücksicht auf sich, seine Pflicht erfüllen, also rein von Sinn und Geist sein, daß keine seiner Handlungen mit dem schmutzigen Flecken des Eigennutzes bezeichnet sei.

Ist von Recht und Gerechtigkeit die Rede, so muß ihm das Große und Bedeutende eben das sein, was das Kleine und Unbedeutende.

2) Er muß zweitens zu seiner Erhaltung und reinen Verhaltung frei von der Sucht zu glänzen, frei von der schalen Eitelkeit und der unruhigen Ruhm- und Herrschsucht sein, durch deren rastloses Antreiben die Menschen auf dem Theater der Welt die meisten ihrer Torheiten begehen und diejenigen, auf und durch welche sie wirken wollen, empfindlicher und tiefer beleidigen, als durch die kräftigste, reinste, ja kühnste Tugend selbst.

3) Drittens muß ein Mann von solchem Gefühl nur auf dem Theater der Welt erscheinen, wann und wo es seine Pflicht erfordert, im übrigen aber als ein Eremit, in seiner Familie, mit wenigen Freunden, unter seinen Büchern, im Reiche des Geistes leben.

So nur vermeidet er das Zusammenstoßen mit den Menschen über Kleinigkeiten, um die sich das Wesen und Tun derselben im ganzen dreht, und nur so kann er Verzeihung für seine

Sonderbarkeit finden, da er wirklich keinen Platz einnimmt, die Gesellschaft durch seinen Wert nicht drückt und nichts von ihr fordert, als nach getaner Pflicht wieder ruhig leben zu dürfen.

Reizt er dann den Neid, flößt er dann noch Haß ein, so gründen sich beide auf das, was der Ankläger selbst nicht gern ausspricht, worüber er wenigstens nicht wagt, dem Angeklagten mit Vorwürfen vor die Stirn zu treten.

Wer es nun dahin gebracht hat, dem gelingt gar vieles auf der Welt, dem gelingt sogar, woran er nicht denkt und was er nicht als Zweck beabsichtigt, das endlich zu erhalten, was die Menschen im großen Sinne Glück nennen.

4) Ich setze nur das noch hinzu: Er muß sich vor allem (eigenwilligen) Reformationsgeist und seinen Zeichen hüten, muß nie mit Leuten, die nur Meinungen haben, über Meinungen streiten, muß von sich selbst und über sich selbst nur im stillen reden und denken, d. h. in seinem tiefsten Innern.

Ich habe meinen Charakter und mein Inneres nach Kräften und Anlagen entwickelt, und da ich dies ebenso ernstlich als ehrlich tat, so kam das, was man Glück und Aufkommen in der Welt nennt, von selbst.

Mich selbst habe ich schärfer und schonungsloser beobachtet und behandelt als andere  Ich habe nie eine Rolle gespielt, nie die Neigung dazu empfunden und immer den erworbenen und festgehaltenen Charakter ohne Furcht dargestellt, so daß ich nun die Möglichkeit nicht mehr fürchte, anders sein oder handeln zu können. Vor der Versuchung anderer ist man nur sicher, wenn man sich selbst zu versuchen nicht mehr wagen darf. — Viele Geschäfte sind mir aufgetragen worden; aber nach ihrer Beendigung verbrachte ich die übrige Zeit in der tiefsten Einsamkeit und der möglichsten Beschränktheit.

Der Urheber dieser besonders für das politische
Leben wichtigen Erfahrungssätze versucht keine Art von
philosophischer Begründung; er gibt sie einfach als Re=
sultate seiner bewegten, zum Teil sogar abenteuerlichen
Laufbahn,[1] und sie sind uns als solche auch bei weitem wert=
voller, als wenn sie aus irgend einer philosophischen oder

---

[1] Friedrich Max v. Klinger wurde 1752 zu Frankfurt a. M.
in einer dürftigen Familie geboren und war, nachdem er mit Not
seine Universitätsstudien in Gießen gemacht hatte, zuerst Theater=
dichter bei einer wandernden Schauspielergesellschaft. Später diente
er während des bayrischen Erbfolgekrieges in einem Freikorps, wurde
dann Vorleser und Reisebegleiter des Großfürsten (nachmaligen
Kaisers) Paul von Rußland, Direktor des adeligen Kadettenkorps,
des kaiserlichen Pagenkorps und des adeligen Fräuleinstifts, unter
Alexander I. auch Kurator der Universität Dorpat. In allen diesen
schwierigsten Lebensstellungen, die es überhaupt geben kann, im
Umgang mit Schauspielern, Kronprinzen, Autokraten, adeligen Pagen,
vornehmen Fräulein, Diplomaten und Professoren, die sämtlich
gewiß nicht zu den Menschen gehören, mit denen am leichtesten zu
verkehren ist, an einem durch und durch verderbten, von Strebern
der schlimmsten Art angefüllten Hofe, wie derjenige Katharinas II.
es war, bewahrte Klinger stets seinen gleichen offenen Charakter
und moralischen Mut, der ihm die hohe Achtung seiner Zeitgenossen
erwarb. Goethe erwähnt seiner in „Wahrheit und Dichtung" u. a.
mit folgenden Worten: „Jenes Beharren eines tüchtigen Charakters
aber wird um desto würdiger, wenn er sich durch das Welt= und
Geschäftsleben hindurch erhält und wenn eine Behandlungsart des
Vorkömmlichen, welche manchem schroff, ja gewaltsam erscheinen
möchte, zu rechter Zeit angewandt, am sichersten zum Ziele führt;
dies geschah bei ihm, da er ohne Fügsamkeit (welche ohnedem die
Tugend der geborenen Reichsbürger niemals gewesen) sich zu be=
deutenden Posten erhob, sich darauf zu erhalten wußte und mit
Beifall und Gnade seiner höchsten Gönner fortwirkte, dabei aber

theologischen Studierstube stammten, deren Insasse mit dem
Leben vielleicht nur in sehr geringe Berührung gekommen ist.
Wir wollen sie daher unsererseits auch nicht durch
eine Übersetzung in das Abstrakte, die uns selber nicht
überzeugen würde, verdünnen, sondern bloß noch mit
einigen ebenfalls rein praktischen Bemerkungen begleiten.

Ad 1: Der wahre Idealismus besteht offenbar nicht
darin, daß man sich über die Wirklichkeit täuscht, oder
darüber absichtlich hinwegsieht, indem man sich von ihr
gänzlich zurückzieht und in eine eigene Traumwelt ein=
spinnt, sondern darin, daß man die Welt tiefer faßt,
als dies gewöhnlich geschieht, und sie, zunächst in sich,
überwindet. Denn wir sind von Haus aus auch ein
Stück Welt, und es gibt keine Möglichkeit ihrer Über=
windung, wenn nicht zunächst dieses Stück überwunden
ist durch feste Prinzipien und gute Gewohnheiten.[1]

niemals weder seine alten Freunde, noch den Weg, den er zurück=
gelegt, vergaß." Noch in seiner spätern Lebenszeit studierte Goethe
Klingers Schriften, „die mich an die unverwüstliche Tätigkeit nach
einem besondern eigentümlichen Wesen gar charakteristisch erinnerten."
Die Philosophie, die durch ein solches Leben glücklich und mit Ehren
hindurchgeleitet hat, kann in der Tat nicht anders als eine be=
merkenswerte sein.

Unter den deutschen Dichtern zählt Klinger zu denjenigen der
Sturm= und Drangperiode, welcher er durch sein Drama „Sturm
und Drang" den Namen gegeben hat. Seine Dichtungen werden
aber kaum mehr gelesen, sondern gehören nur noch der Literatur=
geschichte an.

[1] Der große Unterschied unter den Menschen ist zunächst der,
ob sie das Leben als etwas auffassen, das zum Angenehmsein da
ist oder zum Rechthandeln. Das beherrscht die ganze Gesinnung.

Daraus ergibt sich die richtige Beurteilung des „Erfolges", von dem Klinger in seinem ersten Satze sprechen will. Ein Mann unserer Zeit, der sich desselben in hohem Maße rühmen konnte und ihm zeitweise in seinem Leben auch mit ziemlich weitgehendem Eifer gedient hat (Thiers), hat dennoch gelegentlich den merkwürdigen Ausspruch getan: „Les hommes de principe sont dispensés de réussir, le succès n'est une condition que pour les habiles." Das will einerseits sagen: Man muß unter einem unbeschädigten Durchkommen durch die Welt nicht das verstehen, was unter dem Namen Erfolg, noch besser mit dem französischen Worte „succès" für viele Menschen das Ziel ihres Strebens ausmacht. Das ist etwas ganz anderes; wer auf das spekuliert, der mag auf Gemütsruhe, Frieden mit sich selbst und andern und in den meisten Fällen auch auf Selbstachtung von vornherein verzichten. Zum wirklichen Erfolge im Leben, d. h. zur Erreichung der höchst möglichen menschlichen Vollkommenheit und wahren nutzbringenden Tätigkeit gehört sogar notwendig ein öfterer äußerer Mißerfolg.[1]

---

Diejenigen, die sich für das letztere entschließen, müssen dann weiter den Weg zum Rechthandelnkönnen finden, um zuletzt zur Gewohnheit des Rechttuns zu gelangen, die allein entscheidend wirkt. Den andern hilft alle Philosophie, Moral oder Religion gar nichts zum wahren Leben; sie sind dafür tot und taub. Deren gibt es aber heute viele und in allen politischen und kirchlichen Parteien. Bemerken wir übrigens, ein welterfahrener Mann, wie Klinger, sagt nur: „Wie es möglich ist." Leicht ist es nicht.

[1] Wir freuten uns, diesem Gedanken in einem Nachrufe über den 1887 verstorbenen Professor Brinz zu begegnen, der einer

Unter „Durchkommen" meint Klinger also eine ehrliche Lebensarbeit mit einem Sieg am Schlusse, beziehungsweise im ganzen betrachtet, wie sie allein der Wunsch und die Hoffnung eines tapfern und rechtschaffenen Menschen ist. Der stete Erfolg ist nur für Feiglinge notwendig. Ja, man kann, wenn man will, noch weiter gehen und sagen: Das Geheimnis der größten Erfolge liegt im Nichterfolg, sofern nur die Sache selbst eine

der glücklichsten Menschen unserer Zeit war. Die betreffende Stelle lautet: „Er betrachtete es als in der Weltordnung gelegen, daß von Zeit zu Zeit etwas gegen unsern Willen geschehe, und es schien ihm für unser Inneres gut und heilsam, daß es so sei. Ein Übel oder Schmerz, die wir ohne unsere Schuld erleiden, scheinen die Sühne sein zu sollen für manches Gute, dessen wir unverdient teilhaftig werden. Es reinigt und stärkt die Seele auf dem Wege der Vervollkommnung." Wer konsequent so fühlt, der ist dem schwierigsten Teile des Lebens entgangen.

Eine anfänglich in ihrer Diktion etwas auffallende, aber richtige Bemerkung von Spurgeon ist die, daß die Menschen durch den Erfolg „versucht" werden. Das Lob zeigt den Stolz, der im Innern ist, der Reichtum die Selbstsucht; beide würden ohne den Erfolg verborgen geblieben sein; durch ihn entwickeln sie sich, so lange noch ein Keim dazu vorhanden ist.

Der Erfolg zeigt überhaupt die übeln Eigenschaften der Menschen, der Nichterfolg die guten; das läßt sich sehr leicht beobachten.

Die Folgen des Heraustretens aus dem Egoismus schildert Spurgeon etwas phantastisch, aber richtig, wie folgt: „Wenn ihr aus dem Selbst herausgetreten seid, wo seid ihr dann hineingetreten? Ins Unendliche. Der, welcher das Unendliche erreicht hat, braucht nicht länger zu rechnen. Es gibt keine Grenzen mehr, wenn ihr einmal ganz aus euch selber heraushebt."

bedeutende ist. Die Menschen, die die größte Anziehungskraft besitzen und in unauslöschlicher Erinnerung bei ihrem ganzen Geschlechte geblieben sind, erreichten ein so großartiges Lebensziel keineswegs durch den Erfolg. Cäsar und Napoleon würden in der Geschichte nur als Tyrannen fortleben ohne Brutus, Waterloo und St. Helena; die Jungfrau von Orleans als ein tatkräftiges Weib, wie es viele gab, ohne ihr Martyrium; Hannibal würde unerträglich sein, wenn Karthago gesiegt hätte. Sulla und Augustus, die erfolgreichsten Menschen der römischen Geschichte, können einen innern Widerwillen des Lesers ihrer Biographien niemals ganz überwinden. Washington ist nicht ein in den weitesten Kreisen populärer Held geworden; Robert Lee wird in der Geschichte späterer Zeiten von einem Zauberglanz des Ruhmes umgeben sein, der Ulysses Grant fehlt und den auch Abraham Lincoln bloß durch sein tragisches Ende erlangt hat. Ein falscher Verräter, wie Karl I. von England, wird heute noch von vielen hochgeehrt, die Cromwell, den heldenhaftesten Mann der neuern Geschichte, hassen. Wäre dieser auf dem Schaffot und jener im Besitze des Erfolges gestorben, so würden die Rollen umgekehrt verteilt sein. Auch das Leben des Kaisers Friedrich III. ist ein Beispiel und wird es in der Zukunft, in einer bessern Zeit als die jetzige, noch mehr sein.[1] Das größte

---

[1] Selten wohl ist ein ganz edelgearteter Mensch durch den Mißerfolg allein geistig zu Grunde gegangen — wenigstens ist uns ein solches Beispiel nicht bekannt —, unzählige aber durch zu frühen oder zu vollständigen Erfolg. Sogar die menschliche Natur sträubt sich gegen ein permanentes Glücksgefühl. Hegel sagt daher mit

von allen Beispielen hat das Kreuz, den damaligen Galgen, zu einem Ehrenzeichen für die ganze Welt gestempelt, und die römische Weltmacht ist daran zu Grunde gegangen. Man kann sich, auch ganz menschlich und untheologisch aufgefaßt, den geradezu beispiellosen Erfolg des Christentums nicht als möglich vorstellen, sofern es die Schriftgelehrten seinerzeit annehmbar gefunden hätten.

Etwas von diesem Mißerfolg hängt allen wahren Lebenszielen an; darauf mache dich gefaßt, junger Leser, wenn du dein Leben nicht in den gewöhnlichen Wegen der Alltäglichkeit verlieren willst. Diese Art Mißgeschick trägt aber eben auch nicht mehr den alltäglichen Namen Unglück, sondern die Dornenkrone des „Kreuzes", die eine Krone ist und ihre Natur nicht verleugnet.[1]

Recht, das individuelle Glück sei bei tieferen Naturen stets mit einer gewissen Wehmut verbunden, die anzeige, daß es nicht ganz das Richtige sei. Die relativ glücklichsten Menschen sind daher diejenigen, die in einem großen Gedanken, der nicht persönlicher Egoismus ist, ganz aufgehen, die nächstglücklichsten maßvolle Naturen, wie Klinger. Die letzteren haben den größtmöglichen Erfolg für sich; die ersteren brauchen ihn nicht, um glücklich zu sein.

Auch der gewöhnlichen Güte sogar mißtrauen wir instinktiv bei sehr glücklichen Menschen, und dieses Gefühl hat sein Recht, das ein berühmter Mann unserer Zeit mit den Worten aussprach: „Ohne Leiden ist alle unsere Güte Blüte; das Leiden erst reift sie zur Frucht und führt vom Scheine ins Wesen."

[1] Unter den vielen Anekdoten, zu denen der witzige Fürst Talleyrand Veranlassung gab, ist eine der für seine richtige Auffassung menschlicher Dinge bezeichnendsten die folgende: Ein Stifter einer neuen Religion — wenn wir nicht irren, war es der Erfinder des „Theophilanthropismus", Lareveillère-Lepaux — unterbreitete

Ad 2: Wir können hier noch beifügen: Kein „Streber" erreicht jemals sein **wirkliches** Ziel. Es ist zwar wunderbar genug, was die menschliche, auf **einen** Punkt beständig gerichtete Aufmerksamkeit und Energie zeitweise zu erreichen vermögen, und die Beispiele dafür liegen auf allen Straßen vor Augen. Aber im Grunde wollen doch diese Menschen nicht reich, oder geehrt, oder mächtig, oder gelehrt werden, sondern sie halten eben diese Eigenschaften als die notwendigen Vorbedingungen zu Glücksempfindung. Sobald man jemand die vollständige Überzeugung beibringen könnte, daß er durch Reichtum nicht nur nicht glücklich, sondern im Gegenteil in seiner Empfindung unglücklich werde, so würde er mit höchster Wahrscheinlichkeit dieses Streben aufgeben. Von allen Strebern sind die

---

ihm sein System und wünschte seine zustimmende Ansicht, daß damit das Christentum ersetzt werden könnte. Talleyrand sagte, er finde alles gut; nur eines scheine ihm noch zum durchschlagenden Erfolge der neuen Lehre zu fehlen: „L'auteur du christianisme s'est fait crucifier pour sa doctrine; je vous conseillerais de faire autant."

Damals ist der Idealismus in Person am tiefsten herabgewürdigt worden, und zwar gleichmäßig von Frommen und Weltmenschen, von Kirche und Staat. Seither hat er sich schrittweise wieder aus dieser vollendeten Schmach erhoben, und alle wahre Humanität, auch alle wahre Genossenschaft in Staaten und Kirchen muß auf ihn gegründet sein, wenn sie innern Halt haben soll. Aus dem gleichen Grunde kann alles **prinzipiell** unidealistisch Gesinnte diesen Namen nicht hören und sucht die Welt vor allen Dingen davon abzuwenden. Das würde an sich sehr wenig zu bedeuten haben (da es nicht gelingen wird), wenn nicht die Halbheit im Christentum sich so breit machte, daß viele gut angelegte Menschen beständig daran irre werden.

gebildeten die unglücklichsten. Sind sie noch auf den untern Stufen der Leiter, die sie zu erklimmen suchen, so verzehrt sie der Neid gegen alle Höherstehenden, die kläglichste aller Empfindungen, die auch den Menschen in seinen eigenen Augen am tiefsten herabwürdigt. Sind sie höher gestiegen, so werden sie dazu noch von der beständigen Furcht vor Nachstrebenden gepeinigt, deren Gedanken und Absichten sie ja aus eigener Erfahrung nur zu gut kennen. Suchen sie sich hiegegen durch Cliquenbildung zu versichern, so sind sie niemals geschützt gegen Verrat aus diesem intimen Kreise, der jeden fallen läßt, welcher dem Falle nahe zu sein scheint; übertäuben sie endlich die beständige innere Unruhe durch Genuß, so verlieren sie dadurch die Eigenschaften, welche sie zu ihrer Erhaltung am meisten bedürfen. Übrigens sind auch die Chancen nicht zu groß. Unter zehn Strebern erreicht sicher höchstens einer das Gesuchte, und auch von diesen „Glücklichen" sind noch die Mehrzahl vor ihrem Ende nicht glücklich zu preisen. Wenn die Beispiele nicht so alltäglich wären, daß jedes Zeitungs= blatt solche enthält, so würden wir einige zitieren.[1]

---

[1] Wir können uns wenigstens statt dessen nicht versagen, einen schönen Brief eines Staatsmannes unserer Zeit beizufügen:

**Leopold von Belgien an Herzog Ernst von Koburg 1835.**

Der schönste Zweck des Lebens ist, Gutes zu stiften, so viel als nur immer möglich. Der wahre Sinn des Christentums verlangt, daß man ohne Gepränge in jedem Augenblick des Lebens wohlwollend und mit Demut gegen Gott und die Menschen auf die Schicksale anderer einwirke. Ein Christ ist überhaupt nur der, der beständig die Lehren seiner schönen und milden Religion auch

Schon ein Prophet des israelitischen Altertums schildert dieses wenig befriedigende Resultat des gewöhnlichen Lebens und Strebens mit den klassischen Worten, die man heute ohne weiteres wiederholen kann:

„Schaut, wie es euch geht: Ihr säet viel und erntet wenig; ihr esset, ohne jemals satt zu werden; ihr trinket, ohne volle Befriedigung; ihr kleidet euch gut, ohne warm zu bekommen, und wer von euch Geld verdient, legt es in einen löchrigen Beutel."

Nichts ermüdet mehr als selbstsüchtiges Streben. Die Kraft, die dabei entwickelt wird, ist nichts als Fieber=

wirklich ins Leben treten läßt. Dieses vollständig zu können, ist bei den vielen Gebrechen der menschlichen Natur ungemein schwer; viel jedoch kann und soll geleistet werden.

Für den Mann in öffentlichen Verhältnissen sind zwei Sachen noch ungemein wichtig: daß er wahr und sehr rechtlich sei. Heutzutage ist Bildung allgemein, und es ist daher nicht leicht, sich vor andern Menschen an Verstand und Bildung ohne große Anstrengung auszuzeichnen. Rechtliche, wahre Charakter, die sich zu allen Zeiten gleich bleiben, auf die man bauen kann, sind jedoch äußerst selten bei strenger Prüfung. Der Mensch, der also gut, rechtlich und wahr ist, versichert durch diese Eigenschaften sich einer Lage, deren Sicherheit ihm eine hohe Stelle unter seinen Mitmenschen geben wird und zugleich mehr als irgend etwas ihm den so nötigen Frieden der Seele in den vielfachen Stürmen des Lebens gibt, ohne welchen man selbst bei großem Succes sich doch nur elend fühlen kann. (Denkwürdigkeiten des Herzogs von Koburg.)

Diese Worte eines der besten und erfolgreichsten Staats= männer des neunzehnten Jahrhunderts dürfen in unserer Zeit, die nur noch nach Bildung und Auszeichnung auf diesem Wege strebt, wohl überlegt werden.

steigerung, welche das **Kapital** der Kräfte aufzehrt. Die **gesunde Kraft**, die sich stets erneut, kommt aus dem uneigennützigen Wirken für einen großen Zweck, und bei diesem allein findet man in den Menschen **aufrichtige** Hilfe. Das ist auch der wahre Grund, weshalb die einen Menschen bei ihrer Arbeit ohne Kuren gesund bleiben und alt werden, die andern hingegen halbe und ganze Jahre ohne Erfolg in Bädern zubringen. Die vielen „nervösen" Leiden unserer Zeit haben großenteils einen solchen Ursprung und können auch bloß durch ein Gesundwerden des **Geistes** und **Willens** kuriert werden.

Ad 3: Eine gewisse Neigung zur Einsamkeit ist absolut notwendig für die ruhige geistige Entwicklung sowohl, als für das wirkliche Glück überhaupt. Das wirklich erreichbare, von allen Zufälligkeiten des Lebens unabhängige Glück besteht in einem Leben in großen Gedanken und in fortwährender ruhiger Arbeit für dieselben. Dies schließt von selber alle unnütze „Geselligkeit" aus. „Alles andere ist im Grunde eitel und vereitelt nur."[1] Auf diese Weise allein gelangt der Mensch dazu, sich nach und nach aller „Stimmungen" zu entäußern,[2] auch die Menschen

---

[1] Goethe sagt bekanntlich mit diesen Worten, das Reelle sei „Interesse an den Dingen", alles andere sei „eitel und vereitelt nur." Wir glauben jedoch, diese „Dinge" müssen etwas näher bezeichnet werden, wenn der Gedanke ganz richtig sein soll.

[2] Von seinen „Stimmungen" muß ein Mensch, der glücklich leben will, sich vor allem und ganz emanzipieren. Das menschliche Herz ist wirklich nach der Erfahrung jedes Menschen, der sich kennt, ein trügerisches, „bald trotziges, bald verzagtes Ding", und es ist selten geraten, seinen Eingebungen, die plötzlich kommen und gehen,

ohne Intrigue durch die Welt zu kommen.

nicht mehr zu wichtig zu nehmen, sondern die Veränderungen ihrer Meinungen und Neigungen mit ruhigem Sinne zu betrachten und das, was hoch unter ihnen ist,

zu folgen, sondern Prinzipien, die man sich in ruhigen Augenblicken für das Denken und Handeln festgestellt hat. Ebenso entspricht es der wahren Lebensklugheit, im Verkehr mit andern zu verfahren, auch ihre Stimmungen nicht allzuhoch anzuschlagen, sondern nur ihre dauernden Charaktereigenschaften zu berücksichtigen. Mit Nichtssagen, oder einem freundlichen „wir wollen sehen, wir wollen es in Überlegung nehmen" (einer Art persönlicher Referendumserklärung) werden oft die schwierigsten Situationen beseitigt, in denen jede augenblickliche Entscheidung hätte unglücklich ausfallen müssen. Eine solche Ruhe des innersten Wesens, gewissermaßen der Tiefen des Gemüts gegenüber seinen Bewegungen an der Oberfläche, hindert erfahrungsgemäß keineswegs am energischen Handeln, wo eine klare Pflicht dazu vorliegt, ist im Gegenteil die Quelle aller wahren und ausdauernden Entschlossenheit.

Das alles bezieht sich naturgemäß zumeist auf den Verkehr mit Befreundeten. Wie Gegner zu behandeln seien (ob in ihrer Weise, d. h. Gleiches mit Gleichem vergeltend, oder in eigener Weise, zum mindesten ohne Haß und Rachsucht), darüber sind die Meinungen selbst bei sehr rechtschaffenen Leuten sehr geteilt. Im ganzen kann man aber sagen, daß, wer an Gott wirklich glaubt, Feinde nie sehr stark fürchten wird, und umgekehrt; Menschenfurcht und Gottesfurcht (letzteres allzu theologisch gewordene Wort ganz wörtlich aufgefaßt) schließen sich aus; ohne diesen Glauben ist es unmöglich, alle Menschen mit Nachsicht und Festigkeit zugleich zu behandeln.

Was endlich den Verkehr mit dem „Publikum" im allgemeinen anbetrifft, so scheint uns Platen gelegentlich einmal die richtige Mitte zwischen Unter= und Überschätzung dieser Stimmungen getroffen zu haben, indem er sagt: „Das Urteil der Menge mache dich immer nachdenklich, niemals verzagt."

eher zu vermeiden als aufzusuchen, soweit es seine Neigung betrifft und mit seinen Berufspflichten nicht im Widerspruche steht.[1]

Ad 4: Dieser letzte Passus enthält im wesentlichen einen kurzen Abriß der Klingerschen Lebensphilosophie. Die Lebensgänge der Menschen mögen, im einzelnen betrachtet, verschiedenartig erscheinen, im ganzen und großen zeigen sie doch eine sehr auffallende Übereinstimmung. Der eine Teil lebt, bewußt oder unbewußt, in hohen oder niedern Lebenskreisen, das Dasein eines Tieres, das für eine kurze Lebensspanne seinen ihm von der physischen Natur angewiesenen Weg verfolgt und eine andere Bestimmung gar nicht kennt.[2] Der andere Teil sucht einen

---

[1] Das letztere ist ein Hauptpunkt für das menschliche Glück. Es ist wunderbar, wie wenig dies in richtiger Weise geschieht und wie viele Leute noch glauben, Frömmigkeit mit Gefühl der Vornehmheit verbinden zu können, entgegen unzähligen Erfahrungen und einem sehr bestimmten, ja man könnte sagen schroffen Ausspruch Christi (Lukas XVI, 15; vgl. auch Lukas XII, 29 und I. Kor. I, 26—28; Gal. II, 6). Die gleichen Leute, welche solche positivste Worte völlig ignorieren, ereifern sich dagegen gern etwa für die Todesstrafe, oder die absolute Enthaltung von geistigen Getränken, oder ähnliche Nebendinge, von denen Christus nie ein Wort gesprochen hat.

[2] Unter diesem Gesichtspunkte gewinnt dann allerdings der „Kampf ums Dasein", der bis zu einem gewissen Punkte (wiewohl auch nicht unbedingt) unter den Tieren herrscht, eine Bedeutung. Wir möchten aber unsererseits nicht in einer Welt leben, in der keine andere Wahl gelassen wird, als Unterdrücker oder Unterdrücker zu sein, und glauben, es handle sich jetzt darum, die Menschheit wieder von einer so traurigen und menschenunwürdigen

ohne Intrigue durch die Welt zu kommen. 111

Ausweg aus dieser wenig befriedigenden Lebensanschauung. Der Lebensgang dieser nach etwas Besserem Suchenden ist von Dante im ersten Gesange der göttlichen Komödie am schönsten beschrieben, und diese Entwicklung ist der Gegenstand aller innern Lebensgeschichten bedeutender Ansicht abzubringen. Selbst wenn nur der entfernteste Schatten einer Aussicht vorhanden wäre, auch anders leben zu können, als mit diesem trostlosen Gedanken, so müßte dieser Weg versucht werden, bevor man sich in dieses Schicksal ergibt. Würde in der Tat die Menschheit sich nicht immer von neuem daraus aufraffen, so würde schon längst keine Staatsordnung mehr bestehen, die unter diesem Gesichtspunkt eben auch nichts anderes als eine beständige Herrschaft und Organisation der Gewalt gegen die Schwächern ist.

Das Schlimmste übrigens an diesem Pessimismus ist nicht die unbefriedigende, glücklose Theorie, sondern die damit öfters verbundene eitle Selbstbespiegelung, die die **moralische Impotenz interessant findet** und andern einreden möchte, das sei erst recht die wahre Geisteshöhe, alles, sich selbst scheinbar nicht ausgenommen, als schlecht zu empfinden. An diesem Punkte, glaube ich, müßte mit der Erziehung der modernen Jugend begonnen werden, ausgehend von der auf Vernunft und Erfahrung gegründeten Idee einer **sittlichen Weltordnung**, gegenüber welcher der Materialismus eine mindestens ebenso unbeweisbare und jedenfalls keinen Menschen innerlich befriedigende Theorie ist. Wissen können wir beides nicht, ob die Welt ein Chaos, ein Gebilde des Zufalls, ein Produkt in ihren letzten Ursachen unbegreiflicher sogenannter Naturgesetze, oder eine von einem sittlichen Willen beherrschte Ordnung ist. **Wahrscheinlicher** ist aber von vornherein das letztere für jeden, der sich in eine solche sittliche Ordnung **fügen will** (da steckt die Schwierigkeit des Begreifens größtenteils), und derselbe wird dann bald sehen, daß ein solches sich Einfügen für den einzelnen Menschen Glück und Zufriedenheit, das Gegenteil aber Unheil und innern Zwiespalt bedeutet. Die tatsächliche Existenz

Menschen.[1] Den Eingang bildet die Unbefriedigung mit dem gewöhnlichen Leben, das Sehnen nach etwas Besserem; die Vernunft selbst sucht einen Ausweg aus dem Labyrinth und faßt zuletzt, „des Treibens müde", den Entschluß, **um jeden Preis den Weg aller Welt zu verlassen, um zum Frieden zu gelangen.** Wenn derselbe gefaßt ist, so hält sich der Mensch für gerettet und empfindet das innere Wohlgefühl, das mit dem Ankommen auf dem rechten Wege stets verbunden ist. Er ist es auch im wesentlichen Sinne,

einer solchen Weltordnung ist, wie schon gesagt wurde, nicht philosophisch beweisbar; alle sogenannten Beweise sind ungenügend; sie muß in ihren Wirkungen erfahren werden. Kläglich aber ist es in hohem Grade, wenn selbst hochgebildete Menschen ihr Leben in Zweifeln über diese Hauptsache, von der unser gesamtes Denken und Handeln abhängt, zubringen und sich wohl noch gar einreden lassen, der Zweifel gehöre mit zur höheren Bildung (I. Könige XVIII, 21. Ev. Joh. XV, 22—24). In etwas anderen Worten sagt dies auch Goethe in dem oft zitierten Ausspruche: „Das schönste Glück des denkenden Menschen ist, das Erforschliche erforscht zu haben und das Unerforschliche ruhig zu verehren." **Viele seiner Verehrer lesen aber „ruhig beiseite zu lassen."**

[1] Eine Reihe von solchen merkwürdigen Lebensgeschichten sind u. a. seinerzeit von Tersteegen zusammengestellt worden. Eine gute allegorische Darstellung des innern Lebensweges ist die „Pilgerreise" von Bunyan und das „Heimweh" von Stilling. Auch von Ulysses v. Salis-Marschlins ist eine solche weniger bekannte Allegorie unter dem Bilde einer Fußreise von Zürich durch Graubünden nach dem Lago d'Iseo vorhanden, die zugleich diesen Weg in seinen Verhältnissen vor 100 Jahren sehr anschaulich beschreibt. Das Schönste aber bleibt stets die „Göttliche Komödie", die beste Lektüre für denkende Menschen am Eingange des reifern, bereits mit Erfahrung ausgestatteten Lebensalters.

ohne Intrigue durch die Welt zu kommen.

denn er ist nun dem ungehinderten Einfluß von neuen geistigen Kräften offen, denen er früher seinen Willen entgegengesetzt hatte.[1] Tatsächlich folgt nun aber als zweite Stufe ein **langer Kampf um die Herrschaft** zwischen dem, was der Apostel Paulus den alten und den neuen Menschen nennt, die beide vorhanden sind, wobei es sich darum handelt, den letztern zur Ausgestaltung zu bringen, so daß er nicht ein bloß halbgebornes Wesen bleibt. Auf dieser zweiten Stufe bleiben schon viele nach dem Bessern strebende Menschen während ihrer ganzen Lebenszeit stehen, und dies ist der Grund, weshalb so manche der Tendenz nach richtige Lebensläufe dennoch unbefriedigend auf andere wirken und wenig zur Veredlung der menschlichen Verhältnisse im allgemeinen beitragen, obwohl auch das oft unterschätzt wird. Erst die dritte Stufe des geistigen Lebens, allgemein verwirklicht, würde alle menschlichen Beziehungen richtig regulieren.

Diese ist das **Fruchtbringen**, die Mitarbeit an einem geistigen Reiche, das bald mit einem großartigen Bauwerk, bald auch etwa mit einem ernsten Kriegsdienste verglichen zu werden pflegt. Das allein, nichts anderes, ist daher auch der **individuell befriedigte Zustand**.

---

[1] Sowohl das Alte, als das Neue Testament verlangen daher von dem Menschen nichts anderes, als diese eine „Wendung", einen einzigen Willensakt — niemals eine „Besserung." Der Mensch kann überhaupt nach dieser Anschauung sich nicht bessern oder gebessert werden, sondern nur aus sich selbst herausgehen und eine bessere Natur empfangen. Das ist das ganze Geheimnis des Christentums, das offen und doch tief verborgen ist für viele.

So lange der Mensch nur für sich lebt, wesentlich nur seine eigene Ausbildung, selbst im höchsten und edelsten Sinne, im Auge hat, empfindet er immer noch etwas, was an die Bitterkeit des frühern Egoismus erinnert, oder an das Halbdunkel, das in dem Goetheschen Worte ausgedrückt ist: „Es irrt der Mensch, so lang er strebt." Dieses Streben für sich selbst muß einmal aufhören; es gibt nichts Unwahreres und im Grunde Trostloseres, als die vielbewunderte Maxime Lessings, wonach ein ewiges Streben nach Wahrheit dem Besitz derselben vorzuziehen sein soll. Es wäre gerade ebenso vernünftig, zu behaupten, ein ewiges Dürsten oder ein ewiges Frieren sei wohltätiger als das Finden der erfrischenden Quelle oder der alles belebende Sonnenstrahl.

Der dieser religiösen oder philosophischen Ruhelosigkeit völlig entgegengesetzte Zustand ist der einer beständigen innern Befriedigung und Kraft,[1] die sich aber zunächst in einer bedeutenden Demut und Abwesenheit alles Wohlgefallens an sich selber äußert und mit allerlei natürlichen Leiden sehr wohl vereinbar ist. Das ist die erreichbare höchste Stufe des menschlichen Daseins. Freilich wird es schwerlich jemals möglich sein, jemandem einen Begriff von dem Wohlsein zu geben, das darin liegt, nicht mehr

---

[1] Belegstellen: Ev. Joh. X, 11; XVI, 33. Ev. Matth. XI, 29.

Die müßiggehenden Heiligen des Protestantismus, die sich fortwährend nur „erbauen" wollen und nicht genug Anlässe zu religiösen Festen und Zusammenkünften erfinden können, sind in einem ebenso großen Irrtum befangen, wie die stets betenden katholischen Orden. Daher fehlt ihnen auch die innere Ruhe so gut wie den „Gottlosen."

beständig an sich selbst denken zu müssen („keine Privat=
angelegenheiten zu haben", wie Rothe sagt) und seine
Arbeit ruhig, mit der völligen Gewißheit[1] eines, wenn auch
nicht immer sichtbaren, Erfolges zu tun. Der Mut, der
zu diesem ganzen Wege gehört, zeigt sich in diesem dritten
Stadium nicht mehr in seiner früheren Form einer
gewissen Exaltation, die man leicht mit einer Art von
Fieberzustand vergleichen könnte und die auch in einzelnen
Fällen diese Form annimmt,[2] sondern er bekommt eine
äußerlich ganz kühle, ruhige Art, die mehr einer zentralen
Unbeweglichkeit (einem sichern Vertrauen auf seinen Weg
und Stern) gleicht, an der alle Ereignisse, namentlich
aber alle Urteile der Menschen gar nichts mehr ändern.[3]

[1] Der Höhepunkt dieses Zustandes ist u. a. in dem Ev. Lukas
V, 17; X, 17. 19; XI, 36. Ev. Joh. VII, 38; VIII, 31. 32. 50. 51
beschrieben. Daß er nicht ein Stand eigener Vollkommenheit,
sondern mehr ein Durchleuchten einer fremden Kraft sei, ergibt
sich u. a. aus Ev. Joh. V, 19. 20. 30; XIV, 12. II. Kor. XII, 9.

[2] Derartige Ekstasen (wie überhaupt alle religiösen Auf=
geregtheiten) sind durchaus nicht, wie ein Teil der Kirche es ansieht,
ein Zeichen eines besonders vorgeschrittenen inneren Zustandes.
Sie kommen auch bei den bedeutendsten Menschen nicht vor
oder verlieren sich wenigstens in ihrer spätern Lebenszeit mehr und
mehr (vgl. z. B. II. Kor. XII, 2: „vor 14 Jahren"). Es sind mit
andern Worten höchstens Durchgangspunkte. Die h. Teresa,
eine der exaltierten Heiligen der katholischen Kirche, weiß dies selbst
sehr gut, z. B. bei der Beschreibung ihres geistlichen Vaters, des
h. Petrus de Alcantara (vgl. ihre Selbstbiographie in der deutschen
Ausgabe der Gräfin Hahn, S. 270).

[3] Eine Beschreiberin solcher Zustände (sœur Jeanne-Marie de
la Présentation, geb. 1581) sagt darüber: „Das Wegwerfen alles

Diese Beschreibungen haben das Mißliche an sich, daß sie denjenigen, die Ähnliches noch nicht selbst erfahren haben, als etwas Phantastisches erscheinen. Es ist auch

Vertrauens auf sich und auf alle Menschen gibt der Seele das größte Gut, das man auf Erden erhalten kann. Darin besteht eigentlich das Ausziehen des alten Menschen. Man meint zuerst, das wäre es, wenn man die grobe Welt verläßt. Aber wir haben unsern größten Feind in uns." Das ist ohne Zweifel auch der innerste Kern der Gesinnung Klingers gewesen.

Dazu, um das Vertrauen auf die Menschen entbehren zu können, gehört aber eine sehr feste Zuversicht auf die göttliche Gerechtigkeit, welche denn auch von allen solchen Schriftstellern gefordert oder vielmehr vorausgesetzt wird und ohne die ein solcher Weg gar nicht gangbar ist. Ein anderer israelitischer Prophet, als der oben zitierte, drückt dies so aus: „Ihr macht den Herrn unwillig durch euer Reden. So sprechet ihr: Womit machen wir ihn (denn) unwillig? (Antwort:) Damit, daß ihr sprechet: Wer Böses tut, der gefällt dem Herrn und er hat Lust zu demselben; oder: Wo ist der Gott, der da strafe?" Mit andern Worten: Der Zweifel an der göttlichen Gerechtigkeit oder gar an der Existenz einer solchen ist ein Frevel so gut wie die Bosheit selber und meistenteils bloß die Folge derselben.

Wollten wir die Lebensläufe merkwürdiger Menschen, die ein inneres Leben gehabt haben und die sich in allen Zeiten, Religionen und gesellschaftlichen Kreisen vollkommen gleichen, kurz resümieren, so würden wir sagen: „Zuerst im Leben fragt der Mensch, was klug ist, und sucht danach zu handeln; einigen gelingt es und sie bleiben dabei stehen. Andere, denen es nicht gelingt, fragen, was gut ist, und suchen darin ihre Befriedigung, die aber der Gefahr des Hochmutes ausgesetzt ist. Dritte, die dies rechtzeitig erkennen, verlangen nach einer höhern Leitung zu handeln. Dieser Weg ist aber sehr eng und führt anfangs durch das „Tal der Demut."

nicht einmal sehr zu tadeln, daß man bei der Erziehung der Jugend sehr wenig davon hört; denn allerdings kann sich die Phantasie leicht dabei einmischen, und jede Unlauterkeit führt in solchen Dingen direkt auf den allerentschiedensten Abweg.[1] Nur den Aufrichtigen läßt es Gott darauf gelingen, zu denen Klinger offenbar gehört hat.

Ob man nun das alles „Idealismus" nennen will, womit für manche kluge Leute die Sache schon von vornherein abgetan ist, lassen wir ganz dahingestellt. Jedenfalls scheint derselbe die Menschen, die sich ihm entschlossen anvertraut haben, zufriedener gemacht zu haben, als jede

---

[1] Aus diesem Grunde hat die katholische Kirche schon längst vorsorglich die Evangelien dem allgemeinen Gebrauche entzogen und sie durch eine bis ins kleinste Detail ausgearbeitete Kirchenlehre und die Autorität priesterlicher Kenner und Ausleger ersetzt. Die Schriften ihrer „Heiligen" gehen aber doch meistens über diese Schranken hinaus.

Die Überfütterung schon der kleinen Kinder mit Religionslehren halten auch wir für einen pädagogischen Mißgriff, der gewöhnlich von einem ganz mißverstandenen Ausspruche Christi ausgeht. Wir lesen zwar wohl, daß derselbe die Kinder „herzte und segnete", nicht aber die allergeringste Ansprache oder Lehre an sie, oder gar Aufforderung an sie, ihm nachzufolgen (vgl. Ev. Matth. XVIII, 2. Mark. X, 16. Luk. XVIII, 16). Kinder brauchen viel Liebe und Beispiel und sehr wenig Religionslehren. Meistens aber steht die Fülle der letztern (die auch wohlfeiler sind) im umgekehrten Verhältnis zu der Fülle der erstern beiden, und wenn die Zeit kommt, in der die Kinder die Religion selbständig brauchen können, so ist dieses Mittel in ihnen oft schon gänzlich abgenützt. Fast alle bedeutenden Verächter der Religion haben diese Lebensgeschichte; sie haben sie zu frühzeitig zum Überdrusse gehört, oder an ihren Eltern, Lehrern ꝛc. schlechte Beispiele von ihrer Wirkung vor Augen gehabt.

andere der sonst verbreiteten Lebensanschauungen, und es brauchte eigentlich nicht gerade sehr viel Geschichtkenntnis oder eigenen Blick in das Leben, um davon wenigstens überzeugt zu werden. Dennoch, fürchten wir, werden die meisten unserer Leser lieber dem König Agrippa[1] als Klinger folgen wollen, so wenig auch der tatsächliche „Erfolg" für den erstern spricht.

Das reiche innere Leben solcher Menschen, wie der letztere es war, ist am besten mit den etwas modifizierten Worten eines deutschen Dichters geschildert:

> „Licht und Schatten stets vereinigt,
> Auch die Fehler fehlen nicht;
> Doch die äuß're Trübung reinigt
> Ein im Innern wirksam Licht.
>
> Zwar Vollendung wird hienieden
> Niemals dem Vollendungsdrang;
> Doch die Seele wird zufrieden,
> Welche nach Vollendung rang."

---

[1] Ap.-Gesch. XXVI, 28.

# Gute Gewohnheiten.

Die wichtigste Erfahrung, die jeder nachdenkliche Mensch einmal früher oder später bei seiner Selbsterziehung wie bei derjenigen anderer macht, ist die, daß jede Handlung, ja man muß weiter gehen und sagen, daß jeder Gedanke schon, wenn er ausgedacht wird, eine Disposition, gleichsam einen materiellen Eindruck hinterläßt, der den nächsten ähnlichen Vorgang erleichtert, den unähnlichen aber erschwert. Das ist „der Fluch der bösen Tat, daß sie fortzeugend immer Böses muß gebären", wie es der unfehlbare Hauptlohn der guten ist,[1] daß sie gut macht und dadurch einen dauernden Gewinn für den Handelnden hervorbringt.

Das Schreckhafte, der beständig tragische Hintergrund des menschlichen Lebens ist, daß wir überhaupt nichts Geschehenes mehr verändern können. Es bleibt so, wie es geschehen ist, so wenig wir es auch glauben und gelten lassen möchten.[2] Daher hat auch die wahre Geschichte

---

[1] Das Gute tun können ist Lohn, das Böse tun müssen Strafe in sich schon, und je feiner organisiert die Menschen sind, desto mehr empfinden sie es auch so. Vgl. I. Könige XXI, 20. 25.

[2] Wir glauben wohl an eine Vergebung, aber an eine solche auf einem jenseitigen Konto. In dieser Welt bleibt der Kausalzusammenhang bestehen, und man kann Böses wohl durch Gutes überwinden, aber nicht ungeschehen machen.

stets einen vorwiegend tragischen Charakter, nicht einen
komödienhaften, der mit einer allgemeinen Umarmung und
Versöhnung schließt.

Fängt man aber einmal an, das Leben in dieser Weise
ernsthaft zu nehmen, so wird man auch sehr bald be=
merken, daß es sich nicht bloß um Denken und Glauben,
noch viel weniger um äußerliches Bekennen oder bloße
Kirchenzugehörigkeit handelt, die den Menschen innerlich
ganz unberührt lassen können, sondern eigentlich einzig
und allein um Gewohnheiten.

Das Ziel, welches es zu erreichen gilt in der Er=
ziehung, sind Menschen mit guten Neigungen. Einer
stets besonnenen Wahl zwischen Gut und Böse ist nicht
zu vertrauen — diese findet gegenüber den menschlichen
Leidenschaften nicht statt —, sondern nur einer schnellen,
unüberlegten Hinneigung zum Guten.

Das Ideal des menschlichen Daseins ist ein Leben,
in welchem alles Gute sich durch Gewohnheit von selbst
versteht und alles Schlechte der Natur so widerstrebt,
daß es auf den Menschen einen körperlich empfindbaren
unangenehmen Eindruck macht. So lange das nicht der
Fall ist, gehört alle sogenannte Tugend oder Frömmigkeit
noch zu den guten Vorsätzen, mit denen auch der Weg zum
Bösen ganz ebenso wie der zum Guten gepflastert sein kann.

Welches sind nun aber die vorzüglichsten guten Ge=
wohnheiten des Lebens? Wir wollen es nur versuchen,
einige davon ganz unsystematisch namhaft zu machen, in
der Meinung, daß unsere heutige Welt der „systematischen"

Moral etwas überdrüssig geworden und viel leichter zu bewegen sei, rein praktischen und empirischen Bemerkungen dieser Art Aufmerksamkeit zu schenken.

1) Als die erste Hauptregel betrachten wir: Man muß sich stets lieber etwas **angewöhnen**, als negativ sich etwas **abgewöhnen** wollen. Denn es ist sehr viel leichter auch im inneren Leben, sich agressiv, statt bloß defensiv zu verhalten, schon deshalb, weil jeder Gewinn im ersteren Falle Freude macht, während das bloße Widerstehen viel zu viel Kraft unnütz verbraucht.[1] Die Hauptsache dabei ist der rasche, stets zum Handeln bereite Entschluß. Auch für den Lebensgang des einzelnen Menschen gilt in hohem Grade, was Voltaire von dem Schicksale der Staaten sagt: „J'ai remarqué qu'en tout événement le destin dépend d'un moment."[2]

2) Der zweite Punkt ist die **Furchtlosigkeit**. Ob dieselbe ohne eine stark religiöse Basis in höherem Grade möglich ist, wollen wir hier nicht weiter untersuchen.[3]

---

[1] Und bei aufrichtigen Menschen überdies stets mit einem beschämenden und entmutigenden Bewußtsein des mangelhaften Widerstandes verbunden ist.

[2] Daher ist auch alle Selbstbetrachtung und sind alle Vorsätze, die nicht zu unmittelbarem Handeln führen, sehr gefährlich, ganz besonders auch alle Tagbücher. Ich kenne keines in der ganzen Literaturgeschichte, das nicht den Stempel der Eitelkeit und sehr oft noch dazu den der moralischen Impotenz an sich trägt. Vergleiche Evangelium des Matthäus VI, 33 und 34.

[3] Der Unterschied zwischen der philosophischen Furchtlosigkeit und der religiösen liegt namentlich darin, daß die erstere sich doch

Jedenfalls ist sicher, daß Furcht nicht allein das unangenehmste aller menschlichen Gefühle ist, das man also um jeden Preis sich abzugewöhnen[1] hat, sondern auch noch das unnützeste dazu. Es hindert gar nicht, daß das Gefürchtete eintritt, verzehrt aber zum voraus die Kraft, die nötig ist, um ihm zu begegnen. Das meiste, was uns im Leben begegnet, ist auch nicht einmal so schrecklich, als es von ferne aussieht, und kann ertragen werden; namentlich stellt sich die menschliche Phantasie die Dauer der Leiden größer und anhaltender vor, als sie ist, und wenn man sich zum voraus, bei Beginn eines Übels, einfach sagen würde, es dauere anhaltend drei Tage, nicht länger, so würde man in der Regel das Richtige treffen und jedenfalls mit einer bessern Fassung in dasselbe hineingehen.

Das beste Präservativ gegen die Furcht auf philosophischer Basis ist die Überzeugung, daß jede Furcht zugleich ein Symptom von etwas ist, das in unserem Innern nicht ganz richtig steht. Suche das auf und beseitige es, dann verschwindet die Furcht zum größern Teil.

---

stets auf das Unglück gefaßt machen muß und zwar desto mehr, nach allen Regeln der Wahrscheinlichkeit, je länger es bereits ausgeblieben ist; während die religiöse Furchtlosigkeit sich an den alten Spruch hält: „Deus donando debet", d. h. alle Gnadenerweisungen Gottes sind nur eine Sicherheit mehr dafür, daß er jemand, für den er schon so vieles getan hat, niemals mehr werde ganz fallen lassen können.

[1] Auch hier gilt die obige Regel; wir drücken uns nur der größeren Verständlichkeit halber negativ aus.

3) **Den Anlaß zur Furcht bildet in der Regel die Frage der Lebensgüter.** Da sollte man sich möglichst früh im Leben daran gewöhnen, die bessern den geringern vorzuziehen und namentlich nicht sich widersprechende Dinge gleichzeitig haben zu wollen, worin der Mangel aller sogenannten "verfehlten Lebensläufe" liegt.

Der Mensch kann (nach unserer Ansicht) nicht allein frei seine Lebensziele wählen, sondern auch alles erreichen, was er ernstlich, einheitlich und mit Aufopferung jedes andern damit nicht vereinbaren Strebens will.[1] Die besten und mit besonnenem Handeln auch am leichtesten erreichbaren Lebensgüter sind: eine feste sittliche Überzeugung, eine gute Bildung des Geistes, Liebe, Treue, Arbeitsfähigkeit und Arbeitslust, geistige und körperliche Gesundheit und ein sehr mäßiger Besitz. Alles andere hat keinen, oder nur einen damit gar nicht vergleichbaren Wert. Unvereinbar damit sind: Reichtum, große Ehre und Macht, beständiger Lebensgenuß. Die drei Dinge namentlich, die die gewöhnlichen Menschen am meisten suchen und sehr oft auch erreichen, aber immer nur mit Aufgabe der andern Güter: Geld, Ehre und Genuß, muß man mit einem einmaligen raschen Entschluß[2] innerlich aufgeben und

---

[1] Darin, dies frühzeitig zu erkennen und fortwährend mit richtigem Blicke das abzulehnen, was mit dem gewählten Zwecke nicht harmonieren kann, besteht der weitaus größte Teil der sogenannten "Lebensklugheit", die zum Erfolge führt, und dazu anzuleiten, ist eine Hauptaufgabe der Erziehung. Der andere Teil ist die richtige Wahl der Lebenszwecke.

[2] Sonst, auf dem Wege der philosophischen Überzeugung, geschieht es nicht, und von "Maßhalten" ist da keine Rede; das ist

durch andere Lebensgüter ersetzen; sonst nützt es gar nichts, von Erziehung des innern Menschen auf religiöser oder philosophischer Grundlage zu sprechen; es wird alles Schein, Halbheit und zuletzt Heuchelei. Selbst bei den besten Menschen aber besteht ihre Entschließung meistenteils nur aus stückweisen Resignationen erzwungener Art. Wenige von früher Jugend an sehr kluge Leute gibt es, die, wohl voraussehend, was doch einmal geschehen muß, diese fortwährende Qual durch einen raschen und großartigen Entschluß ersetzen.[1]

4) Die Ehre und den sogenannten Genuß, mit denen man ein von dritten abhängiger Sklave bleibt, muß man sofort durch die Liebe ersetzen, die man dagegen stets in seiner eigenen freien Disposition hat. Denn ohne einen

lauter Selbsttäuschung. Da muß wirklich Gewalt angewendet werden. Vgl. Ev. Matth. XI, 12; VI, 19. Ev. Joh. V, 44. Lukas V, 36; XVI, 15.

[1] Namentlich ist hier die letzte Klippe noch speziell zu erwähnen, die Rothe mit den Worten kennzeichnet: „Durch Hingebung für eine gute Sache zugleich für seine Person steigen zu wollen, ist eine gefährliche Unlauterkeit." Schon leichter ist es, äußere Ehren und alle vornehmen, reichen oder sonst hochmütigen Leute lieber zu vermeiden, da die sogenannten untern Klassen viel interessanter und die Ehren für den etwas scharfsichtigen Menschen, der die Gedanken der andern lesen kann, sehr durchsichtig sind; das Schwierigste dabei ist nur, daß es ruhig, ohne eigenen Hochmut, geschieht.

In Bezug auf den Geiz ist eine anfängliche große Hilfe eine kleinliche Ehrlichkeit, ohne die es überhaupt eigentlich keine Ehrlichkeit gibt. Es wäre einer eigenen, sehr sonderbaren Untersuchung wert, inwieweit heute die Ehrlichkeit bis ins kleinste besteht oder nicht.

solchen Ersatz würde eine ungeheure und ganz unerträg=
liche Leere zurückbleiben, wie sie das Evangelium in
Matth. XII, 43—45 schildert.

Man muß um jeden Preis und um seiner
selbst willen es versuchen, gewohnheitsmäßig alle
Menschen zu lieben, ununtersucht, ob sie dessen würdig
sein mögen oder nicht, was viel zu schwer immer richtig zu
bestimmen ist.[1] Denn ohne Liebe wird das Leben, be=
sonders nach Vorübergang der Jugend, viel zu traurig,
und vollends der Haß, in den die Gleichgültigkeit bei
gegebenem Anlasse allzuleicht übergeht, vergiftet die Existenz
dermaßen, daß sie dem Tode durchaus nicht mehr vor=
zuziehen ist.

Hassen muß man ganz konsequent nur Sachen, nicht
Menschen. Es ist zu schwer, in ihnen das Gute und Böse
ganz gerecht zu unterscheiden, und jede Ungerechtigkeit er=
bittert die am meisten, die selbst ungerecht in ihrem Urteil sind.

Laß dich daher durch nichts, weder Philosophie, noch
Erfahrung, von der Liebe abdrängen und lehne die Frage
der Würdigkeit a limine ab. Das ist das einzige Mittel,
das Innerste des Gemüts stets ruhig zu behalten, und an

---

[1] Liebe ist etwas ganz anderes als Freundschaft. Sie ist der
Geduld am nächsten verwandt und erfordert vor allem viel Kraft
zum Tragen und Ertragen, während Freundschaft stets etwas im
edleren Sinne Egoistisches, Genußsüchtiges an sich behält. Liebe
ist auch die einzige Art und Weise, in der man sich über andere
Menschen erheben darf. Sie ist eine bedeutende und berechtigte
Superiorität über die, welche nicht lieben können, eigentlich die
allein von Gott gutgeheißene Aristokratie.

allen Dingen und Menschen Interesse zu nehmen, die einem sonst nach und nach zum größten Teile verleiden müssen.[1]

Die Liebe ist, nebenbei gesagt, auch eine sehr große Klugheit; sie täuscht, ohne es zu wollen, alle Bösen beständig.[2] Wenn du aber, lieber Freund und Leser, mit dem Dichter sagen willst:

„Ich liebe, die mich lieben, und hasse, die mich hassen,
So hab ich's stets getrieben und will davon nicht lassen!"

nun, so probier's eine Zeitlang; probieren geht über studieren. Du wirst aber sehr bald bei viel Haß und sehr wenig Liebe ankommen.

5) In allen bisher genannten Punkten, namentlich in dem letzten, ist eine Halbheit nicht möglich, sondern nur ein ganzer und großer Entschluß, ohne alle kleinliche Klugheit. Dagegen gibt es noch manche kleinere Gewohnheiten,

---

[1] Ein Mensch ohne Liebe, der vierzig Jahre alt geworden und noch kein Pessimist ist, hat zu wenig Verstand.

[2] Ein Hauptgrund, weshalb die schlechten Menschen viel weniger ausrichten können, als man denkt, ist der, daß sie viel zu wenig wahre Menschenkenntnis besitzen. Jede Abwesenheit von Egoismus, auf dessen Vorhandensein sie stets unbedingt zählen, dekonzertiert sie sofort, und wenn es eine erlaubte Schadenfreude gibt, so ist es diese, sie in den Augenblicken solcher Mißrechnung zu sehen; während die zunehmende Liebe zu den Menschen das Auge schärft und denen, die sie in hohem Grade besitzen, eine Gabe verleiht, die innersten Gedanken der Menschen zu erkennen, die oft an das Wunderbare streift. Der Egoismus dagegen macht nach und nach dumm; damit ist der Schlüssel zu manchem großen Lebensrätsel gegeben.

welche die großen unterstützen und sozusagen möglicher machen.

Eine solche, die auch schon das Evangelium empfiehlt, ist: „die Toten ihre Toten selbst begraben zu lassen." (Lukas IX, 60.) Das besorgen sie weitaus am besten, und wenn man sich davon eher fernhält, Nichtiges und Böses beständig zu bestreiten, so kann man bauen, statt bloß zu zerstören, was immer die untergeordnete, wenn auch notwendige Arbeit ist. So notwendig freilich, daß manche große Zerstörer die Denkmäler erhalten, die eigentlich nur den Erbauern gebührten.

6) Man muß sich aber auch von den Menschen nie düpieren lassen, selbst nicht scheinbar, sondern pfiffigen Leuten stets zeigen, daß man ihre Gedanken durchschaut und weiß, was sie eigentlich wollen. In diesem Gedankenlesen kann man es, wie schon gesagt, ziemlich weit bringen, wenn man selbst keinen Egoismus mehr festhält, welcher immer verblendet.

Abgesehen aber von dieser notwendigen Verteidigung, tut man im ganzen sehr viel besser, die Menschen von ihrer guten Seite zu nehmen und Gutes in ihnen bestimmt vorauszusetzen. Nicht allein strengen sie sich dann oft dazu an und werden wirklich besser dadurch, sondern man vermeidet auch die eigene Mißempfindung. Umgang mit Schlechten, die man als solche ansieht, ist dem Geiste absolut nachteilig und schadet bei feiner organisierten Menschen sogar dem Körper durch seine widerliche Empfindung, ist also in jedem Sinne ungesund.

7) **Das Böse braucht keinen harten Tadel oder Vorwurf.** Es genügt in den meisten Fällen, daß es an das Licht gebracht wird; dann richtet es sich selbst in jedes Menschen Gewissen, auch wenn er äußerlich widerspricht. Daher muß man ruhig mit den Menschen reden, die zu tadeln sind, ohne Verhüllung der Dinge und ohne besonders gesuchte Milde, aber auch einfach und ohne menschlichen Zorn, der nur selten etwas verbessert.[1]

8) **Ohne viel Liebe werden die tugendhaften Menschen leicht langweilig.** Es ist nicht zu sagen, wie sehr ein gewisses gesittetes, aber im tiefsten Grunde, namentlich für Andersdenkende, liebeleeres Wesen, wie es einzelnen protestantischen Kreisen eigen ist,[2] besonders junge

---

[1] Für wirklich edle Leute mag der Rat des Dichters noch besser sein: „Hat sich ein Edler dir verfehlt, so tu', als hätt'st du's nicht gezählt. Er wird es in sein Schuldbuch schreiben und dir's nicht lange schuldig bleiben." Bei gewöhnlichen aber hat das italienische Sprichwort „chi offende non perdona" eine erschreckende Wahrheit. Jedenfalls muß man nichts nachtragen; das nützt gar nichts, sondern verderbt nur das eigene Herz, und in sehr vielen Fällen wenigstens wird das Wort des alten Thomas von Kempen seine Richtigkeit behalten: „Wenn ich es recht betrachte, so ist mir noch nie von einer Kreatur Unrecht geschehen." Es hilft oft, dies recht gründlich und unparteiisch zu überlegen.

[2] Es war bestimmtes Prinzip seitens des Gründers des Institutes der schweizerischen barmherzigen Schwestern, P. Theodosius, nur solche aufzunehmen, die eine heitere Gemütsart haben. Es wäre eine große Aufgabe, dem Protestantismus etwas mehr von der natürlichen Freundlichkeit einzuimpfen, wie sie der Katholizismus besitzt.

Leute innerlich erbittert, so daß sie oft lieber mit den Lasterhaftesten[1] leben, als mit diesen kühlen Tugenderscheinungen.

9) Es mag dir schließlich nicht möglich erscheinen, gegen alle Menschen gleich freundlich zu sein. Gut, so mache ruhig zuerst einen Unterschied, aber stets zu Gunsten der Kleinen dieser Welt, der Armen, Einfältigen, Ungebildeten, Kinder (selbst der Tiere und Pflanzen), niemals umgekehrt zu Gunsten der feinen Leute. Du wirst dich dabei gut befinden, namentlich wenn du nicht etwa auf Dank für deine „Herablassung" rechnest, sondern ihre Liebe hoch taxierst, wie deine.

Am ehesten ist eine merklich kühlere Temperatur am Platze zunächst gegenüber Leuten, die einem zu imponieren wünschen, oder dann gegenüber der zahlreichen Klasse zivilisierter Menschenfresser, die alle Menschen „kennen lernen" wollen, um sie dann wieder fahren zu lassen, sobald ihre Neugier befriedigt und vielleicht auch ihre Eitelkeit nicht befriedigt worden ist. Endlich gegenüber den Vornehmen, Reichen und — „Damen", drei Menschenklassen, die stets geneigt sind, die entgegenkommende Liebe mißzuverstehen.

---

[1] Die fast rätselhafte Anziehungskraft mancher lasterhaften Leute besteht darin, daß sie viel natürliche Liebe haben, oder wenigstens zu haben scheinen. Sobald das Laster den kalten Egoismus zeigt, stößt es ab. Das ist ja der Kern aller Liebesromane mit tragischem Ausgang, von Clarissa bis auf die neuesten Produkte.

Wir könnten noch eine Menge solcher kleineren guten Gewohnheiten anführen,[1] und wenn der Leser überhaupt sagt, es gebe noch viele solche, so bezweifeln wir das nicht im geringsten, laden ihn vielmehr ein, das vorstehende Register zu seinem Hausgebrauche zu ergänzen.[2]

Nur ist es, das wird er bald bemerken, sehr viel zweckmäßiger, mit einer guten Gewohnheit tatsächlich zu

---

[1] z. B. das sechs Tage arbeiten und den siebenten ruhen, das körperlich gesund erhält und manche üble Gewohnheiten von vornherein unmöglich macht; oder keine Pläne machen, sondern je vorzu seine Tagespflicht erfüllen; wenn man spricht, die Wahrheit möglichst genau und kurz sagen; Kleinigkeiten stets als solche behandeln; weder sich selbst noch andere (und zwar auch die Allergeringsten nicht) unnötig bemühen und plagen. In diesem letztgenannten Punkte lassen sich sogar sehr gebildete Menschen manches zu Schulden kommen, das tiefer empfunden wird, als sie glauben. Ein erheblicher Teil des Sozialismus stammt aus dieser Quelle. Das ist also eine sehr schlechte Gewohnheit, die durch eine energische Gegengewöhnung beseitigt werden muß. Auch der Vatikanische Grundsatz, vieles nur mittelst Schweigen zu beantworten, ist so übel nicht. Das meiste in diesen kleineren Punkten ist jedoch individuell und paßt nicht für alle Menschen, ja nicht einmal für alle Lebensstufen des nämlichen Menschen, ergibt sich überdies wohl von selber, wenn man einmal die großen guten Gewohnheiten recht inne hat.

[2] Die Frage, um die sich alles bei der wirklichen Verbesserung des Menschen, namentlich aber bei der Erziehung der Jugend dreht, ist nicht die, den Kopf, oder sogar den augenblicklichen Willen mit den Bildern aller möglichen Tugenden zu erfüllen, sondern es dazu zu bringen, daß das (vielleicht Wenige), was Gutes in einem Menschen schon ist, Gewohnheit, Natur werde. Ohne das hat es keinen reellen Wert und dient oft genug nur der Eitelkeit und Selbstverblendung.

Gute Gewohnheiten. 133

beginnen, als zuerst ein ganz vollständiges Verzeichnis von allen anzulegen.

Das Schwierige dabei, eigentlich das einzig Schwierige, ist, die natürliche Selbstsucht aus dem Herzen wegzubekommen, die das alles, wenn nicht bezweifelt, so doch tatsächlich verhindert. Es ist in jedem Menschen — das wird niemand bestreiten, der sich kennt — etwas merkwürdig Verkehrtes in Bezug auf Neigungen, das manchmal wirklich an „Verrücktheit", im Wortsinne genommen, grenzt. Das muß durch eine Kraft entfernt werden, und das ist eigentlich das ganze Problem aller Philosophie und Religion, welches so alt wie die Welt ist und in jedem neuen Menschen sich wieder neu zu der Frage gestaltet: „Wo ist diese Kraft zu finden, die den Menschen so zum Guten und Rechten disponiert und so geistig gesund macht, wie es eben zu einem richtigen Lebenslaufe erforderlich ist?"[1]

Darüber bestehen nun bekanntlich auch heute die verschiedensten Meinungen. Dante in seinem berühmten siebenundzwanzigsten Gesang des Purgatorio läßt seinen

---

[1] Es handelt sich eben, genau genommen, nie um theoretische Dinge im menschlichen Leben, also auch nicht um Glaube und Liebe, sondern um glauben und lieben können. Wie viele Menschen wären heute geneigt dazu, wenn sie könnten! Dieses Können hat aber eben seine bestimmten Voraussetzungen, die sich nicht umgehen lassen und oft auch den sogenannten frommen Leuten fehlen. Damit bleibt dann der schönste Glaube eine bloße Denkform wie jede andere, ohne höheren Wert.

den rechten Weg suchenden Menschen durch die überlegende Vernunft nicht allein bis an die Pforte des Heils, sondern sogar bis auf die Höhe des Berges der Läuterung geführt werden, wo fortan der erreichte Zweck des Erdenlebens, das irdische Paradies, beginnt und jedes weitere Suchen überflüssig wird.[1] Dennoch, und darin finden wir eine starke Inkonsequenz des großen mittelalterlichen Dichters und Philosophen, muß nicht nur ein Engel die gewöhnlichen Seelen über den Ozean an den Fuß dieses Berges bringen,[2] sondern ein anderer auch ihnen wiederholt die Versuchung zur Umkehr, sogar noch jenseits des „Tors der Gnade",[3] abwenden und nur durch ein **Wunder göttlicher Allmacht**,[4] bei welchem die begleitende Vernunft eine, mindestens gesagt, sehr überflüssige Rolle spielt, gelangen sie an den Punkt, wo der dritte Engel auf der diamantenen Schwelle sitzt, die niemand ohne seine Erlaubnis überschreiten kann.

---

[1] Die **Stimmung**, die auf dieser heitern Höhe des wahren Lebens herrscht, ist sehr schön mit den Schlußworten der „Vernunft" bezeichnet:

„Ruh' oder wandle hier auf heiterm Pfad;
Nicht harre fürder meiner Wink' und Lehren;
Frei, grad, gesund ist, was du wollen wirst,
Und Fehler wär' es, deiner Willkür wehren;
Drum sei fortan dein Bischof und dein Fürst."

[2] Purgatorio, Gesang II. Dante selbst kommt freilich auf anderem, ungewöhnlichem Wege dahin.

[3] Purgatorio, Gesang VIII; XIX.

[4] Purgatorio, Gesang IX, 19—61.

Doch ist diese große Frage der sittlichen Dynamik nicht unser heutiges Gesprächsthema, und wir bezweifeln auch, daß sich dieselbe anders, als auf dem Wege eigener Erfahrung, gründlich verstehen läßt.

Mit dem Wollen, dem entscheidenden Entschlusse, einen bedeutenden Lebenszweck einheitlich gesinnt zu verfolgen und sich von allem Entgegengesetzten abzuwenden, beginnt jede Selbsterziehung. Dann folgt daraus bald von selbst das Suchen des Könnens. Dasselbe führt zum Finden, sofern man sich entschließt, rücksichtslos auf allen Wegen zu suchen und die entstehende Kraft als den einzig möglichen Beweis für die Richtigkeit des Weges anzuerkennen.

Was keine anhaltende, ruhig sittliche Kraft gibt,[1] das ist nicht wahr, und was solche Kraft verleiht, das

---

[1] Eine vorübergehende Kraft kann auch der Fanatismus verleihen; aber es fehlt ihm die innere Ruhe, die jeder wahren Kraft eigen ist. Dies zeigt im großen Stile unser heutiges Zeitalter in manchen seiner religiösen Erscheinungen. Wie man den Menschen nicht trauen darf, die den stets unruhigen Blick der noch nicht gezähmten und veredelten Tiere haben, so ist Institutionen nicht zu trauen, die mit beständiger Agitation verbunden sind. Die vollkommene Religiosität verlangt leiblich, geistig und sozial gesunde Menschen. Leiblich, damit nicht, wie ein Kommentator der h. Schrift sagt, „krankhafte Halluzinationen, für Gottesgesichte angesehen und ausgegeben, betrogene Betrüger in die Welt hinaussenden." Geistig, weil nur ein bereits menschlich zur Vollendung gereifter Geist das Wort Gottes recht zu fassen und wiederzugeben versteht. Sozial, weil nur ein unabhängiger, für sich nichts mehr wollender und suchender Mensch Menschen und Zustände in jener Objektivität zu verstehen vermag, wie es der Botschaft Gottes gemäß ist.

muß Wahrheit allermindestens in sich tragen. Das ist der Satz, der an die Spitze jeder künftigen Philosophie gehört, welche für die Menschheit etwas mehr wert sein soll, als die bisherige. Alles andere führt zu nichts Rechtem.

\* \*

„Wohl endet Tod des Lebens Not,
Doch schaudert Leben vor dem Tod;
Es schauet nur die dunkle Hand,
Den Becher nicht, den sie ihm bot.

So schaudert vor der Lieb' ein Herz,
Als wär's vom Untergang bedroht.

Denn wo die Lieb' erwachet, stirbt
Das Ich, der finstere Despot;
Laß du ihn sterben in der Nacht
Und wandle frei im Morgenrot."

# Die Kinder der Welt
sind klüger als die Kinder des Lichts.

Wir wagen es nicht, die volle Wahrheit dieses Wortes zu bezweifeln, können aber doch nicht umhin zu bemerken, daß sich darauf mehr, als auf jede andere Autorität, die oft gehörte Anklage gegen den Idealismus begründen läßt, wonach er in der Theorie zwar recht schön,[1] in der Praxis aber undurchführbar sei. Wenn das einmal feststeht, daß Lebensklugheit und Idealismus unvereinbar sind, so werden weitaus die meisten Menschen, die je auf Erden zu leben und durch dieses Leben zu kommen gezwungen sind, zu der erstern als dem Notwendigen greifen, selbst wenn sie den letztern nur mit einem Seitenblick tiefen Bedauerns im Stiche lassen. Klugheit ist für diese, Licht eben nur für die andere Welt! An diesem Stein des Anstoßes scheitern daher noch manche, die die gewöhnliche Klippe des gemeinen Menschentums, den genußsüchtigen Egoismus, längst überwunden haben.[2]

[1] Eine gewisse moderne Schule will zwar auch das nicht mehr gelten lassen; das hat jedoch keine große Bedeutung. Der Mensch hat ein zu großes Interesse daran, unegoistische Nebenmenschen zu haben, als daß er eine solche Theorie auch in der Praxis ertragen könnte.

[2] Mangel an Klugheit, oder sogar Dummheit läßt sich überhaupt auch der nicht gewöhnliche Mensch sehr ungern nachsagen. Dazu gehört schon eine große innere Sicherheit und selbstüberwindende Kraft. Vergleiche übrigens auch das Alte Testament, in Jesaias XLII, 19 und XLIII, 8.

Was zu allernächst in diesem gefährlichen[1] Worte liegt, ist eine große **Anerkennung** der sogenannten Weltkinder. Dieselben werden überhaupt nirgends in den Worten Christi so scharf behandelt, wie die Geistlichen von Beruf und die pharisäischen Frommen überhaupt. Ein Wort, wie das in Ev. Matth. XXI, 31 ausgesprochene, würde man gegen sie vergeblich suchen.[2] Es sind Leute, die meist wissen, was sie wollen, und das, was sie sich vorgenommen haben, auch mit Fleiß und Ausdauer, unter Beseitigung alles Entgegenstehenden verfolgen, — worin es ihnen die „Kinder des Lichts", wenigstens in ihren ersten Anfangsstadien, nur sehr selten gleichtun. Sie sind auch gar nicht unempfänglich gegen etwas Höheres und Besseres; ihr Herz ist nicht der harte Fels, auf den der Same des Guten ganz vergeblich fällt, sondern bloß der auch noch mit anderem Gestrüpp überwachsene Boden, auf dem er zwar keimt,

---

[1] Das Kapitel XVI des Ev. Lukas ist überhaupt eigentlich das gefährlichste Schriftstück, welches gegen die öffentliche Ordnung im Sinne unseres modernen Polizeistaates geschrieben worden ist. Welche Konsequenzen würde das hervorrufen, wenn man einmal ernstlich und allgemein glaubte, daß der Mammon ungerecht sei und durch seinen bloßen Gebrauch, ohne irgend welche sonstige Schlechtigkeit (die dem reichen Manne ja keineswegs nachgesagt wird), zur Verwerfung führe. Oder daß alles, was hoch ist unter den Menschen, ein Greuel sei vor Gott. Und welche tiefe Ironie liegt in dem Lob des ungerechten Haushalters gegen das, was Eigentum heißt und oft sogar mit dem Prädikat der „Heiligkeit" versehen wird.

[2] Auch gegen den Verkehr mit ihnen wird nirgends gewarnt, wie gegen den mit den damaligen Inhabern der offiziellen Frömmigkeit. Was das Evangelium am meisten fürchtet, ist überhaupt nicht der Mangel an Glauben, sondern die bloß formale Religion.

aber nicht recht gedeihen kann; und jedenfalls können
sie sich darauf mit Grund berufen, daß nicht sie es
vorzugsweise gewesen sind, die in der Geschichte Kreuze
und Scheiterhaufen für die Bekenner der Wahrheit er=
richtet haben.

Man muß sich also unter Weltkindern keineswegs
ohne weiteres schlechte oder für das, was man Tugend
nennt, unempfängliche Leute vorstellen. Sie sind im Gegen=
teil meistens besser, als sie sich den Anschein geben zu
sein, und es gibt unter ihnen sogar sehr viele „um=
gekehrte Heuchler", die ihre besten Gedanken verbergen.
Was ihnen fehlt, ist gemeinhin bloß der Mut, gut zu
sein, das hinreichende Vertrauen auf eine sittliche Welt=
ordnung, die sicher genug bestehe, um den ihr sich An=
vertrauenden auch über die Schwierigkeiten des „Kampfes
ums Dasein" hinwegzuhelfen. In der Tat ist diese
Sicherheit keineswegs augenscheinlich vorhanden; im Gegen=
teil, wer die Wege aller Welt verläßt, hat zunächst die
Sicherheit vor Augen, daß er von ihr auch verlassen wird
und vielleicht den größten Teil seines ferneren Lebens=
weges im Dunkel über die Frage zubringen muß, ob er
wirklich das bessere Teil erwählt habe. So wenigstens be=
schreiben alle diesen Weg, die ihn wirklich gegangen sind,
nicht bloß davon gehört oder gepredigt haben. Es sind also
die Weltkinder einfach Leute, die lieber den gewöhnlichen
und bekannten Weg gehen wollen, weil ihnen ein außer=
gewöhnlicher zwar theoretisch recht schön und großartig,
aber praktisch nicht hinreichend gangbar vorkommt.

Noch schwieriger ist zu sagen, was die „Kinder des
Lichts" sind. Zwar enthalten die Evangelien einige

Andeutungen darüber;[1] aber was ist überhaupt das „Licht" in diesem Sinne selber? Und wo ist seine Quelle? Und wie kommt es in den Menschen hinein? Da stehen wir sofort vor dem größten der „sieben ungelösten Welträtsel."[2] „Woher kommt der Mensch, wohin geht er, wer wohnt über den goldenen Sternen?" Allgemein verständlich kann man nur sagen, es seien wohl die suchenden und für das Ungewöhnliche empfänglichen Menschen gemeint, welche zunächst wünschen, daß es etwas Besseres auf der Erde gäbe, als zu essen, zu trinken und morgen tot zu sein, und die aus diesem beharrlichen Wunsch und Willen heraus allmählich zum Glauben und zuletzt zur Überzeugung gelangen.[3]

[1] Vgl. z. B. Ev. Joh. XII, 36.; XVII, 3; XVIII, 37; VII, 38.
[2] Vgl. Dubois-Reymond: „Die sieben Welträtsel."
[3] Gelzer sagt darüber in seiner Schweizergeschichte der ersten zwei Jahrhunderte: „Niemals wird es an Tausenden fehlen, welche in lobenswerter Art auf den gewohnten Lebensgeleisen fortschreiten und mit sicherem, angeborenem Takt sich in der praktischen Welt bewegen. Es ist aber in der Weltordnung von jeher auch auf die Wenigen gezählt, die, über alles Einzelne und Äußere, Zerstreuende wegblickend, mit der ganzen Energie ihres Gemütes nur nach dem geistigen, ewigen Grund des Daseins fragen. Durch alle Verhüllungen der Sinnenwelt hindurch haben sie die Harmonie der Welt erkannt oder doch etwas von ihr, wie Töne einer fernen Musik, geahnt. Solche Naturen müssen, wenn sie in der Welt etwas leisten wollen (und zwar gerade das, wozu sie berufen sind), sich um dieses Zweckes willen einigermaßen von der Welt zurückziehen; nur auf diesem Standpunkte können sie — jenen Bergpflanzen ähnlich, die auch in der Niederung nicht gedeihen, den reinen Atem ihres Wesens erhalten und mitteilen." Mit andern Worten: „Das Salz ist ein gutes Ding"; wenn es aber selber kraftlos wird, dann kann man es zu gar nichts brauchen, dann ist die Kraft der Welt bei weitem vorzüglicher. Das ist der Grund, warum die heutige

Eine gewisse weitere Andeutung dieses Weges zum Licht steht in Ev. Matth. V, 8 und besonders im Ev. des Lukas XI, 36, einer Stelle, die noch niemand recht erklärt hat. Weiter darf man aber gewöhnlich in der Beweisführung gar nicht gehen; sonst sprechen die Kinder der Welt, die in der Tat nicht darauf vorbereitet sind und denen das alles mindestens als Überspanntheit vorkommt, im besten Falle mit dem Landpfleger Felix und den Athenern: „Wir wollen dich ein anderes Mal weiter hören",[1] hüten sich aber, wie diese ihre Vorgänger, wohl, solche unangenehme, die Gemütsruhe störenden Erörterungen, „die doch zu nichts Gewissem führen können", wieder auf das Tapet kommen zu lassen. Es ist in der Tat, so traurig es klingt, die religiöse Belehrung offenbar äußerst wenig fruchtbar. Man kann das, was man Religion nennt, und was eigentlich ganz auf einem Vertrauen auf etwas nicht Wißbares und einer Neigung zu den Vertretern dieser Anschauung beruht,[2] gar nicht wirklich lehren, sondern höchstens bei den Menschen eine Art von Disposition, wenigstens Abwesenheit von Abneigung und positiver Unfähigkeit erzeugen und durch Belehrung unterhalten. Diese Unfähigkeit entsteht aber nicht allein durch eine Lebensweise, die der Empfänglichkeit für Ideales überhaupt entgegensteht,[3] sondern ebensosehr

---

Kirche so wenig Einfluß besitzt, trotz aller Agitation. Dieselbe kann das fehlende oder kraftlos gewordene Salz nicht ersetzen.

[1] Ap.-Gesch. XVII, 32; XXIV, 25.
[2] Vgl. darüber besonders Ev. Joh. I, 12; III, 27; VI, 29; VII, 17; VIII, 12; IX, 5; XIV, 7. 23. 24; XXI, 17.
[3] Dazu führen die drei Punkte Habsucht, Ehrsucht, Genußsucht, ganz besonders eine spezielle Sorte der letzteren. Solange dieselben nicht wenigstens dem guten Willen nach überwunden

gerade durch die Auffassung, welche die Religion als eine Lehre, ja sogar als eine Art von Wissenschaft ansieht, die vorgetragen und gelernt werden kann.[1]

Worin besteht denn nun aber, werden Sie fragen, der Vorteil dieses sogenannten Lichtes vor der Klugheit der Welt, die doch immer etwas Sicheres ist und eine Summe von Lebensgütern erzielt, die auf dem andern Wege nicht so leicht zu haben sind? Zunächst darin, daß man die Wahrheit besitzt und dabei innerlich vollständig beruhigt ist. Das ist gegenüber einem solchen Lebensglück, wie es Lessing in dem bekannten Worte vorschwebte, wonach die Wahrheit gar nicht für Menschen wünschbar sein soll, eine Fülle von wahrem Glück, die unaussprechlich ist, und die kein Mensch, der je auch nur die kleinste Partikel davon besessen hat, fortan mit allen Gütern der Erde vertauschen wollte.[2] Denn am Ende kommt es nicht auf den Besitz irgend eines Gutes an, sondern ob man sich in diesem Besitze glücklich fühlt. Auch die Habsüchtigen, Ehrgeizigen, Schwelger wollen nicht das, was sie suchen, als Zweck, sondern als in ihren Augen unerläßliches Mittel zum Zweck, welcher das Glücksempfinden ist.

Darin täuschen sie sich aber, und das ist das wahr-

sind, nützt es eigentlich gar nichts, einem Menschen von Religion zu predigen, obwohl es immerhin geschehen muß, weil man ja nicht weiß, wie es in dem Menschen aussieht. Daher wird das Evangelium so oft mit der Fischerei verglichen, die eben auch ihr Netz auswirft, selbst wenn sie keinen großen Glauben hat, viel Rechtes zu fangen.

[1] Vgl. Ev. Joh. III, 2. 3. Ap.-Gesch. XVII, 20. 21.
[2] Das Evangelium kann sich auch auf II. Chron. IX, 6 berufen.

haft Großartige in der Weltordnung, durch das sie sich
jedem unbefangen Beobachtenden enthüllt, daß ihnen zwar
alles gelingt, was sie recht wollen, aber nicht zur Be=
friedigung gereicht. Daß es ihnen gelingt, ihr Erfolg
selbst, ist ihre Strafe. Es ist das vielleicht etwas schwer
zu verstehen; aber überlege es noch einmal, lieber Leser,
oder nimm es gewissermaßen als wissenschaftliche Hypo=
these vorläufig an und beobachte dann im Leben, ob es
wahr ist. Das ist ja die Art, wie man auch in der Natur=
wissenschaft auf die Wahrheiten am leichtesten kommt.

Der zweite Vorteil ist, daß dieser Geist der Wahr=
heit, wie wir das „Licht" paraphrasieren können, doch etwas
viel Klügeres ist als alle Klugheit, weil er allein mit den
wirklichen Gesetzen der Welt übereinstimmt. Daher kommt
es, daß diese Unklugen doch durch die Welt kommen, meist
sogar viel besser und unbeschädigter als die Klugen, d. h.
mit weniger Unruhe des Gewissens, die doch ein sehr
unangenehmes Gefühl ist, welches die besten Freuden des
Daseins vergällt, und jedenfalls mit viel weniger Hast,
Furcht und Sorge vor Menschen und Ereignissen, die
ohne diese Gesinnung ganz unausweichlich sind. Endlich
mit viel mehr Friede nicht bloß in sich selbst, sondern
auch mit den Menschen, weil ohne Zorn, Haß und Neid,
die das Leben beständig verbittern. Sogar die Menschen,
die dieser Gesinnung nicht folgen wollen und können, lieben
eigentlich im Grunde diese „Idealisten" doch mehr als
ihresgleichen. Sobald sie sehen, daß es ihnen Ernst damit
und nicht bloß ein Mäntelchen ist, hinter dem sich Ent=
gegengesetztes verbirgt, und auch kein beleidigender Hochmut
sich damit verbindet. Eine solche Liebe, wie sie seinerzeit

Niklaus von Flüe, oder Franz von Assisi, oder Catterina von Siena,[1] oder in unserer Zeit Gordon Pascha in ganzen Ländern gefunden haben, wo Tausende ihren Tod tief beklagten und als ein Nationalunglück betrachteten, die nicht entfernt daran dachten, ihrem Leben nachzufolgen, ist gar nicht zu vergleichen mit der Achtung etwa, die der größte und erfolgreichste Staatsmann unserer Zeit genießt. Sie sind, eben weil sie auf die meisten Güter dieses Lebens verzichtet und die Konkurrenz darin aufgegeben hatten, die wahren Könige ihrer Völker und die Helden der ganzen Menschheit geworden.

Wahrheit, Glück, Furcht- und Sorglosigkeit, Friede mit sich und allen Menschen, aufrichtige Achtung und Zuneigung derselben — wir sollten denken, das wären doch auch Güter, die gegenüber mehr Reichtum, mehr Ehre, mehr äußerlichem Genuß stark in die Wagschale fallen können, selbst wenn die letztern Erfolge ebenfalls sicher und ohne die obgenannten bittern Zutaten der Furcht, der Sorge und der allgemeinen Konkurrenz erreichbar wären, was sie tatsächlich niemals sind.

Das Gute haben ferner die ideellen Güter jedenfalls voraus, daß sie ganz sicher und jedermann zugänglich sind.[2] Man braucht sie nur zu wollen, aber

---

[1] Leider können wir diesen dreien keinen unserer Reformatoren vollständig an die Seite setzen, am ehesten noch den Schotten John Knox. Es fehlte ihnen eben allen die volle Freiheit von aller weltlichen Klugheit; sonst wäre ihr Werk auch gründlicher und dauerhafter ausgefallen und müßte nicht wiederholt werden.

[2] Auch sehr konkurrenzfrei; denn nicht allein drängen sich weit weniger Menschen auf den Weg zu diesem Erfolg, sondern es ist auch die Natur der ideellen Güter, daß sie durch Teilnahme sich

ernstlich und allein zu wollen, sich nicht halb und halb
doch auf die Klugheit und den Wettlauf auf der Welt
Bahnen zu verlegen, so werden sie, wie viele Zeugen aus
eigener Lebenserfahrung sagen, unfehlbar erreicht;
wenn auch allerdings nicht in einem Anlaufe und in
den meisten Fällen nur nach einer ein- oder mehrmaligen
Krise im Lebensgang, die in der Tat mehr, als irgend
etwas anderem, einem Tode gleicht, in welchem der
Mensch jeder bisherigen Lebenshoffnung entsagt. Das ist
aber auch das Schwerste dabei. Im übrigen ist dieser
Lebensweg unendlich viel leichter und angenehmer als
der Weg aller Welt, und man begegnet darauf sicherlich
besserer Gesellschaft. Ein Joch (womit ihn Christus
vergleicht) bleibt er wohl immer; aber daß er ein vergleichs=
weise sanftes und sehr leichtes Joch sei, das bestätigen in
der Tat wieder alle ohne Ausnahme, die es je selbst
getragen haben, und noch kein einziger ist entdeckt
worden, der am Ende eines solchen Lebens, mochte es
daneben äußerlich ausgesehen haben wie es wollte, reuevoll
den andern Weg als den besseren und glücklicheren
erklärt hätte. Wie viele hingegen seit König Salomos
Tagen fanden am Schlusse eines erfolgreichsten und mühe=
losesten Lebens im gewöhnlichen Sinne der Lebensklugheit,
daß doch alles nur „Eitelkeit der Eitelkeiten" gewesen sei.[1]

---

vermehren. Es wird nie zu viel gute Menschen geben, wie es zu
viel weltkluge in gewissen Fächern oder Gewerben an einem ge=
gebenen Punkte wohl geben kann.

[1] Der Moment, in welchem dies der gereiften Lebenserfahrung
sich deutlich macht, welcher gewöhnlich, verbunden mit einer ent=
schiedenen Abnahme der physischen Kräfte, nach dem fünfzigsten

Man sollte denken, diese einzige Erfahrungstatsache schon müßte entscheidend wirken, wenn man nicht wüßte, wie sehr gerade die gewöhnliche Klugheit der Menschen sie an dieser höheren Klugheit, die ein größeres Spiel mit höherem Einsatz dem gewöhnlichen vorzieht, verhindert.

Wir haben nicht den Mut, die einfach Klugen zu tadeln, und wollen es ganz dem Leser selbst anheimgeben, ob er, nach eigener reiflicher Erwägung der angeführten Gründe und Betrachtung der ganzen Situation, in welche der Mensch durch die gewöhnlichen Bedingungen seines Daseins gestellt ist, besser tue, die einfache oder die etwas sublimierte Klugheit zu wählen. Die Dümmsten sind unstreitig die, welche siebzig und achtzig Jahre lang durch das menschliche Leben pilgern, ohne jemals mit sich einig geworden zu sein, ob sie das eine oder das andere wollen. Und zu diesen Unweisen, die denn auch gewöhnlich zu gar nichts kommen, gehört merkwürdigerweise ein sehr großer Teil der heutigen „gebildeten" Gesellschaft.

Lebensjahre eintritt, ist einer der bittersten des menschlichen Lebens, und viele gehen von da ab zum Skeptizismus und Pessimismus über, wenn sie nicht gar noch einmal versuchen, trotz ihrer bereits ergrauten Haare, einige flüchtige Freuden des Lebens rasch am Wege zu erhaschen. Diese „alten Jünglinge" haben zuletzt wohl die schlechtesten von allen Lebensrollen gewählt, die ihnen noch zu allen Enttäuschungen hinzu den Respekt vor sich selber kostete. Einer der Romane von Maupassant sogar schließt daher sehr richtig mit dem Bekenntnis der Heldin (sit venia verbo), sie habe sich das Laster doch amüsanter vorgestellt.

# Die Kunst, Zeit zu haben.

Ich habe keine Zeit. Das ist nicht allein die allergewöhnlichste und billigste Ausrede, wenn man sich einer nicht gerade formell bestehenden Pflicht oder Aufgabe entziehen will, sondern in der Tat — es wäre unrecht, dies zu leugnen — die, welche den größten Gehalt und Anschein von Wahrheit hat.

Und dennoch eine Ausrede? Ich stehe nicht an, darauf mit einem bedingten „Ja" zu antworten, und will versuchen, gleichzeitig zu zeigen, aus welchen Gründen vornehmlich der Zeitmangel entsteht und mit welchen Mitteln man sich, wenigstens einigermaßen, die nötige Zeit verschaffen kann. Meine Predigt hat also nicht, wie diejenige der Herren Theologen, drei Teile, sondern bloß zwei. Dies zur Beruhigung derjenigen, die auch keine Zeit zum Lesen haben.

Der allernächste Grund des allgemein verbreiteten Zeitmangels liegt ganz natürlich in der Zeit selber. Sie hat etwas Unruhiges, Rastloses, beständig Aufgeregtes, dem sich nicht leicht jemand gänzlich entziehen kann, wenn er nicht ein Einsiedler ist. Wer mitleben will, muß mitlaufen. Könnte man die jetzige Welt aus gehöriger Vogelperspektive und zugleich bis ins einzelnste hinein genau beobachten, so würde sie das Bild eines unruhig wimmelnden Ameisenhaufens darbieten, in dessen beständiger Bewegung schon allein der Anblick der Tag und Nacht durcheinander jagenden Eisenbahnzüge das Gehirn des Beobachters verwirren müßte. Und etwas von dieser Betäubung teilt sich in der Tat fast allen mit, die an der Bewegung der Zeit intensiv teilnehmen.

Es gibt aber auch unendlich viele Leute, die gar nicht mehr wissen, warum sie den ganzen Tag eilen, und Müßiggänger genug, die so hastig durch die Straßen rennen, oder sich auf Eisenbahnen und in Theatern drängen, als ob sie zu Hause die größte Arbeit erwartete. Sie folgen eben dem allgemeinen Strome. Man sollte wirklich oft glauben, daß Zeit das Kostbarste und Seltenste auf Erden sei. Denn selbst die, welche Geld genug haben, das man oft mit der Zeit vergleicht, haben heute keine Zeit mehr, und selbst solche, die es verachten, wie der Apostel Paulus, ermahnen uns beständig, die „Zeit auszukaufen",[1] und

---

[1] Bis in die kleinen Dinge hinein zeigt sich dieser rücksichtslose Zeitbenützungsgeist. Viele „gebildete" Menschen antworten auf Zusendungen nicht, unter dem Vorwand von Zeitmangel, während kein Mensch so beschäftigt ist, daß er nicht auf eine Postkarte „ich danke" schreiben könnte. Das längere Nichtbeantworten von Briefen ist ebenfalls in den meisten Fällen nur üble Gewohnheit, die mit Zeitmangel sich entschuldigt. Die moralische Bedeutung der Frage ist die, daß wer selbst rücksichtslos getrieben wird, auch ein Treiber wird, der andern keine Ruhe läßt. Wie weit wir wohl damit noch kommen werden? Ein Prinzip entwickelt sich gewöhnlich bis zu seinen letzten Konsequenzen und schlägt dann in sein Gegenteil um. Darnach müßte uns, wenn Europa überhaupt am Leben

haben oft etwas Treiberisches in ihrem ganzen Wesen, das uns schon in frühester Jugend verdroß.¹

Die jetzige Welt hat daher auch etwas Erbarmungsloses gegen alle Arbeiter; die Menschen werden, wie die Pferde, getrieben, bis sie zusammenbrechen; dann sind sie „ausgenutzt", und es gibt ja jederzeit neue genug!

Und doch sind die Resultate dieser Hast und Unruhe, im ganzen genommen, nicht übermäßig groß. Es gab Zeiten und Menschen, welche ohne die heutige Rastlosigkeit und Übermüdung aller in manchen Richtungen menschlicher Tätigkeit viel mehr leisteten, als die heutigen. Wo ist ein Luther zu finden, der in so unglaublich kurzer Zeit und ohne am Schlusse einer solchen Arbeit zusammenzubrechen, oder wenigstens halbe oder ganze Jahre von „Erholung" oder „Ausspannung" nötig zu haben, eine in ihrer Art noch unübertroffene Bibelübersetzung schreibt? Wo sind

---

bleibt, ein Jahrhundert voll großer Faulheit erwarten, wovon übrigens auch schon einige Spuren vorhanden sind.

¹ Zum Glück spricht Christus selbst auffallend wenig vom Arbeiten und hat sich auch selber stets zu allem Zeit genommen; das ist unser Trost gegenüber denen, die aus der Zeitbenützung einen Götzen machen. Die ganz katholischen Gegenden (Engelberg, Dissentis, Luzern, Tirol) haben etwas für abgespannte Menschen Beruhigendes. Man sieht dort nicht die beständige Arbeitshetze, den „Stecken des Treibers", sondern ein Leben, das selbst für die Geringsten des Volkes noch über der bloßen Arbeitsleistung steht. Das bildet auch einen Teil der Anziehungskraft, welche die katholische Kirche heutzutage besitzt, die sie aber einbüßen wird, wenn sie sich mit der Agitation einläßt.

unter den Gelehrten noch solche, deren Werke zuletzt
Hunderte von Folianten füllen, oder unter den Künstlern
derartige, wie Michelangelo und Rafael, die malen, bauen,
meißeln und dichten zugleich können, oder wie Tizian, der
im neunzigsten Jahre noch ein arbeitsfähiger Mann war,
ohne jedes Jahr Bäder und Kurorte zu gebrauchen?
Ganz kann also die heutige Eilfertigkeit und Nervosität
nicht darin zu suchen sein, daß die modernen Menschen
mehr und Besseres schaffen, als die vorangegangenen,
sondern es muß möglich sein, wenn auch vielleicht nicht
mit allzugroßer Rast, so doch ohne Hast zu leben und
dabei doch etwas zu leisten.

Das erste Erfordernis hiezu ist sicherlich der Ent=
schluß, sich nicht willenlos von dem allgemeinen Strome
fortreißen zu lassen, sondern zu opponieren und als freier
Mensch leben zu wollen, nicht wie ein Sklave, weder
der Arbeit noch des Vergnügens.

Doch ist dabei nicht zu leugnen, daß unsere ganze jetzige
Arbeitsverteilung und nicht weniger die ganze sorgliche, auf
Geldansammlung für viele kommende Generationen ge=
richtete „kapitalistische" Denkungsart dies sehr erschwert.

Das ist der große Hintergrund unserer Frage, den
wir nicht weiter berühren wollen, daß auch sie eng mit
der Revolution zusammenhängt, welche die zivilisierte
Menschheit durchzuarbeiten hat, bevor sie wieder zu gleich=
mäßigerer Arbeit und gleichmäßigerem Besitz gelangt.

Solange es noch, namentlich in den gebildeten Klassen,
Leute gibt, die nur arbeiten, wenn sie müssen, und um

Die Kunst, Zeit zu haben.

sobald als möglich sich und die Ihrigen von dieser Last zu befreien, und wieder andere, die mit Stolz sagen: „Je suis d'une famille, où on n'avait pas de plume qu'aux chapeaux", solange wird es auch immer viele geben, die zu wenig Zeit haben, eben weil wenige zu viel davon besitzen.

Für unsere Lebensperiode handelt es sich daher vorzugsweise nur um ein defensives Verhalten mit kleineren Mitteln. Dies sind folgende:

1) Das vorzüglichste Mittel, Zeit zu haben, ist eine regelmäßige, nicht bloß stoßweise, Arbeit mit bestimmten Tages= (nicht Nacht=)stunden und sechs Arbeitstagen in der Woche, nicht fünf und nicht sieben. — Die Nacht zum Tage zu machen, oder den Sonntag zum Werktag, das ist das beste Mittel, niemals Zeit und Arbeitskraft zu besitzen. Auch das wochen= und monatelange sogenannte „Ausspannen" hätte sein Bedenkliches, wenn es ganz wörtlich genommen wird und eine völlige Enthaltung von aller Arbeit bedeutet.

Ich hoffe, es wird eine Zeit in der medizinischen Wissenschaft herankommen, die bestimmter, als es jetzt der Fall ist, den Satz aufstellt und beweist, daß regelmäßige Arbeit namentlich in älteren Jahren das weitaus beste Erhaltungsmittel der körperlichen und geistigen Gesundheit, für die geehrten Damen füge ich bei, „auch der Schönheit" ist.[1] Der Müßiggang macht unendlich viel müder und

---

[1] Dieser Aufsatz war ursprünglich ein sogenannter akademischer Vortrag vor einem gemischten Publikum, dessen äußere Form beibehalten worden ist.

nervöser als die Arbeit und schwächt die Widerstands=
kraft, auf der eigentlich alle Gesundheit beruht.

Allerdings kann die Arbeit übertrieben werden, und
es ist dies namentlich immer der Fall, wenn man bei
derselben nur den Effekt, das Werk, und nicht die Arbeit
selber liebt. Dann ist es sehr schwer, das richtige Maß
einzuhalten, und schon ein uralter Prediger sagt seufzend:
„Einem jeden Menschen ist Arbeit auferlegt nach seinem
Maße; aber es ist sein Herz, das nicht dabei bleiben kann."
Übrigens hat die Natur uns darin einen Warner in der
natürlichen, von Arbeit herrührenden, Ermüdung an
die Seite gestellt, den man nur beachten und nicht durch
Reizmittel täuschen muß, um dieses Maß ohne viel
Philosophie beständig bei der Hand zu haben.[1]

2) Eine große Erleichterung der regelmäßigen
Arbeit ist natürlich ein bestimmter Beruf, der ganz
bestimmte Arbeitspflichten mit sich bringt. Daher ist es
auch eine ganz richtige Idee der Staatsromane und der
sozialistischen Schriftsteller, daß sie sich die allgemeine
Organisation der Arbeit in der Form einer Armee vor=
stellen, also in der Lebensform, in welcher Ordnung und
Pflichtmäßigkeit der Arbeit am schärfsten betont ist. Es
weiß auch jeder, der es selbst mitgemacht hat, daß man
sich, übermäßige Anstrengungen ausgenommen, nirgends
wohler befindet als im Militärdienst, wo jede Stunde

---

[1] Hieher gehört auch des Kaisers Augustus Devise „festina
lente", oder „Eile mit Weile." Sich selbst und andere übermäßig
pressieren führt gewöhnlich nicht zu wirklicher Erledigung der Sachen.

im Tage ihre geordnete und wohlabgemessene, durch keine Reflexion, ob man wolle oder nicht wolle, gestörte Aufgabe hat, und niemand im voraus an die Aufgaben des folgenden Tages zu denken Zeit hat.[1] Es ist das Unglück vieler reichen Leute unserer Zeit, daß sie keinen Beruf ergreifen, wenn sie es auch — wie die gewöhnliche Redensart lautet — nicht nötig haben, und es würde eine Erlösung für manche unter ihnen aus einem stets unbefriedigten Dilettantismus sein, wenn das Beispiel des deutschen Fürsten mehr Nachahmung fände, der Augenarzt geworden ist. Ich kann auch nicht umhin zu glauben, daß ein Teil des Hanges zum Studium, der jetzt das weibliche Geschlecht ergriffen hat, keinen andern tiefern Grund besitzt, als den Trieb der menschlichen Natur zu einer berufsmäßigen Arbeit.

3) Eine andere, jetzt öfters besprochene Frage ist die äußere Tageseinteilung für die Arbeit. Für große Städte mit sehr weiten Entfernungen, für unverheiratete Leute mit einer mehr oder weniger mechanischen Arbeit, oder für solche, welche die Arbeit als eine Last ansehen, die man so rasch als möglich abzutun bemüht sein muß, ist die sogenannte englische, ununterbrochene Arbeitszeit nicht unzweckmäßig. Niemals aber ist es möglich, mit

---

[1] Man sollte sich auch im bürgerlichen Umgang die freundliche Kürze und Bestimmtheit angewöhnen, welche den Verkehr mit feingebildeten Militärs so angenehm macht. Das Adjektiv ist vom Leser zu unterstreichen, wo es sich um Länder mit stehenden Armeen handelt.

derselben so viel wirkliche geistige Arbeit zu vollbringen, als bei unserem schweizerischen System einer eigentlichen Mittagspause. Es kann niemand ununterbrochen oder mit einer ganz kleinen Pause sechs bis acht Stunden wirklich geistig produktiv arbeiten; wird aber die Pause zu einer Stunde oder mehr ausgedehnt, so trägt überhaupt die Sache nur einen andern Namen als bisher, mit einer großen Abkürzung der Arbeitszeit in der zweiten Abteilung. Dagegen ist es ganz leicht, mit unserem jetzigen System zehn bis elf Stunden zu arbeiten, vier am Vormittag, vier am Nachmittag und zwei bis drei am Abend. Und die meisten von uns würden auch nicht mit dem vielgerühmten Achtstundentag auskommen, obwohl wir gewöhnlich nicht die Ehre haben, „Arbeiter" genannt zu werden.

4) Der nächstwesentliche Punkt ist, **nicht viele Umstände mit sich selbst zu machen**, d. h. mit andern Worten keine langen Vorbereitungen mit Zeit, Platz, Stellung, Lust und Stimmung.

Die Lust kommt von selbst, wenn man angefangen hat, und selbst eine gewisse Müdigkeit, die anfangs oft vorhanden ist, verschwindet, wenn sie nicht reelle körperliche Ursachen hat, sobald man sich nicht bloß defensiv, sondern aggressiv zu der Arbeit verhält.

„Das Mögliche soll der Entschluß
Sogleich beherzt beim Schopfe fassen,
Er will es dann nicht fahren lassen
Und wirket weiter, weil er muß."

Wenn man sich überhaupt im Leben darauf einläßt, seinen trägeren, im Sinne des Apostels Paulus seinen „alten" Menschen immer lange zu fragen, was er jetzt gerade möchte, oder nicht möchte, so wird er schwerlich jemals für ernstliche Arbeit votieren, sondern sich mit guten religiösen oder moralischen Prinzipien begnügen. — Der schlechtere Teil des Menschen muß sich gewöhnen, dem kategorischen Imperativ des besseren ohne Murren zu gehorchen. Wenn er das mit soldatischer Disziplin kann, dann ist der Mensch auf dem rechten Wege, vorher nicht, und dann weiß man erst bei ihm, daß sein Leben gewonnen und nicht verloren wird.

Auch daß man vorher die Gedanken sammeln, über die Arbeit nachdenken will, ist in den meisten Fällen eine Ausrede, ganz besonders, wenn man dazu noch gar eine Zigarre anzündet.[1]

Die besten Gedanken kommen während der Arbeit, oft sogar während der Arbeit an einem ganz andern Gegenstand, und ein berühmter Prediger der Gegenwart tut den originellen Ausspruch, der zwar nicht ganz wahr ist, es sei in der Bibel kein Fall aufgezählt, wo ein Engel einem unbeschäftigten Menschen erschienen sei.

5) Damit hängt unmittelbar zusammen die Benützung der kleinen Zeitabschnitte. Viele Leute haben deswegen keine Zeit, weil sie immer eine unabsehbar

---

[1] Rauchen ist überhaupt ein großer Zeitverderb wegen der vielen Beschäftigung, die damit verbunden ist, eine ganz schlechte Gewohnheit für Leute, die viel arbeiten wollen.

große Zeitfläche, ungehindert von allem andern, vor sich sehen wollen, bevor sie sich zur Arbeit anschicken. Darin liegt zunächst eine doppelte Selbsttäuschung. Denn nicht allein ist so etwas in manchen Lebensverhältnissen nur sehr schwer zu bewerkstelligen, sondern es ist auch die menschliche Arbeitskraft nicht eine unbegrenzte, die große Zeiträume ununterbrochen ausfüllen kann. Namentlich bei geistigen Arbeiten, die wirklich etwas **produzieren** sollen, kann man ohne Übertreibung sagen, daß die erste Stunde, oder selbst oft die erste halbe Stunde die beste ist.

Aber auch abgesehen von wirklichen größeren Arbeitsleistungen gehören zu jeder Arbeit eine ganze Anzahl von Nebentätigkeiten vorbereitender, kontrollierender, mechanisch ausführender Art, für welche Viertelstunden genügen, die, wenn sie nicht in sonst verloren gehende Zeitabschnitte verlegt werden, die Hauptarbeitszeit und Arbeitskraft mit in Anspruch nehmen. Man darf wohl behaupten, daß die Benützung kleiner Zeitabschnitte, die völlige Beseitigung des Gedankens, „es ist heute nicht mehr der Mühe wert, anzufangen", die Hälfte der ganzen Arbeitsleistung eines Menschen ausmachen kann.

6) Ein Hauptmittel der Zeitersparnis ist ferner die **Abwechslung im Gegenstand der Arbeit**. Abwechslung ist beinahe so gut wie völlige Ruhe, und mit einer gewissen Geschicklichkeit darin, die sich durch Übung mehr als durch Nachdenken erwirbt, kann man fast den ganzen Tag fortarbeiten.[1]

---

[1] Auch eine recht erquickende Lektüre zwischen zwei

Es stellt sich auch, nach meiner Erfahrung wenigstens, als ein Irrtum heraus, wenn man immer zuerst eine Arbeit ganz fertig machen will, bevor man eine andere anfängt. Gegenteils sind die Künstler im richtigen Fahrwasser, die sich oft mit einer ganzen Reihe von Projekten und angefangenen Arbeiten umgeben und je nach Neigung des Augenblicks, die ganz unkontrollierbar ist, bald der einen, bald der andern sich zuwenden.[1]

Es ist dies, nebenbei gesagt, auch ein ausgezeichnetes Mittel der Selbstkontrolle. Denn oft überredet der alte Adam den bessern Menschen in uns, er sei eigentlich nicht faul, sondern bloß nicht gerade gestimmt zu dieser oder jener Arbeit. Da muß man dann zu sich selbst sagen: „Nun, so nimm eine andere vor." Dann wird man gleich sehen, ob die Unlust nur der speziellen Arbeit gilt — in

---

Arbeiten kann den Effekt eines Stärkungsmittels haben. Überhaupt ist es wunderbar, wie viel Arbeit der Mensch aushält, wenn der Geist in ihm lebendig ist, und wie wenig, wenn er gleichsam hinter die Leiblichkeit zurücktritt und von derselben gefangen ist.

[1] Man kann bei dieser Arbeitsmethode auch größere Arbeiten nach und nach mit Leichtigkeit verrichten, die auf einmal, sozusagen auf einen Sitz, gar nicht möglich wären oder eine nachherige längere Erholung beanspruchten. Man sieht daher heutzutage öfter Gelehrte, die nach Vollendung eines Werkes, an dem sie zu unausgesetzt gearbeitet haben, vollständig erschöpft sind. Überhaupt erhält die rechte Arbeit; die unnütze oder unrichtig verteilte reibt auf. Daß das im Text Gesagte sich mehr auf größere Arbeiten bezieht, die keine unmittelbare Erledigung erfordern, und auch nicht auf den brieflichen Verkehr, versteht sich von selber. Für den letztern ist die beste Regel, die am wenigsten zeitraubend ist, Briefe sofort nach dem Lesen zu beantworten.

welchem Falle man ihr nachgeben kann — oder der Arbeit überhaupt. Man muß sich eben auch durch sich selbst nicht betrügen lassen.

7) Ein anderer Punkt ist, rasch zu arbeiten und nicht zu viel auf die bloße äußere Form zu geben, sondern immer auf den Inhalt das wesentliche Gewicht zu legen. Die meisten Arbeiter werden aus Erfahrung mit mir einig gehen, wenn ich behaupte, die besten und wirksamsten Arbeiten sind die, welche schnell gemacht worden sind.[1] Ich weiß wohl, daß Horaz rät, an seinen Gedichten neun Jahre lang zu feilen; dazu braucht es aber jemand, der allzu große Stücke auf sie hält.

Die Gründlichkeit ist eine sehr schöne und notwendige Sache, insoweit sie die Wahrheit betrifft, die auf das gründlichste ermittelt werden soll. Es gibt aber auch eine falsche Gründlichkeit, die sich in allerlei Kleinigkeiten und

---

[1] Sehr viele der größten literarischen Ereignisse der Weltgeschichte sind reine Gelegenheitsschriften, z. B. ohne Zweifel alle Evangelien, die sämtlichen Briefe der Apostel, wahrscheinlich auch ein großer Teil des Alten Testaments, die einzelnen Suren des Koran, aus neuerer Zeit Pilgrims Progreß, Onkel Toms Hütte, die kleineren Schriften Luthers, oder die Lassalles, die man noch lesen wird, wenn kein Mensch mehr die heutigen Lehrbücher der Dogmatik oder „Das Kapital" von Marx liest. Überhaupt ist das Systematisch=Erschöpfende, wie ein geistreicher Prediger unserer Zeit sagt, größtenteils Täuschung; dafür, um das recht zu erkennen, braucht man in jeder beliebigen Wissenschaft nur die berühmtesten systematischen Lehrbücher anzusehen, die vor zwanzig Jahren geschrieben worden sind.

Nebensachen, die nicht der Mühe wert sind, untersucht zu
werden, oder überhaupt nicht wißbar sind, verliert und
daher nie fertig werden kann. Freilich hat gerade das mit=
unter den größten Nimbus der Gelehrsamkeit, die nach der
Ansicht mancher Leute überhaupt erst dann recht gelehrt ist,
wenn ihr Gegenstand auch nicht mehr den entferntesten sicht=
baren Zweck und Nutzen hat, oder wenn ein Autor ein
ganzes Leben lang über einem einzigen Buche gebrütet hat.

Die Wahrheit in jedem Fache ist meistens so ein=
fach, daß sie oft gar nicht gelehrt genug aussieht und man
schon noch etwas dazu tun muß, was eigentlich recht not=
wendig dazu gehört, um ihr einen anständigen akademischen
Charakter zu geben. In die gelehrte Gesellschaft voll=
ends muß sich jemand in den meisten Fällen zuerst mit
einer für ihn selbst und andere unnützen Arbeit einkaufen,
in welcher er den bisher unbekannten Ballast irgend eines
Jahrhunderts zusammenschleppt, und nicht jedem ist es
gegeben wie Lassalle, nach seiner berühmten Arbeit über
Herakleitos den Dunkeln noch für das Leben Geist und
Auffassung zu behalten. Viele verlieren im Gegenteil über
einer solchen Legitimationsarbeit nicht allein das Augenlicht,
sondern auch das innere Licht, das noch mehr wert ist, und
sind, wenn sie ihr Ziel erreicht haben, gar nicht mehr
brauchbar.[1]

---

[1] Die Abwechslung zwischen Lernen und Handeln ist über=
haupt wohl das, was den Geist des Menschen am gesundesten
erhält, während das bloße gelehrte Wissen etwas Krankhaftes und
der Ausdruck „von des Gedankens Blässe angekränkelt" keine Über=
treibung ist. Den größten Gelehrten aller Zeiten hat mitunter

8) Ein weiteres **Hilfsmittel großer Zeitersparnis** ist: alles gleich recht machen, nicht bloß „vorläufig" oder provisorisch.

Das ist heutzutage ungemein selten, und viel Schuld tragen meines Erachtens daran die Zeitungen, die den Menschen an ein solches oberflächliches Überblicken gewöhnen. „Wir kommen darauf gelegentlich zurück", sagen sie dann am Schlusse eines solchen Leitartikels; aber das geschieht niemals, und so macht es der moderne Leser auch. Will er dann das Gelesene brauchen, so muß er von vorne anfangen; es ist ihm von seinem raschen „Anlesen", wie jetzt ein technisch gewordener Ausdruck lautet, nichts übrig geblieben. Die Zeit aber, die darauf verwendet wurde, ist eine verlorene.

Daher wissen die Menschen so wenig gründlich heute und müssen bei jedem Anlasse das, was sie schon zehnmal gewußt hatten, zum elftenmale wieder studieren. Ja, es gibt Leute, die ungemein froh wären, wenn sie nur das alles wüßten, was sie selbst geschrieben haben.

9) Äußerlich hängt damit zusammen die **Ordnung und das Lesen aus erster Hand**. Eine gute Ordnung macht es möglich, daß man nichts suchen muß, womit man bekanntlich nicht bloß die Zeit, sondern auch noch die Lust zur Arbeit verliert, und daß man einen Gegenstand nach dem andern aus dem Kopfe entlassen kann. Das Lesen

---

gerade das gefehlt, was vorzugsweise den Mann ausmacht. Das ist am sichtbarsten im Staatsleben, wo sie sehr oft Anbeter der Macht, statt, wie es sich schickt, Vertreter der Freiheit sind.

der Quellen hat den Hauptvorteil, daß man nur dann der Sache ganz sicher ist und ein eigenes gründliches Urteil über dieselbe bekommt, und noch dazu den nebensächlichen, daß die Quellen in den meisten Fällen nicht nur viel kürzer, sondern auch viel interessanter und im Gedächtnisse leichter haftend sind, als das, was darüber geschrieben worden ist. Eine Kenntnis aus zweiter Hand gibt nie den Mut und das Selbstvertrauen wie die Quelle selbst, und es ist auch ein großer Fehler unserer modernen Gelehrsamkeit gegenüber der antiken (wie schon Winckelmann es sagt), daß sie in vielen Fällen eigentlich nur darin besteht, zu wissen, was andere über einen Gegenstand gewußt und gedacht haben.

\* \*

Die Hauptsache in der Kunst, Zeit zu haben, ist das aber alles noch nicht. Die besteht darin, alles Unnütze aus seinem Leben zu verbannen. Dazu gehört nun ungemein vieles, was die moderne Zivilisation zu erfordern scheint, und ich bin ganz zufrieden, wenn man das Folgende mit einiger individuellen Auswahl acceptiert. Zum Beispiel:

Unnütz ist das Bier zu jeder Tageszeit, ganz besonders der durch den Fürsten Bismarck salonfähig gewordene Frühschoppen. Die Bierbrauer sind vielleicht die größten Zeitverderber unseres Jahrhunderts, und es wird wohl eine Zeit kommen müssen, in welcher man gegen das unmäßige Biertrinken mit der ganz gleichen Entschiedenheit auftreten muß, wie es gegen den Alkohol in anderer Form bereits geschieht.[1]

Sodann das herrschende Übermaß im Zeitungslesen. Es gibt heutzutage „gebildete" Menschen, die nichts anderes mehr lesen als Zeitungen, und in deren Häusern, die in allen möglichen und unmöglichen Stilarten gebaut und ausgestattet sind, kein Dutzend guter Bücher sich findet. Ihren ganzen Ideenbedarf schöpfen sie aus Zeitungen und Zeitschriften, die immer mehr auch darauf eingerichtet werden, solchen Lesern zu entsprechen.

Das übermäßige oder allzu ausschließliche Zeitungslesen wird bei uns vielfach mit politischem Interesse entschuldigt. Man muß aber nur sehen, was mit Vorliebe auch in der Zeitung gelesen wird, um zu erkennen, wie viel Wahres daran ist. — Auch die Tageszeit, die der Zeitung bestimmt wird, ist nicht ganz gleichgültig. Diejenigen Leute, welche gleich die erste gute Morgenstunde mit einer oder zwei Zeitungen beginnen, verlieren die rechte Arbeitslust für den ganzen Tag.[2]

Dazu kommen die Feste und Vereine. Wer heute ein Vereinsmensch ist, der kann die Zeit für wirkliches Arbeiten nicht mehr aufbringen. Er hat es auch nicht so

---

[1] In diesem Sinne hat das sonst etwas berüchtigte Schlagwort vom „Gläschen des armen Mannes", das man allein verfolgt, sein unzweifelhaft Richtiges.

[2] Es gibt jetzt berühmte Leute, die in größter politischer Tätigkeit stehen, welche gar keine Zeitungen mehr lesen, sondern sich bloß das Wissenswerte daraus durch dritte kurz mitteilen lassen. Dahin wird es auch noch kommen, daß solche „substantielle" Blätter erstellt werden.

nötig allerdings, denn er ersetzt die eigene Kraft durch die Macht der Masse, die ihn auf ihren Schultern trägt. Zu Festen vollends wird nicht allein jeder nur denkbare Anlaß hervorgesucht,[1] sondern sie selbst dehnen sich in einer solchen Weise aus, daß nunmehr halbe und ganze Wochen für das Fest selbst und Monate für seine Vorbereitung nicht mehr genügen, während die sogenannte „Arbeit", die dabei geleistet wird, in einem Vormittage vollständig geschehen könnte. Daher kommt es auch zum Teil, daß die brauchbarsten Leute sich davon mehr und mehr zurück= ziehen und nur die eigentlichen „Festbummler" übrig bleiben, die Zeit genug haben und für die die Sache demgemäß eingerichtet wird.

Bei einem Teile unserer Zeitgenossen ist es die Kunst, welche unter einem anständigen Vorwande viel Zeit ver= dirbt, und zwar, etwa außer in der Musik, nicht einmal die selbst ausgeübte Kunst, sondern die bloß passiv in sich

---

[1] Eine kommende Zeit muß uns für ein glückliches Geschlecht halten; denn so viel gejubelt, wie jetzt, ist niemals worden; wir leben beständig in der Vorbereitung irgend eines Jubiläums. Bald ist es eine Jahreszahl, die dazu auffordert, und längst wartet man dabei nicht mehr die Centenarien ab, sondern schon nach 75, 50, 25 und 20 Jahren muß gefeiert werden. Bald hat ein Dichter sein siebzigstes, oder nun auch schon sein sechzigstes Lebensjahr, ein Gelehrter sein fünfzigjähriges Doktorjahr oder ein Beamter sein fünfundzwanzigjähriges Dienstjahr angetreten, was dann immer zu rechter Zeit ein „Nahestehender" bekannt gibt, und es gehört nach= gerade beinahe in die Klasse der Rücksichtslosigkeiten, wenn es nicht gefeiert wird. Wir wundern uns nur, daß nicht bereits Kalender diese modernen Heiligentage enthalten. Der Hauptbeweggrund aller dieser Feste ist Arbeitsunlust.

aufgenommene. In dieser etwas verfeinerten Genußsucht geht heute bei vielen alles dasjenige in bloßem Rauch auf, was sie überhaupt an Idealismus und Sinn für das Große und Schöne in sich tragen.

Ein Teil unserer heutigen Frauenwelt wird ja, wenn man die Wahrheit sagen will, geradezu auf den bloßen Genuß von Kunst erzogen[1] und kann infolge dieser Erziehung nachher den Weg zu einer nützlichen Arbeit, die allein den Menschen innerlich befriedigt, nicht anders als unter großen Kämpfen und Umwegen finden.

Dazu kommt dann noch die viele Geselligkeit und das damit verbundene ganz zwecklose Besuchssystem, beides heute nur noch ein leerer Schatten dessen, was es früher wirklich bedeutete, nämlich geistige Anregung, die der Mensch allerdings auch durch persönlichen Verkehr bekommt, und wirkliche Freundschaft.[2]

[1] Ob diese weltlich oder geistlich sei, das macht nur einen geringen Unterschied aus, und auch die Nebenbeschäftigung vieler Damen mit sogenannten „guten Werken" ist oft nur eine sehr oberflächliche Entschuldigung für den gewöhnlichen Müßiggang. Gerade den besten und gebildetsten unserer heutigen Frauen ist diese unnütze Genußexistenz am meisten zuwider; sie können diese Last nicht mehr ertragen, sondern ihre Seelen müssen ins Gefängnis gehen. (Jesaias XLVI, 2.) Das wirkliche, nicht bloß hysterische, Glück der Heilsarmee-Frauen besteht in der einfachen, streng geregelten Tätigkeit, die ihnen früher mangelte.

[2] Ich halte das Wort Goethes in allen Ehren, daß man um das, was sich ziemt, bei edlen Frauen anfragen müsse; indessen sollte eine Methode gefunden werden, wonach diese Anfragen in kürzerer Zeit als bisher, und in früheren Tagesstunden Beantwortung fänden, und man kann am Ende auch zu Orakeln zu viel wallfahren.

Vom Theaterwesen wollen wir gar nicht weiter reden. Dasselbe bedürfte, um seinen wirklichen Zweck zu erfüllen, einer so gründlichen Reform, daß von seinem jetzigen Zustand sozusagen nichts mehr übrig bliebe.[1] Von einer andern Kategorie von sogenannten Bildungselementen unserer Zeit vollends, ich nenne daraus nur die oberflächlichen sogenannt populären Erzeugnisse der materialistischen Philosophie und die schlechten französischen Romane und Theaterstücke, sollten die gebildetsten Menschen der Zeit, vor allem die akademischen Kreise, den Mut haben, zu erklären: wir kennen sie nicht.[2]

Man würde dann wohl die Zeit finden, etwas Ernsthaftes und zur allgemeinen Bildung wirklich Beitragendes täglich zu lesen, was zur Kräftigung des Geistes gehört, und womit man sich wirklich im Kontakt mit der geistigen Bewegung seiner Zeit erhalten kann.

Nun nur noch zwei Punkte, damit Sie sich nicht auch über „Zeitverschwendung bei akademischen Vorträgen"

---

[1] Auch die jetzt grassierende Konzertschwärmerei ist vielfach nichts anderes, als Ausfüllungsversuch einer inneren Leere. Ebenso stammt ein großer Teil der beständigen politischen Agitation von Leuten, die keine Freude an ihrer gewöhnlichen Arbeit haben und daher darauf sehen müssen, daß „immer etwas geht."

[2] Es gehört vielleicht zur Allgemeinheit der Bildung, ein Stück als Repräsentanten der Gattung gelesen zu haben. Wer aber, ohne Schriftsteller, Journalist oder Literaturhistoriker zu sein, mehr als ein Stück von Flaubert, Zola, Ibsen u. s. w. liest, der versündigt sich an seiner Zeit und seinem guten Geschmack, und wenn er eine „sie" ist, auch noch an seiner Natur und sozialen Aufgabe.

beklagen: Den einen drückt Rothe mit den Worten aus: Keine Privatangelegenheiten zu haben, sei ein besonders erstrebenswertes Ziel. Man kann jedenfalls seine Privatinteressen und ihre Verwaltung sehr reduzieren, wenn man will, und dafür mehr in allgemeineren Gedanken leben, und befindet sich gut dabei.

Das andere, was sich mehr auf die Wirksamkeit bezieht, lautet: „Bleibe bei dem, was du gelernt hast und was dir anvertraut ist." Dafür wirst du fast immer Zeit genug besitzen. Ein altisraelitischer Spruch sagt das noch etwas derber so: „Wer seinen Acker baut, wird Brotes in Fülle haben; wer aber unnötigen Sachen nachgeht, der ist ein Narr."

Von den Dingen, die einen nichts angehen, immerhin aber eine gewisse Bedeutung in der Welt haben und einigermaßen zur Bildung gehören, muß man sich einmal im Leben eine deutliche Übersicht ihres wirklichen Wesens und Kerns aus den besten Originalquellen zu verschaffen suchen und sie dann ruhig fallen lassen, ohne sich weiter damit zu beschäftigen.[1]

---

[1] Es genügt beispielsweise für einen Juristen, wenn er einmal etwas Exaktes aus sachverständigem Munde über das Kochsche Heilmittel hört; er kann dann die spaltenlangen Artikel der Tagesblätter alle ungelesen lassen. Lassalle sagt in seinem „Offenen Antwortschreiben" sehr wahr: die Kunst der Erreichung eines praktischen Resultates seiner Arbeit bestehe darin, seine Kraft auf einen Punkt zu sammeln und weder rechts noch links zu sehen. Was verlangt werden könne, sei nur das, daß dieser Punkt sich auf einer angemessenen Höhe befinde, mit anderen Worten also

Ich will dieses Kapitel der Zeitverschwendung damit schließen, daß ich sage: **Man muß sich auch keine unnützen Arbeiten aufbürden lassen.** Deren gibt es heute eine unendliche Fülle in Form von Korrespondenzen, Komiteesitzungen, Berichten und nicht am wenigsten — Vorträgen, die Zeit erfordern und bei denen höchst wahrscheinlich **gar nichts** herauskommt.

Selbst der Apostel Paulus, als er den Athenern einen Vortrag hielt, mußte die Erfahrung machen, daß sie nur darauf eingerichtet waren, "etwas Neues", womöglich aber doch nichts Ernsthaftes, sie wirklich innerlich Bewegendes zu hören, und der ganze Erfolg seiner Predigt bestand darin, daß viele spotteten, die Freundlichsten aber mit wohlwollender Gönnermiene sagten: "Wir wollen dich dann ein anderes Mal wieder hören."

Der Berichterstatter über diesen Vorgang findet es sogar für nötig, ausdrücklich zu erwähnen, daß ein Mitglied des dortigen Regierungsrates und eine Dame aus der Gesellschaft der Rede des Apostels bleibenden Nutzen abgewonnen haben.

Ich frage nun **Sie**, ob auch die "Vorträge" **unserer Zeit** etwas sind, was Sie zu dauernden Einsichten und Entschlüssen in irgend einer Richtung führt, oder ob sie "akademisch" sind und bleiben.[1]

---

keine Spielerei oder Kuriosität, sondern etwas für die Menschheit Wertvolles sei.

[1] Daran, daß sie es **in der Regel sind**, ist übrigens das Publikum schuld, das einen Vortrag meistens vorzugsweise nach seiner äußern Form beurteilt und sagt, es sei eine schöne Predigt

Das sind die Mittel, Zeit zu ersparen, die unter den heutigen Verhältnissen vorhanden und anwendbar sind.

Wendet man sie aber an, so füge ich bei: Es ist gerade ein wesentlichster Bestandteil unseres auf Erden erreichbaren Glückes, nicht viel Zeit zu haben. Der weitaus größte Teil des menschlichen Wohlbefindens besteht aus einer beständig fortlaufenden Arbeit mit dem Segen, der darauf ruht, und der sie schließlich zum Vergnügen macht. Nie ist das menschliche Gemüt heiterer gestimmt, als wenn es seine richtige Arbeit gefunden hat. Suchen Sie die vor allen Dingen, wenn Sie glücklich sein wollen.

---

gewesen, wenn auch der Inhalt gar nichts wert war, oder wenig verstanden worden ist. In dieser Hinsicht herrscht gerade unter den gebildeten Klassen eine erstaunliche Urteilslosigkeit, während der gemeinere Mann richtiger empfindet.

„A voce più ch' al ver drizzan li volti
E così ferman sua opinione
Prima ch' arte o ragion per lor s' ascolti."
(Purgatorio XXVI, 121.)
Vgl. hierüber „Offene Geheimnisse der Redekunst" in Hilty, „Lesen und Reden."

Ein wahres Unglück unserer Zeit sind überhaupt die vielen bloß für die „schöne" Literatur erzogenen und gebildeten Leute, die sich dessen ungeachtet oft für die wahren Gebildeten halten. Sie leben, eben weil ihnen eine reale Befriedigung fehlt, in einem beständigen geistigen Heißhunger nach „interessanten Erscheinungen", und daraus entstehen dann alle die literarischen Zeitungen, Zeitschriften, Feuilletons, Sensations- und Tendenzromane, „wissenschaftlichen" und anderen Vorträge, die einen kurzen Augenblick lang einem „Bedürfnisse der Zeit" zu entsprechen scheinen, bald aber sich als völlig ungenügend zeigen, die Leere auszufüllen, welche sie hervorgerufen hat.

Die meisten verfehlten Lebensläufe haben die Grundursache, daß der Mensch keine, zu wenig, oder nicht die rechte Arbeit hat, und nie schlägt sein leicht erregbares Herz ruhiger als in der natürlichen Unruhe lebhafter, aber ihn befriedigender Tätigkeit.[1] Nur muß man die Arbeit nicht zu einem Götzen werden lassen, dem man dient, sondern mit ihr dem wahren Gotte dienen. **Alle, die das nicht beachten, verfallen in ihren älteren Lebensjahren der geistigen oder körperlichen Zerrüttung.**

Sonst aber gibt es nur zwei Dinge für Menschen jedes Glaubens, die sie im Leben nicht im Stiche lassen und immer trösten in jedem Ungemach: Arbeit und Liebe.[2] Diejenigen, die sich ihrer begeben, begehen mehr als einen Selbstmord; sie wissen gar nicht, was sie von sich werfen. Wir können eine Ruhe ohne Arbeit in diesem Leben nicht ertragen; die beste Verheißung, die es für dasselbe gibt, ist die in dem letzten Segen des Moses über den Asser: „Deine Fußstapfen sollen bleiben wie in Eisen und Erz,

---

[1] Rothe sagt dies bekanntlich nur von einer geistigen Arbeits=
leistung und dann ohne irgend eine Einschränkung. Wir wollen
jede rechte Arbeit einschließen, aber beifügen: wenn sie den Kräften
angemessen ist und die Grundgesinnung des Menschen dabei die
richtige ist. Die Idee der Sozialisten von einer Arbeitsarmee,
in der jeder den bestimmten Platz angewiesen erhält, der ihm
zukommt, wäre in der Tat das Hilfsmittel für den größeren
Teil der menschlichen Übel, wenn es eine Garantie für die richtige
Arbeitsverteilung gäbe.

[2] Rein praktisch genommen; geistiger aufgefaßt, heißt diese
Panacee für alle Übel des Daseins: Gottesnähe.

und solange wie deine Tage wird dauern deine Kraft."[1] Etwas Besseres soll sich der Mensch nicht wünschen, und wenn er es hat, dankbar dafür sein. Diese Befriedigung in beständiger Arbeit ist aber allerdings nur vorhanden ohne die Streberei, die eigentlich im Grunde nicht arbeiten, sondern nur so rasch als möglich den Erfolg, wenn auch nur einen scheinbaren, sehen will. Das ist der wahre Moloch unserer Zeit, welchem wir unsere Kinder opfern müssen und der mehr jugendliche Opfer körperlich und geistig vernichtet als alle anderen Ursachen. Ist damit vollends, wie dies gewöhnlich der Fall ist, die Vorstellung von einem kurzen, auf rein materielle Grundlagen aufgebauten Leben verbunden, das eben in wenigen Jahren alles das leisten soll, was ein beständiger erbarmungsloser Kampf ums Dasein von ihm zu fordern scheint, in welchem nur die Allerstärksten siegen können, dann ist von einer ruhigen, segensreichen Arbeit überhaupt keine Rede mehr.[2] Die Zeit ist dann wirklich zu kurz und jede Kunst zu lang.

---

[1] V. Mos. XXXIII, 25; vgl. auch Psalm XCII, 15.

[2] Der merkwürdigste Widerspruch unserer widerspruchsvollen Zeit ist der, daß trotz der allgemeinen Streberei dieselbe „bei Göttern und Menschen verhaßt" ist. Daher bekommt heutzutage ein gescheiter Mensch in jeder Lebensstellung einen sehr großen Einfluß, wenn man einmal von ihm allgemein überzeugt ist, daß er kein Streber sei, und man könnte, etwas paradox, sagen, dies sei jetzt, bei der Überfüllung aller Fächer mit den gewöhnlichen Strebern, die allein noch recht erfolgreiche Streberei. Die Zeit der materialistischen Lebensauffassung wird überhaupt keine Generation mehr erleben. Ihre Herrschaft hat ihren Höhepunkt bereits

Die wahre Arbeit, die nie zu Überflüssigem und Un=
nützem Zeit hat, zum Rechten und Wahren aber immer
genug besitzt, wächst am ehesten auf dem Boden einer
Weltanschauung, die eine unendliche Fortsetzung der Arbeit
denkbar macht und für die das irdische Leben nur ein
Teil des Lebens ist.

Daraus entsteht der Mut zu den **höchsten** Aufgaben,
die Geduld bei den **größten** Schwierigkeiten und Hinder=
nissen persönlicher oder zeitlicher Natur[1] und die ruhige
Ablehnung von vielem, was bei der **einen** Weltanschauung
als sehr richtig erscheinen mag, sub specie aeternitatis
betrachtet aber sofort allen Wert verliert.

---

überschritten und erreicht ihn nicht zum zweiten Male, da sie
eigentlich niemanden befriedigt hat. Sie war in ihrem letzten
Grunde das ganz naturgemäße Produkt aus der Verzweiflung an
der durch und durch formalistisch gewordenen Philosophie und an
einem innerlich ebenso hohlen, bloß noch formalen Kirchentum,
verbunden mit einer starken Überschätzung der Naturwissenschaften,
deren wirklich große Resultate oberflächliche Denker zu dem Glauben
verleitet haben, es könne die Wahrheit für jedes Gebiet des Lebens
auf ihren Wegen ermittelt werden. Diese Ära geht ihrem Ende
nun rasch entgegen. Die nächstkommende Generation wird noch
ihre Leistungen in der abschreckendsten Weise zeigen, und dann kann
der Wiederaufbau einer bessern Philosophie beginnen.

[1] Es sind dann eben Aufgaben, die nicht bloß mit einer indivi=
duellen menschlichen Kraft bewältigt werden müssen, sondern wozu
eine unendliche Zeit und eine große Mitarbeiterschaft vorhanden
ist. Es kommt also nicht mehr darauf an, was wir speziell dabei
ausrichten, auch nicht für unsere persönliche Befriedigung, die des
sichtbaren Erfolges nicht mehr bedarf. Das ist die Freiheit
von dem Joch und die Arbeit der Freien. Vergleiche Psalm
LXVIII, 20 und Jesaias LVIII, 6—12.

Das ist auch der Sinn des schönen und in unserer bewegten Zeit doppelt beruhigenden Wortes des Görlitzer Philosophen:[1]

„Wem Zeit ist wie Ewigkeit
Und Ewigkeit wie Zeit,
Der ist befreit
Von allem Streit."

---

[1] Jakob Böhme. Dieser Spruch steht übrigens nicht in seinen Werken, sondern war ein Stammbuchvers für einen seiner Freunde. Vgl. Anhang zu seinen Werken: „Historischer Bericht."

# Glück.

# I.

Man kann vom philosophischen Standpunkte aus dagegen sagen, was man will, was der Mensch von der ersten Stunde des erwachenden Bewußtseins ab bis zum Erlöschen desselben am eifrigsten sucht, ist eben doch einfach das Gefühl des Glücks.[1] Und der bitterste Moment, den er erlebt, ist der der vollendeten Überzeugung, daß es auf Erden in Wirklichkeit nicht zu finden sei.

Diese eine Frage verleiht auch ganzen Zeitaltern der Menschheit ihren Grundcharakter, gewissermaßen ihre Färbung. Heiter sind die Zeiten, in denen junge, erst aufstrebende Völker noch auf Glück hoffen, oder die ganze

[1] Das Glück ist eigentlich der Schlüssel aller unserer Gedanken. Jeder sucht es für sich, viele suchen es, wenn es der einzelne nicht erreichen kann, gemeinsam. Es ist der letzte Grund alles Lernens, Strebens, aller staatlichen und kirchlichen Einrichtungen. Man mag das „Eudämonismus" schelten, wenn man will; es ist aber das Lebensziel der Menschen; glücklich wollen sie sein um jeden Preis. Auch der ernsteste Stoiker will es, indem er auf das, worin andere Menschen das Glück zu finden glauben, verzichtet, um es in seiner Art zu finden, und selbst der weltflüchtigste Christ sucht das Glück, nur in einem andern Leben. Auch der Pessimist will sich in seinem Stolze glücklich fühlen, und der Buddhist verlegt das Glück in das Nichts, das Unbewußtsein. Es gibt nichts, worin alle Menschen so einig sind, wie das Glücksuchen.

Menschheit in einer neuen philosophischen, religiösen, oder vielleicht gar wirtschaftlichen Formel das Geheimnis der Weltverbesserung gefunden zu haben glaubt; düster die Perioden, wie die unsrige, in denen sich den breiten Volksmassen die Erfahrung aufzudrängen scheint, daß alle diese schon vielgebrauchten Formeln Illusionen gewesen seien, und die Einsichtigsten selbst uns sagen, das Wort „Glück" habe einen „melancholischen Ton";[1] wenn man davon spreche, so fliehe es bereits. Es liege also eigentlich bloß im Nichtbewußtsein.

Wir sind nicht dieser Meinung, sondern glauben, das Glück könne gefunden werden; sonst würden wir lieber das Gegenteil schweigend hinnehmen und nicht durch Berührung noch verschärfen. Wahr ist nur, daß allerdings überall, wo von Glück gesprochen wird, ein stiller Seufzer mitzuklingen scheint, der einen Zweifel an seiner Erreichbarkeit andeutet, und ebenso wahr, daß einzelne unrichtige Vorstellungen über das Glück zeitweise notwendig zu sein scheinen, sonst würden weder einzelne noch Gemeinschaften von Menschen zu demjenigen Grade von geistiger und materieller Entwicklung gelangen können, der wieder als Unterlage für das wirkliche Glück erforderlich ist.

Darin liegt der größte Widerspruch, den wir in dieser Frage überhaupt finden; wir müssen aus eigener Erfahrung manches vorher kennen lernen, was nicht Glück

---

[1] Vgl. Charles Secrétan, Le Bonheur, eine neuere Schrift über diesen Gegenstand. Die berühmteste alte ist der Traktat „de vita beata" des h. Augustin; sie sind aber alle dem einzigen Verse Ev. Matth. XI, 28 an Realität nicht zu vergleichen.

bringt, und gewissermaßen mit dem größten aller Dichter den düstern Pfad durch die Stadt der Qualen, wie die steilen Wege des Berges der Läuterung selbst durchmessen haben, bevor „die süße Frucht, die auf so vielen Zweigen mit Eifer sucht der Sterblichen Begier" endlich „alle Wünsche zum Schweigen bringt."[1]

Das ist erreichbar, wiewohl schwerlich lehrbar. Diesen Weg, namentlich den letzten Teil desselben, muß jeder Mensch allein gehen, ohne sichtbare Hilfe von irgend einer Seite, und über einzelne große Schwierigkeiten des-

---

[1] Dante, Purgatorio XXVII:
„Quel dolce pome, che per tanti rami
Cercando va la cura de' mortali,
Oggi porrà in pace le tue fami

Tanto voler sopra voler mi venne
Dell' esser su' ch' ad ogni passo poi
Al volo mi sentia crescer le penne."

Daß dies nur der Schluß eines langen Weges ist und daß das eigentliche Leben im Glück jenseits der menschlichen Lebensgrenze liegt, wie das Paradiso des Dichters, das ist die Konzession, die wir dem Pessimismus machen; er könnte daraus gegen uns den Schluß ziehen, daß er doch eigentlich recht habe, wenn nicht in diesem „voler sopra voler" und in diesem Gefühl, auf dem richtigen Wege zu sein und zu empfinden, „wie der Seele Purpurschwingen wachsen", schon wahrstes Glück läge. Der Zustand des Glücks liegt gleichsam jenseits unseres Fassungsvermögens; aber wir können zum Glück gelangen, und das, was man gemeinhin „altern" nennt, kann ein beständiges Fortschreiten und nicht ein Abnehmen sein. Das ist das menschlich mögliche Glück, und diejenigen, die selbst über die erste Jugend hinaus sind, werden wissen, wie viel damit gesagt ist.

selben, die er sonst vielleicht nie überwinden würde, trägt ihn sogar nur „der Adler mit den goldenen Federn" am Schlusse großer innerer Krisen schlummernd hinweg.[1]

Der eigentlichen Betrachtung zugänglich sind nur die vielen falschen Wege zum Glück, auf denen jede neue Generation von Menschen von neuem in unbefriedigter Sehnsucht wandelt.

Diese Wege, auf denen die Menschheit das Glück sucht, sind entweder äußere: also Reichtum, Ehre, Lebensgenuß überhaupt, Gesundheit, Bildung, Wissenschaft, Kunst; oder innere: gutes Gewissen, Tugend, Arbeit, Menschenliebe, Religion, Leben in großen Ideen und Werken. Die äußeren Mittel haben sämtlich schon den sehr großen Fehler, daß sie lange nicht allen Menschen zugänglich sind und daher weder das Glück der Menschheit im ganzen begründen, noch in einem edler gearteten Gemüt etwas anderes als einen Genuß mit schlechtem Gewissen verbunden herstellen können. Entweder unedler Natur oder im Innersten beunruhigt ist heute jeder, der im Genuß dieser Lebens=

---

[1] „Da sah ich, träumend, an des Himmels Hallen
Mit goldenem Gefieder einen Aar,
Gespreizt die Flügel, um herabzufallen
Ein wenig kreist' er erst im Bogen dort;
Dann schoß er schrecklich wie ein Blitz hernieder
Und riß mich zu dem Feuer aufwärts fort."
Dante, Purgatorio IX, 19. Über diese „Lebensstufen" gedenken wir ein anderes Mal, im Anschluß an die Plutarchschen, zu reden.

güter an die Millionen menschlicher Geschöpfe denkt, die täglich neben ihm verkommen.¹ Das ist das Gefühl, aus dem heraus Christus von dem „ungerechten" Mammon spricht und geradezu sagt, schwerlich komme ein Reicher in das Himmelreich; niemand könne zum Glauben gelangen, der Ehre von andern nehme, und alles, was hoch sei unter den Menschen, sei einfach „ein Greuel vor Gott." Es ist der völlig und allein logische Gedankengang, der Franciscus von Assisi und noch viele andere vor und nach ihm bewog, um jeden Preis diese Fessel des Reichtums abzustreifen, die in der Tat eine ungeheure Schranke auch für den Geist bildet,² von der nur wenige Menschen ganz frei sind.³ Der Besitz und die Verwaltung eines

---

¹ Der Mensch ist eben doch von Natur ein soziales Wesen; er kann sich nicht von seinesgleichen in Gedanken ganz trennen, als ob deren Leiden ihn nichts angingen, und wir glauben (nach manchen Erfahrungen) nicht so leicht bei jemandem an diesen Egoismus, der sich als „beatus possidens" für ganz befriedigt erklärt. Das ist vielmehr in den meisten Fällen eine konventionelle Lüge, ein gewaltsames Vergessen und Unterdrücken besserer Regungen. Sogar die veredelten Tiere scheinen ja ein größeres Glück, als diese bloße egoistische Befriedigung der eigenen Bedürfnisse, und die Fähigkeit einer Aufopferung derselben zu kennen.

² Jedenfalls ist von einer geistigen Freiheit, solange man nicht von diesem Götzen frei wird, gar keine entfernte Rede.

³ Unsere Pfarrer sagen zwar mitunter, man könne auch „besitzen, als besäße man nicht", und es gibt heutzutage ihrer nicht wenige, die dieses Lebens Güter unter dieser großen Beruhigung mit Wohlgefallen betrachten. Selbst für die Missionare einzelner Kirchen wird ein Grad von Bequemlichkeit des Lebens erforderlich erachtet, von dem der Apostel Paulus noch wenig wußte. Wir

wirklich großen Vermögens, sowie eine jede große Ehren- und Machtstellung führt mit fast absoluter Notwendigkeit zu einer Verhärtung des Gemütes, die gerade das Gegenteil von Glück ist, was man beides unter der gemütsleeren Menge, die in immer steigendem Maße jährlich die Berge der Schweiz erfüllt, um wenigstens eine momentane Ausfüllung dieser Leere zu erlangen, mit Grauen wahrnehmen kann.

Nicht viel besser als mit diesen „reellsten" Glücksfaktoren steht es mit dem ästhetischen Genuß, der auf

wollen die Möglichkeit dieser Anschauung nicht bestreiten; uns scheint nur, die ideelle Armut sei noch schwieriger durchführbar als die wirkliche, und es haben daher auch die meisten Leute, denen es Ernst damit war, diese letztere, als den leichteren Weg, vorgezogen. Allerdings ist die Gesinnung die Hauptsache, aber die Macht des Geldes über das Gemüt des Menschen ist eine ungeheure.

Richtig ist theoretisch soviel: Eine Entäußerung des Privatbesitzes ist — soweit es nicht unrechtes Gut betrifft — von den Besitzenden nicht zu fordern; wohl aber sollen sie versuchen, ihn im allgemeinen Interesse zu verwalten und überhaupt Herren, nicht Sklaven ihres Besitzes zu sein. Das wissen eigentlich alle besseren Menschen; sie haben nur den Mut nicht, an die volle Ausführbarkeit einer solchen ökonomischen Lebensansicht zu glauben. Der richtige Sozialismus, der auch mit dem Christentum völlig übereinstimmt, ist der ideelle, freiwillig gewollte (nicht zwangsweise herbeigeführte) Gemeinbesitz, wie ihn schon Aristoteles verlangt. Der gewöhnliche Sozialismus streift mit grober Hand die ganze Blüte dieser sittlichen Gesinnung hinweg und will gewaltsam erzwingen, was eben nur als Frucht einer solchen allgemeinen Gesinnung den Menschen wirklich dauernde Hilfe bringen könnte und zwar sowohl den Nichtbesitzenden, wie den Besitzenden, die eben auch nur mit dieser Gesinnung vollkommen rechtmäßig besitzen.

eine etwas edlere Herkunft Anspruch macht, als der bloß materielle. Die Grenze zwischen beiden ist übrigens nicht ganz leicht zu ziehen, und die ästhetischen Genießer wechseln — wie dies schon Goethe, ihr großes Vorbild, in Dichtung und eigenem Leben bezeugte — zuweilen mit einer andern Anschauung ab (vergl. Faust). Ja ihre neuere Schule ist auf dem bedenklichen Wege, manches sogar theoretisch für ästhetisch zu erklären, was es im Grunde nicht mehr ist. Dieser Klasse von Glücksmenschen möchten wir nur das eigene Wort ihres Idols, welches in der Tat alle Voraussetzungen zu dieser Art von Glück in außerordentlichstem, selten vorkommendem Maßstabe besaß, in Erinnerung rufen: „Im Grunde ist mein Leben nichts als Mühe und Arbeit gewesen; ich kann wohl sagen, daß ich in meinen fünfundsiebzig Jahren keine vier Wochen eigentliches Behagen gehabt. Es war das ewige Wälzen eines Steins, der immer von neuem gehoben sein wollte."

Also achtundzwanzig Tage Glück in fünfundsiebzig Jahren! Ein solches Armutszeugnis wird kaum ein braver Tagelöhner am Schlusse eines Lebens voll wirklicher Mühsal ablegen, das nach der Anschauung eines ästhetisch angelegten Menschen aus nichts als lauter Elend bestand. Die menschliche Natur[1] ist eben merkwürdig wenig auf den Genuß eingerichtet, sondern ganz auf die Tätigkeit,

---

[1] Nicht die menschliche Phantasie, die Differenz derselben mit der wirklichen Genußfähigkeit des Menschen bildet eines der größten Hindernisse der Erziehung. Erst spät und meist nur durch Erfahrung lernt der Mensch seine Wünsche nach seinen Fähigkeiten, nicht nach seiner Einbildungskraft einrichten.

wobei der Genuß, auch der allerhöchste und beste, bloß eine sehr mäßig anzuwendende Würzung und Abwechslung bilden soll, dergestalt, daß sich alle diejenigen bitter täuschen, welche ihn im Übermaß gebrauchen. Alles, was dem Menschen wirkliches Vergnügen bereitet, ist ein reelles Bedürfnis seiner Natur, das meist erst durch eine vernünftige Tätigkeit hervorgerufen werden muß und nicht sonst willkürlich herbeigeführt werden kann. Darin liegt auch ein großer Teil der Ausgleichung menschlicher Schicksale begründet, an die unsere heutige Generation viel zu wenig mehr glaubt, während man früher dieses Lob der einfachen und natürlichen Freuden des Lebens vielleicht in sentimentalem Sinne etwas übertrieb.[1] Überdies ist das Sinken des ästhetischen Niveaus unserer ganzen Literatur und Kunst ein zu offenbares, als daß sie noch lange die wirklich gebildeten Kreise unserer Kulturnationen befriedigen könnte. Für dieselben wird in Bälde ein Moment herankommen, in dem sie sich aus dieser ganzen „Blüte" von Wissenschaft, Literatur und Kunst heraussehnen[2] und selbst

---

[1] Daphnis und Chloe spielen keine Rolle mehr in unserer Literatur; die Liebenden unserer Romane sind jetzt Offiziere und Banquierstöchter. Wir zweifeln aber nicht, daß unserer jetzigen realistischen Literatur wieder eine sentimentale folgen wird, an welcher die Menschheit doch einen Genuß hatte, während man jetzt darauf ausgeht, das, was schon im Leben häßlich und zudringlich genug ist, durch die Kunst noch zu vervielfältigen.

[2] Man braucht nur die ermüdeten Sommergesichter der Gelehrten, Schriftsteller und Künstler anzusehen, die fortwährend der „Erholung" bedürftig sind und auf ihren Erholungsreisen von allem andern lieber sprechen, als von dem, was eigentlich nach

ein gutes Stück gesunder Barbarei dafür in den Kauf nehmen werden. Der österreichische Dichter Rosegger hat darüber folgende, nicht unbegründete Zukunftsphantasie:

„Schon heute vollzieht sich alljährlich eine Völkerwanderung von den Städten aufs Land, ins Gebirge. Noch kehren sie, wenn die Blätter gilben, wieder in ihre Mauern zurück; aber es wird eine Zeit sein, da werden die wohlhabenden Stadtleute sich Bauerngründe kaufen und bäuerlich bewirtschaften, Arbeiter sich solche aus der Wildnis roden und reuten. Sie werden auf Vielwisserei verzichten, an körperlicher Arbeit Gefallen und Kräftigung finden; sie werden Gesetze schaffen, unter denen wieder ein selbständiges, ehrenreiches Bauerntum bestehen kann, und das Schlagwort vom ‚ungebildeten Bauer' wird man nicht mehr hören."

Sicher ist wenigstens so viel, daß uns eine Periode der Rückkehr zur Natur und des Geschmacks am Einfachen wieder bevorsteht, wie sie zu Ende des vorigen Jahrhunderts bestand, als die Königin Marie Antoinette in Trianon mit ihren Hofleuten Schäferin spielte. Die Karikatur davon besteht schon heute in den Herren und Damen, die im Sommer in Lodenröcken und mit nägelbeschlagenen Bergschuhen Versuche mit der natürlichen Lebensauffassung machen und sich in der Tat in dieser Verkleidung und im Anschluß an die Lebensweise

---

ihrer Theorie ihres Lebens höchste Freude und zugleich das höchste Gut der Menschheit ist. Von dem, was sein Glück ist, spricht aber naturgemäß jeder Mensch gerne und mit jedem, der es hören will.

von Bauern und Älplern so glücklich fühlen, als es bei ihrem blasierten Wesen überhaupt noch möglich ist.[1]

Ja selbst die Sorgenlosigkeit ist endlich, genau genommen, sicherlich nur ein Ideal derer, die sie nie in ihrem Leben gekannt haben. Aus mäßiger Sorge (die nicht eigentlich die Sorge ist) und Befreiung davon besteht ein sehr wesentlicher Teil des menschlichen Glücks; das Unerträglichste im Leben ist nach den Aussagen mancher Welterfahrener nicht eine Reihe von schlechten, sondern von wolkenlosen Tagen.

Sehr viel einsichtiger, als diese materiell gestimmten Glückssucher, handeln diejenigen, welche die „blaue Blume" auf dem Wege der Pflichterfüllung, der Tugend, des guten Gewissens, der Arbeit, der öffentlichen Wirksamkeit, des Patriotismus, der guten Werke, der Menschenliebe überhaupt, oder endlich der kirchlichen Denkungsart suchen.

Dennoch beruht gerade ein sehr wesentlicher Teil der pessimistischen Grundstimmung unserer Tage auf der Erfahrung, daß auch auf jedem dieser Wege das Glück leicht

---

[1] Ein Beispiel davon war der unglückliche König Ludwig II. von Bayern, der seine besten Tage bei den einfachsten Leuten in der Schweiz verlebte. Auch die sonst sehr unnütze ewige Jägerei der „hohen Herrschaften", die Friedrich der Große in den schärfsten Ausdrücken verurteilt, hat, zum Teil wenigstens, diesen Hintergrund; ebenso die Defreggersche Richtung in der Kunst und die namentlich in der deutschen Literatur beliebte Darstellung des Kräftigen, sogar „Hünenhaften"; es sind das alles im Grund ebenso viele Proteste gegen die ästhetische Lebensanschauung.

verfehlt, beziehungsweise lange nicht in dem erwarteten
Maßstabe gefunden wird. Ja man wird vielleicht nicht
irre gehen, wenn man annimmt, ein großer Teil des
rücksichtslosen „Realismus", der sich jetzt überall breit
macht, sei keineswegs die Frucht der Überzeugung, daß
man damit glücklich werden könne, sondern bloß diejenige
der Verzweiflung an jedem andern Wege. Denn wenn
weder Arbeit noch sogenannte Tugend den Frieden der Seele
herbeiführen können, wenn die öffentliche Wirksamkeit, die
guten Werke, der Patriotismus Humbug und die Religion
größtenteils Formsache, wenn nicht gar bloße Phrase, ohne
jede objektive Gewißheit ist, wenn das also alles auch nur
Eitelkeit der Eitelkeiten ist, dann „lasset uns essen
und trinken, denn morgen sind wir tot."

Wir gedenken von allem dem, entgegen der gewöhn=
lichen Fechtmethode der Moralisten, nur den Schluß zu
bestreiten, und sind weit entfernt, auch das Gute unserer
Zeit zu verkennen, das in einer gewissen prononcierten
Wahrheitsliebe besteht, welcher alle bloßen Phrasen zu=
wider sind. Sie will das Glück, aber ein objektives
Glück (nicht bloß ein gedachtes), das eine von jedem
Menschen zu erlangende greifbare Tatsache ist, und sie hat
darin vollkommen recht, gegenüber allen ihren Vorgänger=
innen in den letzten zweitausend Jahren der Geschichte.
Wir wollen das auch, und jeder Mensch, der auf den
rechten Lebensweg kommen will, muß damit beginnen,
alle Götzen rücksichtslos über Bord zu werfen. Jedes auf=
gegebene Vorurteil, das er durch Geburt, Lebenskreis, Ge=
wohnheit besaß, ist ein Schritt zum wahren Glücke hin,

und es ist ganz richtig, was ein sehr wenig Glücklicher unserer Tage (Kaiser Max von Mexiko) gesagt hat, daß dem Aufgeben einer Unwahrheit oder eines Vorurteils irgend einer Art ein sofortiges Glücksgefühl folge. Das ist auch unser Wegweiser auf diesem dunkeln Wege, den wir sonst vielleicht gar nicht finden würden.

„Es gibt ein Glück, allein wir kennen's nicht,
Wir kennen's wohl und wissen's nicht zu schätzen."

Die Tugend ist es nicht; fort zu allererst mit diesem Götzen des unbestechlichen Robespierre. Sie wohnt in keinem natürlichen menschlichen Herzen; es braucht eine sehr geringe Vorstellung von derselben oder ein sehr beschränktes Gehirn, um mit sich selbst stets zufrieden zu sein.[1] Selbst die eitelsten der Menschen sind es im Grunde nicht; die Eitelkeit ist vielmehr größtenteils eine Unsicherheit des Urteils über den eigenen Wert, die der beständigen Bestätigung desselben durch andere bedarf.

Das gute Gewissen des allzeit Pflichtgetreuen soll dem Sprichwort nach ein sanftes Ruhekissen sein. Wir wünschen dem Glück, der es besitzt, kennen diesen Herrn aber bisher nicht. Es gibt nach unserer Meinung keinen Menschen, der jemals auch nur einen einzigen Tag lang

---

[1] Solche Leser, die wir nicht zu haben hoffen, mögen sich gütigst einmal die allereinfachsten Codices der Moral, die zehn Gebote, oder die Bergpredigt ansehen; wenn sie dann noch sagen können, wie jener reiche Jüngling: „dies habe ich alles gehalten von Jugend auf", nun dann wird es ihnen gehen wie diesem, es wird eine Forderung an sie herantreten, der sie nicht ausweichen können und die sie gründlich zu Schanden macht.

seine ganze Pflicht erfüllt hat. Darüber reden wir nicht ein Wort weiter. Wenn einer unserer Leser darauf sagt: Doch, ich bin der Mann, so mag er es sein; seine nähere Bekanntschaft suchen wir aber nicht.[1] Je mehr ein Mensch in der Pflichterfüllung fortschreitet, desto feiner wird der Sinn und die Unterscheidungsgabe dafür; ja auch der Kreis der Pflichten selbst erweitert sich für ihn objektiv dermaßen, daß wir den Apostel Paulus ganz begreifen, wenn er von sich selbst, sicherlich ganz aufrichtig und ohne falsche Demut, als dem größten der Sünder spricht.[2]

Die Liebe und was damit an sogenannten guten Werken öffentlicher und privater Natur zusammenhängt, ja das ist ein herrliches Wort, und wir begreifen den Apostel auch, wenn er in der berühmtesten Stelle seiner Briefe sie das A und das O alles wahren Lebens nennt.

---

[1] Überdies ist das Gewissen doch nicht ein so sicherer Wegweiser, als man gewöhnlich annimmt. Wir glauben, daß St. Just ein gutes Gewissen hatte, wie er es auch versichert. Jedenfalls hat es der Mohammedaner, der in vielfacher Ehe lebt, oder der Albanese, der Blutrache übt; ihn würde das Gewissen beunruhigen, wenn er den Feind seines Geschlechts nicht erschlüge. Man muß nur im „Heliand" nachlesen, wie schwierig es dem guten germanischen Priester, der ihn schrieb, wird, seinen Deutschen das Gebot der Feindesliebe und des die linke Wange Hinhaltens, wenn die rechte geschlagen ist, begreiflich zu machen, um zu sehen, daß das Gewissen durchaus nicht ein untrüglicher Maßstab ist.

[2] Ein gutes Gewissen ist schon etwas wert (wir unterschätzen es nicht), aber eigentlich doch bloß negativ, im Sinne von Abwesenheit eines schlechten. Sobald es zu einem positiven Selbstbewußtsein wird, schadet es dem Menschen, der es besitzt, indem es ihn zur Selbstgerechtigkeit verleitet.

Aber wenn er es zugleich für möglich hält, mit Engels=
zungen zu reden, alle seine Habe den Armen zu geben
und sogar sich für die Menschheit verbrennen zu lassen,
ohne Liebe zu haben, so zeigt dies besser als alle weitern
Worte, was die Liebe ist. Sie ist ein Stück göttlichen
Wesens, das in keines Menschen Herz wächst; wer sie
hat, wird genau wissen, daß sie nicht sein Eigentum ist.
Ihr blasses menschliches Abbild aber gewährt wohl
Glück, aber doch bloß zeitweilig und immer unter der
sehr prekären Voraussetzung der Gegenliebe, die von dem
Willen anderer abhängig ist. Und wer sein ganzes Herz
und Vertrauen auf sie setzt, dem kann es leicht begegnen,
daß er die furchtbaren Worte des jüdischen Propheten
(Jeremias XVII, 5) eines Tages im innersten Herzens=
grunde vernimmt und von der Liebe zum Haß übergeht.
Die Apotheose des Hasses, die wir heute aus dem Munde
großer Klassen vernehmen, ist nur die Frucht der bitteren
Erfahrungen mit der Liebe, die Millionen alltäglich machen.[1]

Die Arbeit ist ein großer Faktor des menschlichen
Glückes, ja sogar der größte in dem Sinne, daß ohne
Arbeit dem Menschen das wirkliche Glücksgefühl, das nicht
bloß ein Rausch ist, absolut versagt ist. Er muß „sechs
Tage arbeiten", um glücklich sein zu können, und im
„Schweiße seines Angesichts sein Brot essen"; diejenigen

---

[1] Jedes Kind, das auf Erden geboren wird, ja sogar jedes
junge Tierchen ist zur Liebe geneigt und für sie empfänglich, und
es gibt im Grunde nichts Traurigeres, als zu sehen, wie sie nach
und nach bei allen ohne Ausnahme in Enttäuschung übergeht. Und
nicht bei sehr vielen kehrt sie wieder zurück.

sind die größten Toren von allen Glücksſuchern, die
dieſen zwei Vorausſetzungen des Erfolges ausweichen.[1]
Ohne Arbeit gibt es wirklich kein Glück in der Welt.
Negativ gefaßt iſt der Satz vollkommen richtig. Dennoch
iſt es ein weiterer Irrtum, daß die Arbeit das Glück
ſei, beziehungsweiſe daß jede Arbeit zum Glücksgefühl
führe. Nicht allein kennt die menſchliche Phantaſie ein
anderes Ideal; es wird ſich wohl niemand einen Himmel
oder ein irdiſches Paradies voll beſtändiger Arbeit vor=
ſtellen können; ſondern — was noch mehr iſt — es braucht
auch einen Toren, der mit ſeiner Arbeit zufrieden iſt.
Ja man wird wohl ſagen dürfen, daß die weiſeſten der
Menſchen die Mangelhaftigkeit aller ihrer Werke am beſten
einſehen, und daß es keinen je gegeben hat, der am Ende
ſeines Tagewerkes ſagen konnte: „Und ſiehe, es war alles
gut!" Hinter dem lauten Preis der Arbeit ſteckt daher
meiſt etwas wie ein Sporn oder eine Peitſche, die ſich
und andere dazu antreiben muß, und diejenigen, die ſich
mit dem größten Stolze „Arbeiter" nennen, ſind im Grund
alle darauf bedacht, den „Normalarbeitstag" möglichſt
herunterzuſetzen. Wäre die Arbeit an und für ſich
gleichbedeutend mit Glück, ſo würden ſie ihn ſo weit als
möglich zu ſteigern ſuchen.

Die ſeltſamſten der Glücksſucher ſind wohl die, welche
es im Peſſimismus ſuchen, und doch gibt es ihrer nicht
wenige, und oft ſind es nicht die unedelſten Naturen.

---

[1] Schon das Alte Teſtament ſagt: es ſei nichts Beſſeres für
den Menſchen auf Erden zu finden, „als daß er fröhlich ſei in
ſeiner Arbeit; denn das iſt ſein Teil."

Meistens aber ist ein gewisser Größenwahn damit ver=
bunden; es klingt großartig, alles über Bord geworfen
zu haben und alles, sich selbst eingeschlossen, für schlecht
zu erklären. Von den Schlechten ist wenigstens der, der
es einsieht und bekennt, in der Tat der beste. Und wenn
er wirklich aufrichtig damit zufrieden ist, daß man ihn
für schlecht hält, so mag er auf dem richtigen Durch=
gangswege zu etwas Besserem sein. Als dauernder
Zustand ist der Pessimismus aber meistens nur der zer=
rissene Philosophenmantel, durch dessen Löcher die menschliche
Eitelkeit hervorblickt, und ohne beständige Nahrung für
dieses gefräßige Ungeheuer weit entfernt vom Ziel.

Am unglücklichsten von allen sind die Menschen, die
das Glück in der bloßen Zugehörigkeit zu einem reli=
giösen Bekenntnisse suchen und darin sich zuletzt bitter
getäuscht empfinden. Und derer gibt es heute viele; denn
alle kirchlichen Genossenschaften haben die Tendenz, mehr
zu versprechen, als sie halten können, und gleichen Netzen,
die Fische von allerlei Gattung fangen. Der verstorbene
Professor Gelzer sagt an einer Stelle seiner Werke, „der
Gottesdienst der meisten kirchlichen Leute sei nur ein
Hofdienst, womit sie sich einmal in der Woche der höchsten
Gewogenheit empfehlen wollen. Einen gleichen Hofdienst
gebe es auch gegenüber der Menschheit, indem man bis=
weilen ihr Dienste erweist, wie man sich ausdrückt, ein
gutes Werk an ihr tut, auch nur, um in der übrigen Zeit
seine Eigenliebe um so gemächlicher zu pflegen."[1] Wir

---

[1] Ein anderer weitbekannter Prediger der Gegenwart sagt
darüber: es gibt Leute, die sich vorstellen, der Glaube sei eine

wollen der reichen Erfahrung des ausgezeichneten Mannes
gerade auf diesem Gebiete nicht widersprechen, obwohl wir
unsererseits glauben, daß, solange ein Mensch Gott in irgend
einer noch so „verworrenen" Weise dient, sich wenigstens
irgendwie an ihn hält, derselbe ihn auch nicht fallen läßt,
und daß selbst die armseligsten oder mit Unlauterkeit aller
Art umgebenen Versuche von Religion den Menschen, die
ihr mit einer gewissen, wenn auch selbst nur zeitweiligen
Aufrichtigkeit anhängen, noch mehr Glück bringen, als
der geistreichste Atheismus.[1] Aber dieses Privilegium der
Einfältigen, die „unter göttlicher Geduld wandeln", dehnt
sich doch nicht ganz auf die aus, die einer bessern Ein=
sicht fähig sind. Dieselben wären schuldig, namentlich die
christliche Religion von der Halbheit befreien zu helfen, an
der sie schon seit zweitausend Jahren kränkelt, und sich nicht

---

Überzeugung von der Wahrheit gewisser Lehrsätze, die dann zu
angenehmen Betrachtungen führen. Das ist in der Tat eine sehr
verbreitete Ansicht. Man sollte, um dieselbe gründlich zu beseitigen,
überhaupt das Wort „Glauben", das dazu verführt, durch „Ver=
trauen" ersetzen. Was das ist, versteht jeder, während über den
„Begriff des Glaubens" große theologische Erläuterungen geschrieben
werden müssen Die klassische Definition davon steht übrigens schon
längst im Propheten Daniel III, 17. 18, wo sie schon Christus selber
gelesen haben wird. Sie ist viel älter als das Christentum.

[1] Die meisten geistreichen Leute, die sich nicht von einer sitt=
lichen Weltordnung überzeugen können, schwanken furchtbar zwischen
Übermut (Hybris im griechischen Sinne, die Göttern und Menschen
verhaßt ist) und tiefer Niedergeschlagenheit; denn das menschliche
Herz, auf sich allein gestellt, ist eben noch heute, wie vor Tausenden
von Jahren, als dies zuerst ausgesprochen wurde, „ein trotziges
und" zugleich „verzagtes Ding."

mit kirchlichen Formen und Formeln, oder vollends mit einer „Wissenschaft" der Religion zufrieden zu geben, die noch niemanden glücklich gemacht hat und dem Volke, das sie nicht versteht, Steine statt Brot bietet.¹

So lange dies der Fall ist, ist auch dieser Weg zum Glück ein an Täuschungen reicher, die nicht leichter dadurch werden, daß man sie in der Regel weder sich noch andern einzugestehen wagt, weil von diesem Punkte keinerlei Pfad mehr zum Frieden und Glück zurück führt.

Das sind, mit einigen wenig bedeutenden Modifikationen und Kombinationen aus mehreren zusammen, die Wege, auf denen die Menschen, so lange ihre Geschichte besteht, das Glück gesucht haben. Und wenn wir sie auch nicht aus der Geschichte kennten, so würde sie uns allen mehr oder weniger die eigene Lebenserfahrung zeigen. Ge= funden aber haben sie es auf diesen Wegen nicht.

---

¹ Wie das zu machen sei, wollen wir hier ganz und gar nicht ausführen. Am meisten wohl durch eine neue „Vereinfachung" der christlichen Religion. Dieselbe bedarf kaum irgend eines weitern Dogmas als der Worte Christi selber, die vollkommen für alle Fälle ausreichen; nur müßten diese stets für reelle und ausführbare Wahrheit angesehen werden, was jetzt nicht der Fall ist. Jedenfalls ist dies — mit vorläufiger Weglassung alles anderen — für die einzelne Seele der leichteste Weg, zu einer eigenen religiösen Überzeugung zu kommen; denn diese Worte haben die eigentümliche Natur des wirklichen Geistes, der direkt wie ein lebendiges Wesen auf den Menschen wirkt. Diese lebendige Art ist ja auch im geringern Maßstabe das, was die geistreichen und genialen Menschen von den bloß gebildeten oder gelehrten unterscheidet.

## II.

Die erste und unumgänglichste Bedingung des Glücks ist der feste Glaube an eine sittliche Weltordnung. Ohne dieselbe, wenn die Welt vom Zufall, oder von einem unerbittlichen, in seinem Verfahren gegen den Schwachen sogar grausamen[1] Naturgesetze, oder endlich von der List und Gewalt der Menschen regiert wird, kann von Glück für den einzelnen nicht mehr die Rede sein. Es bleibt ihm in einer solchen Weltordnung nichts übrig, als Gewalt zu tun oder Gewalt zu leiden, Hammer oder Amboß zu sein, und welches der elendere, eines edeln Menschen unwürdigere[2] Zustand sei, wäre kaum zu sagen. Im Verkehr der Völker vollends ist der beständige Krieg oder seine Vorbereitung die Folge dieser Lebensauffassung, und das Lehrbuch der Politik ist „Der Fürst" von Macchiavelli.[3] Die einzig mögliche, halbe Erlösung läge dann in einem durch eiserne Gewalt beherrschten Weltstaat, der alle sogenannten zivilisierten Völker umfaßt und dadurch wenigstens den Krieg unter ihnen unmöglich macht, ähnlich wie

---

[1] Das ist die jetzt sehr verbreitete naturwissenschaftliche Ansicht der Anhänger Darwins. Ins Sittliche übersetzt lautet sie ganz einfach: Der Starke hat immer recht; Macht ist Recht, es gibt kein anderes.

[2] Er müßte genau genommen ein Egoist werden, oder ein Heuchler. Wenn viele dennoch keines von beiden sind, so liegt es daran, daß sie die vollen Konsequenzen ihrer Philosophie zu ziehen sich scheuen.

[3] Die Werke dieses Lehrers der rücksichtslosesten Staatskunst werden jetzt auch in Italien auf Staatskosten neu herausgegeben.

es das römische Reich der Kaiserzeit oder die leitende Idee Napoleons des Ersten war.[1]

Die Wahrheit einer solchen Lebensanschauung, die den Menschen persönlich zur Tiergattung und politisch zum „Untertan" degradiert, müßte von jedem höher gesinnten Menschen, schon auf den bloßen Protest in seinem innersten Gefühl hin abgewiesen werden, selbst wenn die Geschichte nicht in so deutlichen Schriftzeichen von Zeit zu Zeit immer wieder ihre Nichtigkeit und Torheit verkündete. Denen, die sie trotzdem festhalten zu müssen glauben, weil ihnen die sittliche Weltordnung nicht hinreichend bewiesen erscheint, können wir nur noch sagen, was auf der Eingangspforte der Danteschen Hölle steht:

Per me si va nella città dolente,
Per me si va nell' eterno dolore,
Per me si va tra la perduta gente,
Lasciate ogni speranza voi ch' entrate.[2]

---

[1] Ohne Zweifel gibt es dermalen Leute an hohen Orten, denen diese letzte Ausgestaltung alles Staats- und Völkerrechts auch gegenwärtig wieder vorschwebt; wir hoffen aber, der „Herr lache ihrer" und wisse den schwer belasteten Völkern auf andere Weise Rettung zu verschaffen.

[2] Die Schilderung der verschiedenen Kreise des Inferno hat unter dieser Voraussetzung eine sprechende Ähnlichkeit mit dem heutigen Leben der realistisch gesinnten Menschen auf Erden, genau so, wie es das schöne Gedicht Geibels darstellt:

„Um das Lächeln zu verlernen,
Braucht's nicht dort hinabzusteigen,
Allen Schmerz, den ich gesungen, all die Qualen, Greu'l und Wunden
Habe ich auf dieser Erden, hab' ich in Florenz gefunden."

Eine Dogmatisierung der sittlichen Weltordnung ist hingegen unmöglich. Gott schauen kann der Mensch schon nach der Ansicht des Altertums nicht,[1] und alle näheren Auseinandersetzungen dieser Art weist auch das Christentum ganz entschieden von der Hand. Der einzige Weg, der offen bleibt, ist der in der Bergpredigt (Ev. Matth. V, 8) angegebene. Den kann ja jeder versuchen, wenn er den Mut dazu in sich spürt; von andern aber, die bloß wissen wollen, läßt sich das Göttliche seinen Schleier nimmermehr mit Gewalt entreißen.[2]

Von da ab ist der Weg zum Glück offen,[3] die Tür ist geöffnet, und „niemand kann sie mehr schließen."[4] Im Innersten des Herzens befindet sich fortan ein fester Punkt und eine beständige Ruhe und Zuversicht, die auch in äußeren Stürmen stets mehr oder weniger und in immer

---

[1] II. Mos. XXXIII, 20. Richter XIII, 22.

[2] „Theologie" im eigentlichen Sinne des Wortes ist nach unserem Dafürhalten unmöglich (Ev. Matth. XI, 27), und auch die verschiedenen kirchlichen Denominationen haben nur einen sehr bedingten Wert. Für sich persönlich braucht der Mensch einen beständig offenen Zugang zu dem Göttlichen und namentlich keine anderen Götter neben dem wahren Gott; er kann sich dann im weitern ganz ruhig an das Prophetenwort Micha VI, 8 halten und damit begnügen.

[3] Der CXIX. Psalm drückt dies mit den Worten aus: „Ich wandle fröhlich, denn ich suche deine Befehle." Der Katholizismus scheint heutzutage diese Fröhlichkeit vielfach vor dem Protestantismus voraus zu haben. Es liegt dies wesentlich in der festeren, dem Zweifel weniger zugänglichen Überzeugung von einer göttlichen Weltordnung.

[4] Offenbg. III, 8.

zunehmendem Grade bestehen bleibt. Das Herz selbst, das früher trotzig oder verzagt war, ist fest geworden. Fortan muß sich der Mensch nur noch hüten, auf die verschiedenen Gefühle und Ereignisse des Tages ein erhebliches Gewicht zu legen, vielmehr versuchen, in einer festen Gesinnung mit Entschiedenheit zu leben und überhaupt nicht in Gefühlen,[1] sondern in Tätigkeit sein tägliches Deputat von Glücksbewußtsein zu suchen. Damit erst kommt die richtige Arbeit, die nicht mehr ein Götze ist, dem mit beständiger Herzensangst gedient wird, oder in dem man sich selbst anbetet,[2] sondern das natürlichste und gesundeste Leben des Menschen, das ihn mit einem Schlage nicht allein von den vielen innerlichen Schäden des Müßigganges, sondern auch von unzähligen körperlichen Übeln befreit, die in diesem ihre Quelle haben.[3] Diese

[1] Das ist der Fehler sehr vieler sogenannter frommer Leute, sie wollen beständig in Empfindungen schwelgen; der Epikuräismus des natürlichen Herzens hat nur ein frommes Röcklein angezogen, der Grund der Seele aber ist unverändert geblieben. Das sind dann die Leute, die nie genug „Erbauungsstunden", geistliche Gespräche, Seelenfreundschaften, „Reichsgotteswerke", sogar besondere „Reichsgottesorte" haben können, hinter denen allen nichts als Genußsucht steckt, nur in einer etwas anderen Form.

[2] Vgl. Hosea XIV, 4. Die jetzige beständige Arbeitshetze, welcher selbst die Großen der Erde unterliegen und die das wahre Unglück der Zeit ist, hört damit ebenfalls in ihren Ursachen auf.

[3] Einem großen Teil der nervenkranken Damen, die alle Kurorte überfüllen und für welche sogar in unserer Zeit „Gebetsheilanstalten" erfunden worden sind, könnte mit „Zwangsarbeitsanstalten" oder, im Ernste gesagt, mit einer ordentlichen Tätigkeit für einen vernünftigen Lebenszweck am besten geholfen werden.

fröhliche Arbeit ist das Gesundeste, was es gibt, „davon grünen die Gebein"; der richtige Schweiß auf der Stirne ist das Geheimnis der beständigen, immer sich erneuernden Kraft[1] und Munterheit des Geistes, die zusammen eigentlich das Glücksgefühl ausmachen. Die Gesundheit selber besteht ja, wie man aus den neueren Forschungen der medizinischen Wissenschaft erfährt, eigentlich nur aus einem höheren Grade von Widerstandsfähigkeit gegen unvermeidliche Feinde. Diese Widerstandsfähigkeit ist aber — das wird auch noch klar werden — nicht eine rein physische, sondern ebenso sehr eine moralische Eigenschaft, beziehungsweise von moralischen Eigenschaften beeinflußt.

Alles andere, außer diesen beiden Punkten, Leben in der Zuversicht auf den Bestand einer sittlichen Weltordnung und Arbeit in derselben, die innerlich untrennbar sind,[2] und einem dritten, der noch später folgt, ist neben-

Arbeitet sechs Tage in der Woche, und wenn ihr nichts Besseres vor euch habt, so nehmt ein Kind an und erzieht es, dann werden die Nerven auch besser werden. Die meisten davon hätten aber schon ihren Lebensberuf, sie wollen ihn aber nicht verstehen. Interessanter ist es, krank zu sein und für sich beten oder Hände auflegen zu lassen.

[1] Dann können wieder „eure Tage sein, wie eure Kraft", d. h. beides sich decken, der wünschbare Zustand des menschlichen Lebensabends. Dagegen sagt ein Mann von großer Erfahrung: „Viele Wunderdinge habe ich erlebt, aber noch nie sah ich einen Mann, der sich selbst die Ehre seiner Werke beilegte, den nicht Gott früher oder später verließ."

[2] Die Ausführung der sittlichen Weltordnung auf Erden geschieht durch Menschen, und zwar durch einzelne und Familien, nicht durch Genossenschaften in erster Linie; jeder einzelne

sächlich und gibt sich in jedem individuellen Leben nach den mannigfachen Bedürfnissen desselben ganz von selbst, wenn es nur dem Menschen mit jenen rechter Ernst ist. Einige wenige Erfahrungssätze, die bei dem größeren Teile der einzelnen Lebensläufe zutreffen mögen, sind folgende:

Wir brauchen im Leben stets Mut und Demut vereinigt. Das ist der Sinn des sonderbaren Wortes des Apostels: „Wenn ich schwach bin, bin ich stark" (II. Kor. XII, 10). Eines allein wirkt ungünstig auf die Menschen.

Die Freuden muß man nicht suchen; sie geben sich in einem richtigen Leben ganz von selbst; die einfachsten, wenig kostspieligen, auf Bedürfnissen beruhenden sind die besten.

Der Mensch kann alles ertragen, außer zwei Dingen: Sorge[1] und Sünde.

Alles wahrhaft Gute fängt klein an; nichts Gutes zeigt sein bestes Gesicht gleich zuerst, und alle Wege, durch

---

hat darin seinen Platz und muß ihn ausfüllen. Das gestattet kein müßiges Gefühlsleben. Auffallend ist, wie in allen wahrhaft poetischen Schilderungen von Erscheinungen der Engel (in Dante, in der Bibel selbst) dieselben ein tätiges, rasch entschlossenes, kurz angebundenes, durchaus nicht sentimentales oder redseliges Wesen haben. Vergl. z. B. I. Kön. XIX, 5. 7, Apostelgesch. XII, 7—10, Dante, Inferno IX, 101. 102, Purgatorio II, 49—51. Die musizierenden Engel, die auf Rosenwölklein herumsitzen, sind Ausgeburten einer ganz korrupten künstlerischen Phantasie. Es wird wohl schwerlich im Himmel so viel musiziert werden wie auf Erden.

[1] Auch selbst die gewöhnliche „Sorge für den morgigen Tag" ist schwer zu ertragen, weil eben unsere Kraft immer nur für heute vorhanden ist. Die Phantasie sieht die morgige Arbeit, aber nicht die morgige Kraft.

die der richtig geleitete Mensch gehen soll, führen durch offene Türen.[1]

Der Umgang mit Menschen hat auch für die gereiftesten Leute immer noch einige Schwierigkeiten und Bedenken. Niemals muß man sie hassen, niemals sie zu seinen Göttern machen, oder auch nur zu wichtig in ihren Meinungen, Anforderungen und Urteilen nehmen, sie nicht richten und sich von ihnen nicht richten lassen, die hof=
färtigen unter ihnen, ja man darf wohl im allgemeinen (besondern Beruf vorbehalten) sagen, die Hohen, Vor=
nehmen, Reichen und Frauen[2] zum Umgang nicht suchen, sondern sie, ohne abstoßend zu sein, lieber vermeiden. Die Freude an den kleinen Dingen und so auch an den kleinen Leuten jeder Art gehört zu den besten Freuden, und immer eher abwärts sehen schützt vor vielen Bitter=
nissen der Empfindung. Das beste Mittel, mit der Welt stets zufrieden zu sein, ist, von ihr nicht viel zu erwarten, sie niemals zu fürchten, auch in ihr (allerdings ohne Selbsttäuschung) das Gute zu sehen und das Böse als etwas Unkräftiges, nicht Andauerndes zu betrachten, das sich in kurzem selbst vernichtet.

Überhaupt möchte man schließlich sagen, man muß

---

[1] Die ganze „Streberei" ist unnötig für einen jeden Menschen, der auf dem „Wege des Lebens" geht. Vgl. Jesaias XXXV, 8. Psalmen XXXVII; CXXVIII; XXIII.

[2] Über diese sagt Thomas a Kempis (wenn ich nicht irre) sehr richtig, „aus ihrem Umgang entstehe stets Rauch oder Feuer." Etwas mönchisch zwar und jedenfalls nicht auf die Familie an=
wendbar; aber überlege es dir, lieber Leser, bevor du es ganz verwirfst.

das ganze irdische Wesen nicht allzu wichtig nehmen. Vieles davon kommt uns sofort gleichgültig vor, sobald wir „mit dem Kopfe im Himmel" leben,[1] und wenn die Hauptsache gut läuft, so muß man auf das Nebensächliche kein großes Gewicht legen.[2] An diesem Wichtignehmen von Kleinigkeiten[3] und namentlich von Menschen

[1] Nach einem Ausdrucke Charles Secrétans. Man muß sich auch nicht immer selbst beurteilen (I. Kor. IV, 3). All unser Wesen, nicht bloß unser Wissen, ist Stückwerk und das große Wort der alten Philosophie „Erkenne dich selbst" eigentlich für jeden, der einmal über die gröbste Eitelkeit hinaus ist, eine große Last und sogar eine Torheit. Erkenne lieber die Pflicht und tue sie frisch, dich selbst vergiß darüber; das ist besser und ein Hauptbeförderungsmittel des menschlichen Glücks.

[2] Vielmehr es, wie der Apostel Paulus etwas drastisch sich ausdrückt, „für Kot achten." Namentlich gehört dazu auch, seine sogenannten „Feinde", die sogar oft später unsere besten Freunde werden, nicht zu wichtig zu nehmen. Das Gute in der Welt ist überhaupt nicht in erster Linie dazu da, um das Böse zu bekämpfen, sondern das besorgen die Bösen sehr gut unter sich selbst. Das Gute muß nur leben, seinen Weg fest gehen und sich zeigen. Was der jetzigen Welt fehlt, ist gar nicht die Empfänglichkeit dafür; das sieht man an der lebhaften Teilnahme, mit der sie alle großen Taten und Menschen aufnimmt, sondern vielmehr der Glaube daran, daß es durchführbar sei. Tausende würden sofort dem „Kampf ums Dasein" und dem ganzen Darwinismus entsagen, der namentlich für Schwächere nur wenig Tröstliches in sich schließt, wenn sie nur sähen, wie man es anders auch machen kann. Das muß aber eben zuerst geglaubt werden, sonst gäbe es keine reelle Sittlichkeit.

[3] So ist namentlich auch die Sorge für die Gesundheit heute ein wahrer Götze geworden, dem viele beständig opfern. Was ist die Gesundheit wert, wenn man sie nicht zu etwas Rechtem braucht? Sie bleibt nicht einmal denen, die sie nicht so verwenden wollen.

und ihren Urteilen laborieren sehr viele der allerbesten
Leute und gestalten dadurch ihr Tagewerk zu einem viel
mühseligeren, als es sonst sein könnte.

Solche sogenannten „Lebensregeln" ließen sich noch
ins Ungemessene vermehren; sie sind aber, wie schon gesagt,
eigentlich überflüssig, indem sie auf dem oben genannten
Boden ganz von selber und zwar nach den indivi=
duellen Bedürfnissen eines jeden wachsen, worauf
es doch dabei wesentlich ankommt, ohne denselben aber
unausführbar sind.

Wir halten von der ganzen sogenannten „Moral"
und allen ihren guten Werken überhaupt nicht viel.[1] Die=
selbe ist entweder ein selbstverständlicher Ausfluß einer
gewissen Gesinnung, die wieder das Resultat einer ge=
wissen Lebensanschauung ist, zu der der Mensch (oft durch
einen wahren Tod) vor allen Dingen vordringen muß,
oder es sind schöne Aussprüche, die zwar ins Ohr fallen,
sich auch in Tagebüchern oder Losungszetteln gut aus=
nehmen, aber das Herz des Menschen nicht ändern.

Statt dieses Material für Sprüchesammler zu ver=
mehren, wollen wir dem Leser lieber noch eine andere
große Wahrheit sagen, die darin besteht, daß Unglück
notwendig zum menschlichen Leben, ja wenn wir etwas
paradox reden wollen, zum Glück gehört. Einerseits

---

[1] Ein deutscher Prediger der Gegenwart sagt ganz richtig, sie
sei eine fortwährende Ausgabe; es handle sich aber in erster Linie
darum, die Einnahmequellen zu finden.

ist es, wie die tatsächliche Lebenserfahrung zeigt, unausweichlich, und man muß sich schon deshalb mit ihm irgendwie abfinden. Erreichbar ist im menschlichen Dasein bloß das volle Einverständnis mit seinem Schicksal, jener innere stete Friede, der wie ein Wasserstrom ist,[1] den auch Christus allein seinen Nachfolgern verspricht[2] und von dem der Apostel Paulus an seinem äußerlich harten Lebensende mit so tiefer Empfindung redet.

Gleichgültig also kann das äußere Ergehen für die wirkliche Glücksempfindung wohl bis auf einen hohen Grad werden; das Problem des Stoizismus, der dasselbe durch Unempfindlichkeitserzeugung vergebens zu lösen versucht,[3] kann auf anderem Wege wirklich gelöst werden;[4] aber Leiden, Unglück muß der Mensch auf Erden haben, und mit denen muß er sich zurechtfinden. Auch hier hilft zunächst Nachdenken, und die feste

---

[1] Jesaias LXVI, 12.
[2] Beständiges Glück ist nirgends von dem Christentum versprochen, wohl aber dieser weltüberwindende Friede. Vgl. Ev. Joh. XIV, 27; Ev. Matth. XI, 28. 29.
[3] Vgl. hierüber „Epiktet."
[4] Und zwar nicht bloß durch „Verweisung auf den Himmel", die, wie wir völlig zugeben, nicht genügt, sondern durch ein reelles Glücksempfinden auf Erden, wie es die „Realisten" mit ihren Mitteln nicht herstellen können. Wenn dagegen die unsrigen „Phantasie" sind, so sind sie wenigstens eine Phantasie, welche die Kraft besitzt, glücklich zu machen. Daß aber etwas, das eine Kraft ist, nicht „reell" sein sollte und statt dessen reell, was keine Kraft gibt, ist kaum anzunehmen. Für uns ist die Wirkung der Beweis der Ursache.

Gesinnung über die momentanen Gefühle stellen. Das Unglück hat drei Zwecke, die zugleich Stufen sind: Strafe, natürliche Konsequenz der Taten, die ihnen selbst innewohnt, daher ihnen folgen muß, so sicher, als eben eine logische Konsequenz logisch ist. Läuterung durch Erweckung größeren Ernstes und größerer Empfänglichkeit für die Wahrheit. Selbstprüfung und Stärkung durch Erfahrung der eigenen und der Gotteskraft, durch welche öftere Erfahrung allein der rechte Mut im Menschen entsteht, der von Übermut weit entfernt und mit der Demut nahe verwandt ist.[1]

Vertiefung mit einem Worte und diejenige eigentümliche größere Art, die uns an manchen Menschen sofort auffällt, die sich niemand geben kann, auch wenn er „seinen Fuß auf ellenhohe Socken stellt", kommt nur durch würdig ertragenes Unglück zu stande.[2] Das Wort

[1] Man kann dazu auch noch zählen als vierten Zweck die Erweckung des Mitgefühls für andere Leidende. In diesem Sinne sagt die Dichterin Amalie v. Helvig:
„Unglück selber taugt nicht viel,
Aber 's hat drei brave Kinder:
Kraft, Geduld und Mitgefühl."
Wir glauben, daß die Frau, die so brave Kinder hat, selbst brav sein muß.

[2] Die Menschen, die sogenanntes beständiges Glück haben, haben dagegen immer etwas Kleinliches, Mittelmäßiges an sich, das sich sogar schon in ihren Gesichtszügen, wenn sie älter werden, verrät. Und was noch ein bedeutenderer Ausgleich ist, sie leben in einer beständigen Furcht vor dem Verlust dieses Talismans, (vgl. Hiob III, 25), während die an Unglück Gewöhnten zuletzt eine großartige Ruhe bekommen, die den Leiden frisch in das

des Apostels Paulus: "Wir rühmen uns der Trübsal" (Römer V, 3) ist, wie manche seiner Aussprüche, in seinem eigentlichen Sinne jedem absolut unverständlich, der es nicht selber erfahren hat, was für eine Kraft, ein tief= innerliches Glück in dem Unglück steckt, ein Glück, das der Mensch nie mehr vergißt, wenn er es einmal im Leben recht empfunden hat.[1]

Das ist ja des Lebens Rätsel, das viele stößt und vom rechten Weg abwendet, daß es den Guten in der Welt nicht so gut geht, als sie es für gerecht ansehen würden.

"Die Zeugen Christi, die vordem
Des Glaubens Helden waren,
Hat man in Armut wandeln sehn,
In Trübsal und Gefahren,
Und der die Welt nicht würdig war,
Die sind im Elend gangen,
Den Fürsten dieser ganzen Schar
Hat man ans Kreuz gehangen."

Angesicht sieht und sie, wenn das nicht Übermut wäre, oft beinahe herbeiwünscht (Jeremias XVII, 8). Ein schönes Gedicht darüber ist das biblische Buch Hiob, die großartigste Schilderung aber das XI. Kapitel des Hebräerbriefes. Allerdings gehört dazu die Grund= stimmung der Seele, die an sich selbst schon ein beständiges Glück ist. Sonst freilich machen andauernde Leiden hart. Mitunter scheinen auch sogar edle, aber vielgeprüfte Leute härter, als sie sind. Sie haben die Fähigkeit verloren, sich dem Glücksgefühle zu öffnen.

[1] Auch die festen menschlichen Bande schließen sich im Unglück. Wenn man mit einem Menschen etwas gemeinsam getragen und sich gegenseitig darin bewährt hat, das gibt wahre Freundschaften, die alles aushalten und ein wirklicher Schatz sein können.

Ja, so ist es, und das, lieber Leser, mußt du sogar recht finden und dich selbst darauf gefaßt machen, sonst ist für dich das Glück im Leben nicht zu finden. Das ist „der Löwe, der im Wege liegt", bei dessen Anblick die meisten Leute umkehren und sich lieber mit etwas Geringerem als Glück begnügen.

Man kann aber zunächst aus Erfahrung sagen, daß auch hier, wie bei dem Genuß, die menschliche Phantasie der Wirklichkeit weit vorauseilt, so daß selten ein Schmerz jemals so groß ist, als sie ihn vormalt,[1] und sodann, daß Schmerzen die „Eintrittspforten zu jedem großen Glücke" sind.[2] Eine gewisse Rücksichtslosigkeit gegen sich selbst, die zu sich sagen kann: Du mußt, du magst wollen oder nicht, gehört eben zum wahren Leben. Liebe zum Wahren und Mut zum Rechten sind die Grund=säulen jeder wahren Erziehung, ohne die sie nichts taugt.

---

[1] Daher sagt Spurgeon, man solle sich gewöhnen, nie mit sich selbst zu sprechen, sondern nur mit Gott. Es ist auch jedem Leidenden bekannt, daß im Moment des größten Leidens oft eine wohltätige Dunkelheit der Empfindung eintritt, die darüber hinweg=hilft, ja daß sogar ein zweites Unglück das erste erträglicher macht.

[2] Selbst die modernen Schmerzbeseitigungsmittel sind daher auf die Dauer schädlich, während der geistige Kampf mit dem Schmerz den Menschen tüchtiger, kräftiger, geistig und vielleicht sogar körperlich gesunder macht. Diese Seite der Medizin, die ein französischer Arzt in der „Revue des deux mondes" hervor=hob, wird in Zukunft wieder mehr betont werden, wenn einmal der materialistische Zug, der jetzt diese Wissenschaft erfüllt, gewichen ist und der Arzt wieder an etwas wie eine „Seele" im Menschen glaubt, die auch zur Genesung mithelfen muß.

Ja selbst zum Himmelreich braucht es Gewalt, "und die Gewalt anwenden, die kommen hinein."

Mut, das ist ganz sicher, gehört am notwendigsten von allen menschlichen Eigenschaften zum Glück.

So sehen wir denn als Endergebnis, was eine originelle Frau unserer Zeit[1] in einem nach ihrem Tode veröffentlichten Werke mit den Worten ausgesprochen hat: "Das Glück ist göttliche Gemeinschaft, die Kraft dazu, der Mut, der Seele Klang." Ein anderes gibt es nicht auf dieser Erde, und wenn es eines gäbe ohne diese Zeichen, wir wollten es uns nicht wünschen.

>Erwacht aus der Selbstsucht,
>Das Ewige erfassend,
>Von Liebe geleitet,
>Das Irdische als Mittel begriffen und beherrscht,[2]
>Das ist der allein hier mögliche Zustand des Glücks.

Und dieses Glück ist eine Realität, eine Tatsache, nicht bloß ein Phantasiegebilde wie jeder andere Traum des Glücks, aus dem die Menschen, wenn sie alt werden spätestens, wenn nicht schon früher, erwachen müssen.

Es besteht auch nicht in etwas, was wir fortwährend selber leisten und tun, wozu wir uns beständig aufraffen und zwingen müssen; sondern, wenn wir uns einmal ergeben haben und die Hand gelegt haben (aber fest)

---

[1] Gisela Grimm geb. von Arnim in "Alt-Schottland", einem als Ganzes sonderbaren Drama, aber voll solcher Lichtblitze.

[2] Frei nach Gelzer.

an diese Weltanschauung, ohne mehr umzuschauen nach
anderem, dann ist das Glück etwas, was uns geschieht,
ein Strom von innerem Frieden,[1] der mit zu=
nehmendem Alter immer stärker wird und sich zuletzt
auch auf andere ergießen kann, nachdem er unseren
eigenen Geist befruchtete.

Zu diesem Ziele müssen wir gelangen, wenn unser
Leben einen Wert gehabt haben soll, und dazu können
wir gelangen. Ja wir werden, wenn einmal der Ent=
schluß gefaßt ist und die ersten Stufen überwunden sind,
nach Dantes Wort[2] Wonne im Steigen selber finden.

Unten am Eingange des „Berges der Läuterung"
wird der feste Entschluß und die unumwundene Erklärung
von dem Menschen verlangt, jeden Preis, der gefordert
werden möge, für das wahre Glück zu zahlen; ohne das

---

[1] Objektiv genommen, kann man also auch sagen: Glück ist
dieser beständige Friede, der von äußeren Schicksalen nicht
mehr abhängig ist, sondern dieselben völlig überwunden hat. Ver=
gleiche Evang. Joh. X, 11. Matth. VI, 29. Dante, Purgatorio
XXVII, 115—142. Hebr. IV, 9. Das ist der Sinn des sonst
dunkeln Wortes: „Nicht Glück suche ich, sondern Seligkeit." Dann
kann auch das wirklich eintreten, was ein Schriftsteller als das
praktische Merkmal des Glücks angibt, daß man sich des Abends beim
Schlafengehen darauf freuen könne, morgen wieder zu erwachen

[2] Purgatorio IV, 88—93:
„Wer diesen Berg zu steigen unternommen,
Trifft große Schwierigkeit an seinem Fuß,
Die kleiner wird, je mehr man aufgeklommen;
Drum, wird dir erst die Mühe zum Genuß,
Erscheint's dir dann so leicht, emporzusteigen,
Als ging's im Kahn hinab den schnellen Fluß."

findet kein Einlaß statt,¹ und auf einem bequemeren Wege ist noch nie jemand zum Glücke gelangt.

Es darf es keiner behaupten am Ende des Lebens, wenn man ihn auf das Gewissen fragt, so wenig als Goethe, der Meister derer, die auf anderm Wege das Glück suchten, mehr als vier Wochen Behagen in fünf=undsiebzig Lebensjahren Mühsal fand.²

Wir aber sagen:³ Unser Leben währt siebzig, und wenn es hoch kommt, achtzig Jahre, und wenn es auch Mühe und Arbeit gewesen ist, so ist es dennoch köst=lich gewesen.

Das ist Glück!

---

¹ Thomas a Kempis drückt dies aus mit den Worten: „Laß alles, so findest du alles." Ein derartiger Entschluß wird in allen Büchern, die von so etwas sprechen, gefordert. Der Preis selbst wird erst später und allmählich in Raten bezahlt. Gleich anfangs würde ihn kein Mensch ganz bezahlen können.

² Er war zwar oft in seinem reichen Leben nahe daran; sein zitiertes Wort aus Tasso und noch manche Stellen seiner Schriften bezeugen es. Der Roman „Wilhelm Meister" ist geradezu die Ge=schichte eines Glücksuchers, der einen Augenblick lang, da wo das Tagebuch des Fräuleins von Klettenberg eingeschaltet ist, dem Ziele nahe ist, sich aber später davon entfernt.

³ Weniger pessimistisch als der XC. Psalm, wenn dessen ge=gewöhnliche Übersetzung überhaupt richtig ist.

## Was bedeutet der Mensch,
woher kommt er, wohin geht er, wer wohnt über
den goldenen Sternen?

Das ist die Frage der Fragen, auf die jeder nicht ganz oberflächliche, oder tierische Mensch wenigstens einmal in seinem Leben eine Antwort sucht, und — es ist traurig, es gleich sagen zu müssen — die meisten gehen heute aus demselben, ohne sie gefunden zu haben.

Die einen gelangen wohl etwa zeitweise bis zu dem melancholisch forschenden Ausdruck eines mittelalterlichen Denkers: „Ich lebe, ich weiß nicht wie lang, ich sterbe, ich weiß nicht wann, ich gehe, ich weiß nicht wohin; wie ist es möglich, daß ich noch so fröhlich bin!"

Andere schlagen sich alle solche traurig stimmenden Gedanken, „die doch zu nichts führen", bald und ein für allemale aus dem Kopfe und sprechen: „Lasset uns essen und trinken, denn morgen sind wir tot."

Ihrer ist heute eine große Zahl, auch in den sogen. gebildeten Kreisen, denen doch eine gewisse Kenntnis tieferer Lebensauffassungen infolge ihrer Erziehung zugänglich war. Sie sind dessenungeachtet schließlich — oft schon früh= zeitig genug — nach einigen vergeblichen oberflächlichen Rettungsversuchen bei diesem kläglichen Schlußprogramm für ihr weiteres Leben angelangt.

Dasselbe suchen sie dann möglichst lange durchzuführen. Aber es fehlt ihnen auf die Dauer sehr oft die unum=

gänglich dazu nötige Gesundheit, und sie wallfahrten dann in ungezählten Scharen — die Weiblein, wie immer, an der Spitze — zu Pfarrer Kneipp, Dr. Metzger oder zu irgend einem andern Medizinalheiligen des Tages, um sie so bald als möglich wiederherzustellen und von neuem zu mißbrauchen.

Andern fehlen die Mittel zur Ausführung dieses Lebensplans; diese werfen dann, wenn sie sich dieselben nicht durch sonstige „Streberei" irgend einer Art bald verschaffen zu können glauben, die „Magenfrage", als die einzige „reelle" des menschlichen Daseins, auf, die durch eine neue „Sozialpolitik" zu einer befriedigenden Lösung für alle gebracht werden müsse.[1]

Noch andere, etwas tiefsinnigere Grübler, welche die Unmöglichkeit einer Heilung aller menschlichen Leiden auf allen diesen Wegen einsehen gelernt haben, kommen, nachdem sie vieles halbwegs versucht, zu dem Ausspruche des weisesten aller Könige, „es sei alles eitel", und wenden sich von dort ab zu der Verzweiflung am Sein und Leben selbst, zu der Anbetung des Nichts. Nirwana, Vernichtung, Vergessen des Lebens ist ihnen der Zweck desselben, und sie glauben etwas sehr Großes erreicht zu haben, wenn sie endlich, nach langen Jahren und schweren Kämpfen mit ihrem gesunden Menschenverstande, der gegen diese seine offenbare Negation beständig protestiert, dem indischen Hauptweisen die Worte nachsprechen können:

---

[1] Weitaus der größte Teil der „sozialen Frage" unserer Zeit hat diesen philosophischen Unterbau. Sie ist auch auf demselben die berechtigste, ja allein berechtigte Frage des Tages.

„Geburtenkreislauf zahllos stünde mir bevor, hätt' ich
Gefunden nicht des Baues Meister, welchen ich gesucht.
Fürwahr, Geborenwerden ohne End' ist schmerzenvoll!
Du bist erschaut, des Baues Meister; nun wirst du
Das Haus nicht wieder baun, zerbrochen sind
Die Balken dir, der Giebel eingestürzt;
Der Geist, der eingegangen zur Vernichtung ist,
Hat des Begehrens Durst mir gänzlich ausgelöscht."[1]

Das ist dann also das Schlußwort der Philosophie. Es gibt weder Licht noch Hoffnung für das menschliche Dasein: das beste ist, dies frühzeitig einzusehen und es baldmöglichst zu beenden.

So lebenskräftig und lebensdurstig aber ist der menschliche Geist, daß er sich auf die Dauer, und abgesehen von vorübergehenden Schwächezuständen, für die man jetzt die Bezeichnung „fin de siècle" erfunden hat,[2] niemals mit einer solchen allgemeinen Bankerott=Erklärung begnügt, sondern es wird stets als die fortdauernde Aufgabe der Philosophie betrachtet werden, in dieses Dunkel dennoch Licht zu bringen. Sie hat es freilich allzuoft nur mit Worten getan, die nichts Reelles bedeuteten und keinen

---

[1] Sogenanntes Dankgebet Buddhas. Auch das lebensfrohe Griechenland sogar hat solche Anflüge von tiefem Weltschmerz, die sich z. B. in dem Worte „Jung stirbt, wen die Götter lieben" ausdrücken.

[2] In unserer Jugend hieß es „Weltschmerz" und galt als sehr interessant. Lenaus „Drei Zigeuner" sind der klassische Ausdruck dafür, auch Heines beste Gedichte, insoweit seine stete Frivolität einen tieferen Schmerz geistiger Art gestattet, z. B. das „Fragen" genannte, welchem die Überschrift des Aufsatzes nachgebildet ist; bei den Romanen Leopardi und de Musset.

wirklichen Trost für das gedrückte Gemüt enthielten. Daher kommt vorläufig ihre nicht ganz unverdiente Miß= achtung, seitdem der moderne Höhepunkt dieses bloßen Formalismus in Hegel erreicht worden ist.

Die Philosophie hat seit jeher vorzugsweise eine Er= klärung der Welt aus sich selbst heraus versucht, und es gilt noch gegenwärtig im ganzen als einer ihrer Fundamentalsätze, gegen die nicht opponiert werden darf, daß dies auch ihre notwendige Voraussetzung sei, indem jede Herbeiziehung anderer Erklärungsgründe sie als selb= ständige Wissenschaft beseitigen müßte. Es mag das letztere vielleicht logisch richtig sein, wäre aber in diesem Falle nicht als ein Unglück zu beklagen. Denn der Mensch sucht Licht über sich selbst, seinen Lebenszweck, seine Vergangenheit und seine Zukunft um seiner selbst, nicht um der Existenz irgend einer Wissenschaft willen; er ist im Gegenteil berechtigt, jede Wissenschaft geringzuschätzen, welche diesen Zweck, die menschlichen Lebensverhältnisse aufzuklären und zu verbessern,[1] dauernd nicht erfüllt. Somit darf er auch von der Philosophie beanspruchen, daß sie zweckentsprechend und sogar bis zu einem gewissen Grade gemeinverständ= lich sei und es nicht versuche, den Hunger seiner Seele nach Wahrheit und Aufschluß über die höchsten Fragen des Daseins bloß mit leeren und deshalb dunkeln Worten abzuspeisen. Das ist aber, von dem „göttlichen" Plato

---

[1] In der gleichen Lage befinden sich heute auch die Juris= prudenz, die Medizin und die Theologie. Wir verlangen von ihnen Leistungen für das geistige oder körperliche Wohl der Menschheit, nicht bloß Existenz als Wissenschaft.

angefangen bis auf Hegel, Schopenhauer oder Nietzsche öfter ihr wesentliches Geschäft gewesen, und es bedurfte nur der Übersetzung einer willkürlich erfundenen Terminologie, die sie, wie ein undurchdringlicher Zaun, von dem Gebiet des gewöhnlichen Menschen- und Sprachverstandes abschloß, in die gewöhnliche Sprechweise des Tages, in der das Wort die Bezeichnung für ein bestimmtes Etwas und nicht auch für ein Nichts ist, um der verschleierten Göttin den Schleier abzuheben, in welchem mitunter ihre ganze Kraft und Hoheit steckte.[1]

Die abstrakte Philosophie hat in der Tat bisher weder das „Sein" noch das „Werden" befriedigend erklären und noch viel weniger diese beiden Grundbegriffe mit einander in Verbindung bringen und aus einem einheitlichen Grunde heraus aufhellen können, sondern sie statt dessen stets bloß mit Worten umschrieben, die gar keine wirkliche Erklärung enthielten. Diese Aufgabe mußte sie aber in den Jahrtausenden ihres Bestehens als menschliche Wissenschaft lösen können, oder dann bekennen, daß sie über diese Urbegriffe ein weiteres Licht zu verbreiten nicht im stande sei, sondern hier auf den Endpunkt ihres Ver-

---

[1] Wir glauben, daß sehr wenige Leute aus den Dialogen Platos, aus der Ethik Spinozas, der Phänomenologie des Geistes Hegels, oder aus der „Welt als Wille und Vorstellung" Schopenhauers eine erhöhte Klarheit ihrer eigenen Gedanken davongetragen haben. Die Philosophie aller Zeiten antwortet vielmehr eigentlich dem sie Fragenden gar nicht auf das, was er von ihr erfahren will, sondern überschüttet ihn statt dessen mit einer Fülle von Definitionen, von denen er die größere Hälfte nicht versteht und die kleinere zu nichts Rechtem brauchen kann.

mögens stoße, an welchem ein dem menschlichen Wissen überhaupt unzugänglicher Urgrund alles Seins und Werdens angenommen werden müsse.

Statt dieser Erklärung finden wir vielmehr stets an der Spitze der philosophischen Gedankenreihen irgend eine bloße Annahme, die nicht bewiesen ist und nicht bewiesen werden kann; entweder eine „belebte Substanz", sei es eine und unveränderliche, oder eine unendliche Masse von kleinen Bestandteilen (Atomen) bildend — Dinge, die so unfaßbar als nur möglich und vor allem gar keine Antwort auf die Frage sind, indem man eben wissen möchte, woher dieser Stoff, sei er groß oder klein, komme, und wie ein Stoff belebt sein und Leben erzeugen könne. Den Sprung vollends von einer bloßen Bewegung der Atome zu einer Empfindung, einem Gedanken und einem Willen hat noch niemand begreiflich zu machen auch nur entfernt versucht. Da fehlt jede Verbindung und steht statt dessen in den Schriften der berühmtesten Forscher ein melancholisches „ignoramus, ignorabimus."[1] — Oder wir erfahren, mit vielen und großen Worten zwar, schon seit alter Zeit, daß ein, wenigstens gedachter und denkmöglicher Gegensatz zwischen Sein nnd Nichtsein bestehe; wir möchten aber statt dessen lieber wissen, wie das Sein, das uns allein bekümmern kann, die Welt, wie sie vor unsern Augen liegt, entstanden ist, wenn sie nicht etwa ein bloßer Schein, ein Trugbild unseres eigenen Denkens ist, etwas, das bloß in unserer Einbildung existiert, zu welchem verzweifelten Ausweg in der Tat auch schon

---

[1] Vgl. Dubois-Reymond: „Die sieben Welträtsel."

gegriffen worden ist. Für das „Nichtsein" haben wir gar kein vernünftiges Interesse; es ist dies bloß ein nicht einmal recht faßlicher Gedanke, der Begriff eines Gegensatzes, den man wohl aufstellen, aber nicht weiter begründen, noch viel weniger für das Leben nutzbar gestalten kann.

Gehen wir aber mit anderen Philosophen statt von den Dingen, die wir um uns herum erblicken und deren letzten Grund wir nicht entdecken konnten, von unserem eigenen, unzweifelhaften selbstbewußten Ich aus, dessen wir doch unmittelbar und ohne weitere Philosophie sicher sein zu dürfen glauben, so weiß es eben dieses arme Ich, wenn es nun von diesem Selbstbewußtsein aus einen Schritt in die Welt hinaus versuchen, oder aus sich heraus die Rätsel derselben ergründen will, am allerbesten, wie sehr es selber nach einem besseren, außer ihm liegenden Erklärungsgrunde verlangt.

Oder wenn sich die Philosophie vollends vor der bloßen Naturwissenschaft bis zur Erde verneigt,[1] alles Leben durch „Entwicklung, Evolution, Deszendenz, natürliche Zuchtwahl" u. dgl. erklären und behaupten will, daß sämtliches Bestehende von selbst aus einem Urschleim, wahrscheinlich sogar aus einer einzigen Urzelle entstanden sei, so bleibt doch immer wieder die alte Frage übrig,

---

[1] Jetzt sind wir damit auf dem besten Wege, in die rein heidnische Vorstellung von einzelnen Naturkräften (Dampf, Elektrizität) zu verfallen, die der Sittlichkeit auf die Dauer stets verderblich gewesen ist. Dem Heidentum zerfiel die Welt in solche Erscheinungsgruppen, deren jeder eine Personifikation vorstand, die für die Gebildeten auch nur ein Name war. Ein großer Teil unserer heutigen Gebildeten ist davon kaum noch um Haaresbreite entfernt.

wer denn diese Zelle geschaffen und in sie diese unendliche Lebens- und Entwicklungskraft gelegt habe.

Es ist die Frage des allezeit scharf und praktisch denkenden Napoleon, die er vor hundert Jahren bei dem zauberhaften Anblick des ägyptischen Sternenhimmels an den Gelehrten Monge richtete: „Qui a fait tout cela?", worauf sowohl die abstrakte Philosophie, wie die positive Naturgeschichte noch bis heute niemals geantwortet hat und wahrscheinlich niemals antworten wird.

Eine Erklärung der Welt aus sich heraus und durch sich selber ist unmöglich, indem sie keinen letzten Grund findet. Und die sich selbst vergötternden, oder von andern vergötterten Menschen,[1] die das einstweilige Schlußresultat der heutigen Philosophie sind, finden, wenn sie nur einigermaßen klug sind, eine beständig wirksame Schranke gegen diese Überhebung an dem quälenden Bewußtsein ihrer höchst beschränkten Kraft und Lebensdauer,[2] an dem unabweisbaren Gefühl ihrer eigenen Mangel-

---

[1] Die nächste praktische Folge des naturwissenschaftlichen Atheismus ist Menschenvergötterung und Verlaß auf Menschen, die aber beide bei einigermaßen welterfahrenen Leuten mit tiefem Pessimismus enden. Die Menschen liebt nur dauernd und fest, wer sich nicht auf sie verläßt, sondern eine andere, zuverlässigere Hilfe besitzt. Das Ende aller bloßen Humanitätsbegeisterung ist daher bei klugen Menschen leicht tiefe Menschenverachtung.

[2] Wie groß war der Jubel über die Kochsche Entdeckung; da sah man recht die stete Furcht vor dem Tode, welche die heutigen gebildeten Klassen knechtet, die jenseits des Grabes keine rechte Hoffnung mehr haben.

haftigkeit, das durch Menschenlob nicht beseitigt wird, und an der baren Unmöglichkeit, sich selbst aus dem eigenen Lebensinhalte heraus zu verstehen.

Diese letzte, gewöhnlich **pantheistische** Form der philosophischen Lebensauffassung, die seit Spinoza die philosophischen und seit Hegel, Schopenhauer und Goethe die gebildeten Kreise überhaupt beherrscht, soweit dieselben mit abstrakter Philosophie sich noch befassen,[1] ist sogar die moralisch verderblichste von allen. Sie „verflüchtigt die ethische Kraft", den Willen, das Gute zu verwirklichen und

---

[1] Das ist im ganzen jetzt viel weniger der Fall als im ersten Drittel des vorigen Jahrhunderts. Das einzige philosophische Buch, das noch immer einen **großen** Eindruck zurückläßt, ist die „Kritik der reinen Vernunft" von Kant. Damit hat eigentlich die abstrakte Philosophie abgeschlossen für immer. Die philosophischen Werke werden von verhältnismäßig **sehr** wenigen Gebildeten (abgesehen von denen, die sich berufsgemäß damit befassen müssen) **selbst gelesen**; die weitaus größere Zahl begnügt sich mit einer philosophischen Literaturgeschichte, „damit man doch auch nötigenfalls darüber mitsprechen könne", geht ihnen aber sonst respektvoll aus dem Wege. Man darf es heute in den meisten Fällen geradezu darauf ankommen lassen, daß sie selbst die **moderne** Philosophie, Descartes, Spinoza, Kant, Hegel, auch Schopenhauers Hauptwerk, nicht aus eigenen Studien kennen, so wenig als die Bibel; sie reden über beides nur nach Urteilen dritter. Im ganzen ist es nun zwar ein Zeichen von dem praktischen Menschenverstand unserer Epoche, daß die Welt jetzt bloße Tiftelelen von Stubengelehrten, die mitunter nicht einmal die Welt, mit der sie selber lebten, ordentlich kannten, sondern sich sorgfältigst von der Berührung mit derselben abschlossen, nicht mehr allzu hoch taxiert, sondern als Denkübungen ansieht, die auf die Gestaltung der Lebensverhältnisse großer Massen keinen wesentlichen Einfluß haben, sondern nur zu Schulzwecken

das Böse zu bekämpfen.[1] Früher oder später folgt ihr dann in irgend einer Form ein roher, aber kräftiger Aberglaube, dem wir in Hypnotismus und Spiritismus und einigen ausschreitenden Kirchlichkeiten bereits sichtbar wieder entgegengehen, und womit die Reihenfolge der philosophischen Spekulation von neuem beginnt, um nach einigen Jahrhunderten wieder an dem ganz gleichen Punkte zu enden. Die letzte Form der Wahrheit wird daher überhaupt wahrscheinlich nicht die abstrakt-philosophische oder theologische Spekulation einzelner Menschen sein, die stets trügerisch und unbefriedigend bleibt, sondern die **historische Erfahrung**, wie sie sich in den Schicksalen ganzer Völker klar und deutlich ausgeprägt hat. Und in dieser Form ist in der Tat eine bessere Philosophie als die abstrakte, neben ihr schon längst vorhanden gewesen.

\*

Die Philosophie, die den Urgrund aller Dinge nicht spekulierend aus ihnen selbst erklären will, ist die israelitische und nunmehr die christliche, welche ihn statt dessen, geleitet von Lebenserfahrungen, in ein wirklich lebendiges Geisteswesen hineinverlegt, welcher der Schöpfer und

---

nämlich zur Schärfung des Verstandes an abstrakten Begriffen, brauchbar sind. Dagegen ist doch nicht zu verkennen, daß einige Beschäftigung mit Philosophie zur Bildung gehört, und daß es im praktischen Leben stehenden und dabei wenig religiös angelegten Personen ohne eine solche äußerst schwer wird, nicht allmählich alle weiteren Gesichtspunkte ganz zu verlieren.

[1] Wie sollte sie es bekämpfen, da alles, was ist und geschieht, nach dieser Philosophie Gott ist?

Erhalter sowohl der Welt im ganzen, als jedes einzelnen Menschen ist. Eine **philosophische** Erklärung allerdings ist das nach der herrschenden Auffassung nicht, sonst müßte eben auch dieser Grund **erklärt** werden können. Die **Wissenschaft**, die speziell eine „Gotteswissenschaft" zu heißen sich erkühnte, scheitert in der Tat an der Unmöglichkeit, Gott zu beweisen, gerade so gut, wie die Philosophie an dem Versuch, die Welt oder den Menschen aus sich zu erklären. Das, was man Ontologie, oder Beweise von dem Dasein Gottes überhaupt nennt, ist wirklich **sehr schwach** und überzeugt niemand, der es nicht gerne sein will. Es ist von vornherein sehr viel natürlicher, zu sagen: die Unerklärlichkeit gehört zum **Wesen Gottes**, der sonst nicht Gott wäre, und der Mensch, der ihn erklären könnte, nicht Mensch. (II. Mos. XXXIII, 20. Ev. Joh. I, 18.) Nicht Gott zu schauen,[1] sondern das Irdische und Menschliche in richtiger Weise, gewissermaßen mit den Augen Gottes, zu sehen und zu verstehen, ist offenbar unser Lebensziel. Es ist daher auch längst der Zweifel geäußert worden, ob es

---

[1] **Zur Gottesschau auf Erden** und **zur wirklichen Erkenntnis** des Zusammenhangs aller Dinge gibt es nur einen **einzigen** Weg, den aber lange nicht alle Philosophen gegangen sind, den im Evang. Matth. V, 8 angegebenen. Den versuche, wenn du **durchaus mehr als** eine bloße Kunde von Gott haben willst. **Damit und damit allein**, ohne Ausnahme, kann das göttliche Wesen der menschlichen Seele, die ihm dann einigermaßen **ähnlich** wird, so **nahe treten**, daß aller Zweifel aufhört. Denn Gleiches wird nur von Gleichem erfaßt. Wenn ein Philosoph sagt, er könne in seinem Erkenntnisvermögen **keinerlei Spur** von Gott finden, so spricht er sich sein Urteil.

überhaupt eine wissenschaftliche Theologie im Wortsinne geben könne. Christus z. B. ist nicht der Ansicht, daß es eine solche gebe (vgl. Ev. Matth. XI, 27. Ev. Joh. III. Ev. Luk. X, 22), und die theologischen Spekulationen datieren auch wirklich nicht eigentlich auf ihn zurück, sondern auf Paulus, der viel zu viel spezifisch jüdischen Scharfsinn und im Judentum bereits ausgebildeten Dogmatismus an eine Begründung des Christentums verwandte, bei der es ihm offenbar mitunter um die Überredung seiner etwas stark theologisch veranlagten Volksgenossen zu tun war.

Gott als Urgrund alles Seins und Werdens kann und soll nicht erklärt oder bewiesen, sondern zuerst geglaubt und sodann persönlich erfahren werden.[1] Das ist der Satz, der somit wieder deutlich ausgesprochen werden muß; allerdings ist er damit auch der Stein des Anstoßes und Ärgernisses, an welchem viele umkehren, die eine bessere, wissenschaftliche Erklärung aller Dinge suchen. Es ist ihnen nicht zu helfen, noch weiter entgegenzukommen.[2] Die entschlossenen Atheisten müssen wir philo-

[1] So du glauben würdest, sagt Christus, würdest du die Herrlichkeit Gottes sehen. „Gottesfurcht" ist kein bloßes Gefühl, sondern ein geistiges Wissen und sittliches Können, das allerdings klein anfängt. Hat man dagegen den Entschluß der Abwendung von Gott vollzogen, so ruht, wie ein tiefer Forscher sagt, die nicht schweigende Selbstanklage nicht, bis man, um sich vor sich selber zu rechtfertigen, diesen Abfall sophistisch in Fortschritt übersetzt und die Treue als einen überwundenen Standpunkt auch zu verachten sich bemüht. (Vgl. Hirsch, Pentateuch, zum Leviticus, S. 698.)

[2] Wir können sie höchstens noch etwa fragen: Kannst du dir die Welt als endlich vorstellen, aufhörend, räumlich und zeitlich?

sophisch aufgeben;[1] das ist eine Forderung, die nicht nur auf dem philosophisch=religiösen, sondern auch auf dem praktisch=politischen Boden in Bälde noch viel mehr als bisher in den Hintergrund treten wird. Hier und hier allein liegt die unübersteigliche Scheidewand, die die Men= schen der gleichen Nation, des gleichen Bildungsgrades, der gleichen Zeit, oft selbst der gleichen Familie in ihren Grundanschauungen trennt. Alle andern Differenzen sind ausgleichbar und werden ihre Ausgleichung noch finden.[2]

Nein, wird die Antwort sein. — Oder kannst du sie dir als un= endlich in Raum und Zeit vorstellen? Ebenfalls nein. — Kannst du aber den Prozeß des Lebens erklären, seinen Uranfang und sein Aufhören? Ebenfalls nein. — Kannst du das Denken selber erklären? Alles nein.

Nun denn, wenn du diese allernächsten und wesentlichsten Dinge nicht weißt und nicht wissen kannst, so wirst du sehr gleichgültig werden müssen, oder das Glauben doch nicht gänzlich entbehren können.

[1] Aufgeben im gewöhnlichen Sinne keineswegs, wie es heute viele Christen tun. (II. Thess. III, 15.) Es gibt, seitdem die Glaubens= bekenntnisse frei geworden sind, offene Atheisten, die dennoch edle und denkende Menschen sind und sich viele Mühe zum Guten geben, auf die vielleicht sogar das weitherzige Wort des Evangeliums Matth. XXI, 28—31 anwendbar ist. Der Atheismus ist etwas so Natürliches, daß niemand, der denkt, zu allen Zeiten seines Lebens davon ganz frei gewesen ist, und selbst die frömmsten Leute sind oft genug noch praktische Atheisten, d. h. sie handeln so, als ob kein Gott wäre. Glückliche Atheisten aber gibt es nicht; zum vollkommenen innern Frieden und der Furchtlosigkeit vor allen Übeln des Lebens gelangen sie niemals. (Jes. XLVIII, 22; LVII, 20.) Diesen Unterschied kann jeder an allen ihm zugäng= lichen Beispielen selbst beobachten.

[2] Gewöhnlich handelt der Mensch nicht nur nach seinen Prin= zipien, sonst wäre die praktische Differenz viel größer, als sie ist.

Diese Differenz bleibt bestehen, weil sie in der Natur der menschlichen Willensfreiheit liegt. Das Wort des Tertullian, daß „die menschliche Seele von Natur eine Christin sei", ist, wenn es wörtlich genommen wird, ganz falsch; jedes bedeutende Leben ist ein Gegenbeweis. Sie ist nur dazu berufen und in der Lage, es durch eigene Lebenserfahrung zu werden, was er auch wahrscheinlich damit meinte; von Natur ist sie indifferent und keineswegs dem Atheismus abgeneigt. Könnte man Gott auch nicht erfahren, so wenig als wissen, so wäre umgekehrt der Glaube in der Tat eine Art von Überspanntheit des Nervensystems, und es würde der römische Prokurator gegen Paulus recht behalten;[1] ebenso seine sehr zahlreichen Nachfolger aller Perioden, die sich durch Vernunft und Gewissen für verpflichtet hielten, gegen das Unbegreifliche sich zu wehren.[2] Gott verlangt aber gar nicht einen Glauben von den Menschen anders als auf Grund von eigener Erfahrung,[3] sondern er bezeugt sich

---

[1] Ap.-Gesch. XXVI, 24. Auch die hätten ganz recht, welche heute sagen, daß das Beten eine Folge von Wahnsinn sei, wenn der Erfolg nicht erfahrbar wäre.

[2] Marc Aurel, ihr Vormann, hat in seinem Tagebuche das an sich schöne Wort, auf das sie sich oft berufen: „Stets entschieden gilt es zu sein und das Rechte im Auge zu haben bei jeglichem Streben, in dem Gedankenleben aber sei das Begreifliche dein Leitstern." (Meditationen IV, 22.) Oder: „Laß dich das Zukünftige nicht anfechten. Du wirst, wenn es nötig ist, schon hinkommen, getragen von derselben Geisteskraft, die dich das Gegenwärtige beherrschen läßt." (Med. VII, 6.)

[3] Vgl. geradezu unzählige Worte der heiligen Schrift, z. B.: V Mos. IV, 1—4; V, 29. Hiob XXII, 22—30. Psalm LXXXI, 14;

ihnen in der eigenen und in der gesamten Geschichte ihres
Geschlechtes auf das reichlichste, so daß sie die Schuld
ihres Nichtglaubens selber tragen müssen, die eine wirk=
liche Schuld ist, gewöhnlich sogar weit mehr, als irgend
jemand außer ihnen selber, es wissen kann.¹

Diesen einen Schritt, den Entschluß zu prüfen und
der Erfahrung eventuell zu gehorchen, welcher ein Willens=
akt des Menschen ist, von dem ihn niemand dispensieren
und den ihm auch niemand durch mehrere Überzeugungs=
momente, als sie in seiner eigenen Lebenserfahrung liegen,
erleichtern kann, verlangt schon die israelitische Prophetie
unter dem ganz richtigen Ausdrucke einer „Wendung",
verspricht dann aber sofort nach derselben die volle innere
Befriedigung und Überzeugung, die nun von selbst ein=
treten werde.² Und viele Tausende, die seither diese Wendung

---

XXXVII, 25; XXXII, 10; XXV, 3. Joel III, 5. Jerem. VI, 16;
XXXII, 41; X, 6. Jesaias LXV, 13; XXXI, 5; XLIX, 15.
Mal. III, 9—18. Es gibt wohl Menschen, die, sei es zufolge ihrer
geistigen Anlage, oder ihrer Erziehung schwerer als andere zu
dem Glauben an Gott kommen; aber wenn sie gar nicht dazu
kommen, so ist immer ein Haken dabei; sie wollen von irgend
etwas in ihrer Lebensweise nicht lassen, oder die Probe überhaupt
nicht ehrlich machen.

¹ Hiob XXXIII, 29. 30 sagt wohl mit Recht, diese genügende
innere Erfahrung gebe Gott jedem Menschen, sogar zwei und
drei Male in seinem Leben.

² Jesaias XLV, 22; LV, 1—3. Die Erfahrung beweist dann
nachträglich die Hypothese, was bei der Philosophie nicht der Fall
ist. Es genügt, daß der Mensch mit dem Antlitz Gott zu und
nicht von ihm ab sich wende; es ist sein großes Gut der Willens=
freiheit, daß er das letztere auch tun kann und selbst von dem

vollzogen, haben diese Wirkung auch bestätigt,[1] während bisher kein Beispiel bekannt ist, daß jemand, der sich aufrichtig an Gott übergeben hätte, von ihm dauernd im Dunkel gelassen, oder überhaupt verlassen worden wäre. Darin, in diesem freien Entschluß, liegt auch die „Gerechtigkeit" des Menschen, durch die allein er nach dem Ausspruche des nämlichen Propheten befreit werden kann. Jesaias I, 27; XLIX, 9. 24. Vgl. auch Röm. X, 4. Jak. IV, 8. Er muß auch etwas dazu tun, hat dann aber auch einen Anspruch, der ihm nirgends in der Bibel auf eine bloße Gnade, die dann eintreten wird oder auch nicht,

---

allmächtigen Gott nicht als ein Sklave gezwungen werden will. Diese Zuwendung und Abwendung hat übrigens, wie jeder Menschenkenner weiß, mehr andere als bloße Verstandesgründe; der einfältigste Mensch fühlt wohl, daß er sich mit der Zuwendung der Freiheit zu manchem begibt, was er nicht oder noch nicht lassen will. Heine sagt zwar in seinem „Buch der Lieder" auf unsere Frage, die daselbst aufgeworfen wird, am Schluß: „Ein Narr wartet auf Antwort." Das ist aber die Rede derer, die eine Antwort nicht um jeden Preis wollen. Den Aufrichtigen läßt es Gott gelingen.

[1] Eine katholische Heilige aus dem Anfang des siebzehnten Jahrhunderts drückt dies wie folgt, etwas pathetisch zwar, aber nicht unrichtig aus: „Il faut commencer par une forte et constante résolution de se donner tout à Dieu et lui protester d'une manière tendre, affectueuse et du fond du cœur, que désormais on veut être à lui sans réserve et renouveler souvent cette résolution. Ce qui se passe depuis en moi est si élevé au-dessus de ce qui était auparavant, qu'il est impossible de le donner à comprendre. La paix est si profonde et la joie si accomplie, qu'il est avis à l'âme, qu'elle est déjà entrée dans la paix et dans la joie de Dieu et comme transformée en Dieu."

reduziert, sondern positiv zugesagt wird. Jes. XXVIII, 16; XXX, 19; XXXI, 5; XL, 31; XLIII, 1; XLIX, 15; LXV, 24.¹

Deshalb vergleicht das Alte Testament dieses Verhältnis auch stets mit einem Bündnis, worin gegenseitige Rechte bestehen. Es hat auch kaum Not, daß ein Mensch, der es seinerseits aufrichtig zu halten gewillt ist, etwa zu übermütig auf sein Recht poche; er weiß vielmehr recht gut, daß er immer weit unter seinem Teil der Leistung sich befindet, wenn sie auch bloß aus ungeteiltem und unerschütterlichem Vertrauen auf den Verbündeten besteht,² und daß er daher stets noch dessen reine Gnade bedürfen wird. Die lutherische Betonung dieser Gnade, die noch über den Urtext hinausgeht (Röm. III, 28), lähmt mitunter sogar ein wenig die beständige Energie der Wendung und der willensfreien Behauptung dieses Bodens, die seitens des Menschen zu seiner vollkommenen Erlösung vom Bösen auch notwendig ist.³

¹ Die plastische Geschichte einer solchen „Erlösung durch Recht" ist das Buch Hiob.

² Hebr. XI.

³ Er muß doch wenigstens immer wieder kräftig umkehren wollen, wenn er falschen Göttern nachgehangen hat, und wird dann auch immer wieder Aufnahme finden. Jer. XXIX, 13. Jes. I, 18; XL, 31; XLIII, 25; LI, 22. Ezech. XVI, 63; XVIII. 23. 31. Hosea XIV, 4—6. Ev. Matth. IX, 13. Ev. Joh. VI, 37. Darum sagt auch der Apostel Paulus, daß bei denen, in welchen die Predigt von Christo kräftig geworden sei (das ist aber etwas anderes, als das bloße passive Anhören), kein Mangel mehr an irgend einer zum Leben notwendigen Gabe bestehe. I. Kor. I, 7. 8. Umgekehrt hilft oft alles bei einzelnen ursprünglich gut beanlagten

Von diesem Punkte ab wird die Welt, wie das Einzel=
leben, hell und verständlich.[1] Ein freier Wille, der sie
schafft und regiert und seinerseits an keine sogenannten
„Naturgesetze" gebunden sein kann, welcher aber ein „Gott
der Ordnung" ist, der, als Regel, nicht willkürlich regieren
will. Ein freier menschlicher Wille ihm gegenüber, der sich
ihm ergeben kann, oder auch nicht, dem die volle Freiheit
gelassen ist, auch das Böse, d. h. das Gottwidrige, zu
tun auf seine Verantwortung hin, aber nicht die Macht,
Gottes Ordnungen zu zerstören, die vielmehr alles Böse
zum Guten wenden, nur nicht für den, der es vorsätzlich
und ohne Reue verübt. Das menschliche Leben in seiner
richtigen Ausgestaltung, ein den ewigen, unabänderlichen
Gottesgesetzen zugewandter freier Gehorsam und dadurch

---

und wohl erzogenen Menschen nichts. Jer. VI, 29. Auch das lassen
wir gelten, daß der Mensch nicht von selbst zu der für ihn ent=
scheidenden Wendung kommt, sondern irgend einen kräftigen An=
stoß, einen Ruf von Gott erfahren muß; aber er muß ihn doch
hören und befolgen. Alles dies sagt die Theologie auch, aber
mit sehr viel unserer Generation ganz unverständlich gewordenen
dogmatischen Worten, statt es einfacher psychologisch zu begründen.

[1] Allerdings die Welt verständlicher als das Einzelleben, das,
um des Wachstümlichen willen, das sein Grundwesen ist, sich der
jeweiligen vollen Kenntnis entzieht. Gott allein kennt den Menschen;
er kennt sich selbst nicht. Die berühmte Forderung der alten Philo=
sophie: „Erkenne dich selbst" ist eine Torheit, wie alle Selbst=
biographien und tagebüchlichen Selbstbetrachtungen. Der Mensch
sieht nie sich selbst, wie er ist, sondern nur seinen Weg vor sich,
und auch diesen nur stufenweise und auf kurze Distanzen, wie bei
einer Bergbesteigung; will er weiter voraussehen, so gerät er in
Irrtümer.

eine Selbsterziehung zu immer höheren geistigen Lebens=
ordnungen, oder ein selbstverschuldeter allmählicher Verfall
der Fähigkeit dazu, eine Selbstverurteilung. Des Lebens
Glück die innere Übereinstimmung mit der göttlichen
Weltordnung und damit das Gefühl der Gottesnähe, das
Unglück die Entfernung von Gott, der beständige innere
Unfriede und die schließliche Fruchtlosigkeit des ganzen
Lebenslaufes. Und wenn dann immer noch etwas in uns
bleibt, das zuweilen den Einwand erhebt, es sei vielleicht
doch alles nicht sinnlich Wahrnehmbare bloße „Metaphysik",
d. h. für den Menschen und seine Lebenszwecke Einbildung,
so muß man das ruhig ablehnen, so, wie man auch die
allmählich immer seltener und schwächer werdenden Ver=
suchungen zum Egoismus und zur kleinlichen Denkungs=
art ablehnt. Ein Glaube bleibt diese höhere Welt immer;
aber ein zuversichtlicher und trostreicher Glaube wird sie
allmählich, der mit einem inneren Schauen verwandt ist,
während die niedere, auf der bloßen Sinnentätigkeit auf=
gebaute Welt im besten Falle auch kein vollständiges
Wissen ermöglicht und in jedem Falle kein zuversicht=
liches, der Seele Ruhe verschaffendes, sondern bei allen
edlen und nachdenklichen Menschen ein mit friedlosem
Zweifel unauflöslich verbundenes und verbittertes.

So einfach war auch wirklich die historisch erkennbare
Religion der ursprünglichen Inhaber der besten Gottes=
erkenntnis, bevor sie von den vielen Formsachen über=
wuchert wurde, die anfangs bloß „Zaungesetze" zur leichtern
Verhinderung des Unheils waren, nicht Lebensvorschriften,
nachmals aber dasjenige mechanisch zu erzwingen beab=

sichtigten, was ganz Freiheit, Geist und Leben sein und bleiben sollte.¹

Das ist die historische Erklärung des Christentums, das Werk Christi, das (wie auch jede seitherige Reform) eine Rückkehr zum ursprünglichen Wesen des Gottesglaubens war, zu welcher das jüdische Volk als Ganzes sich nicht entschließen konnte, während es sonst die erste, durch ihren hervorragenden Geist weltbeherrschende Nation geworden wäre. Es ist vielleicht die größte Tragik der Weltgeschichte und zugleich der größte Beweis des freien Willens der Menschen in derselben, daß selbst Christus sein Volk, zu dem er doch ausschließlich gesandt zu sein erklärte,² nicht aus diesen Banden eines allmählich entstandenen Formalismus, zu dem der Mensch immer neigt und der seither nur noch weiter ausgebildet worden ist,³ zu einem

---

[1] Vgl. Jeremias VII, 22. 23; VIII, 8. Jesaias I, 11—18. Psalm L, 7—23. Micha VI, 6—8. Hosea VI, 6. Ev. Joh. IV, 23. 24. Markus VII, 6—13. Das Gesetz war nicht das Erste, sondern die Freiheit.

[2] Matthäus XV, 24; VIII, 11. 12. Auch das Werk Christi war, historisch genommen, ein von der freien Annahme der Menschen abhängiges und infolge dessen ein gebrochenes, wie die Werke Gottes öfter sind; es ging nicht ganz so, wie es gehen sollte und, mit Übereinstimmung der menschlichen Freiheit, gehen konnte. Matthäus XXIII, 37.

[3] Der Lebenslauf eines ganz orthodoxen Israeliten ist infolge dessen jetzt nicht allein durch die schon sehr komplizierten Vorschriften des Gesetzes (der fünf Bücher Mosis) mit einer Masse von äußern Lebensregeln umgeben, die er sich jeden Augenblick im Gedächtnis erhalten muß, um nicht eine schwere Sünde zu begehen, sondern es haben denselben die 36 Traktate des Talmud nebst ihren weiteren

rein geistigen Gottesdienst emporheben konnte. Und daß auch die übrigen Völker, die „wilden Zweige, die in diesen ursprünglichen, zahmen Ölbaum eingepfropft sind",[1] fast dem nämlichen Formalismus in etwas anderer Art verfallen mußten, von dem sie nun immer wieder in jeder einzelnen Seele, die nur auf diesem historischen Boden zur Kenntnis der Philosophie Christi[2] gelangt, einen Prozeß der Befreiung durchmachen müssen.

---

Exegesen und Erläuterungen noch eine Fülle von Auslegungen beigefügt, die zur Zeit Christi noch nicht vorhanden waren.

[1] Röm. XI, 17. Der alte Stamm bleibt deshalb aber immer doch der Stamm, unverloren, bis die Zeit seiner Befreiung vorhanden ist (III. Mos. XXVI, 44 und Ev. Matth. XXI, 42—44), und darf daher nicht ungestraft verachtet, oder verfolgt werden. Wir andern sind eigentlich doch alles Leute, die nicht geladen waren, sondern nachmals auf allen Heerstraßen gefunden worden sind. Ev. Matth. XXII, 7—9.

[2] Hier erst beginnt für sehr viele Menschen unserer Tage der offene Widerspruch. Sie wollen wohl etwa noch an eine sittliche Weltordnung glauben, deren logische Notwendigkeit ihnen doch annähernd klar ist, aber sie kommen nicht über das Verhältnis dieser Person zu derselben heraus; das ist der „Stein des Anstoßes" noch heutzutage, wie damals, wo die Juden die Lehre allein, ohne die Person, auch angenommen hätten. Ev. Matth. XIII, 54. Ev. Joh. X, 33. Das Wort Christi, das er selbst seinerzeit zu seiner Legitimation gegenüber den Jüngern des Johannes aussprach, ist noch heute die Legitimation für seine Person und sein Werk. Ev. Matth. XI, 4—6. Im übrigen sind die Spekulationen über die Natur Christi, die in der Kirche mehr Zank als Glück herbeigeführt haben, und in denen noch heute bei manchen das ganze Christentum aufgeht, gar nicht die Hauptsache (wofür man sich auch wieder auf seine eigenen Worte berufen darf), sondern etwas, was zwar nicht

Es ist dagegen auch ein Beweis von der unerschütter=
lichen Wahrheit und ungeheuren Lebenskraft des Christen=
tums, nicht sowohl, daß es seine direkten Gegner immer
siegreich überwunden hat — das ist das Geringere und
versteht sich bei einer jeden wirklichen Wahrheit ganz von
selber[1] —, sondern daß es immer wieder mit seiner goldenen
Klarheit und herzerquickenden Kraft[2] durch den dichten

bei allen Menschen gleich zuerst, wohl aber später sich ganz von
selber erledigt, wenn einmal erst die menschliche Seele, aus eigener
guter Erfahrung seinen Worten Glauben zu schenken gelernt hat.
Ev. Matth. XI, 25—27. 28; XII, 32; XVI, 17. Ev. Lukas X, 22;
XI, 27. 28; XII, 10. Ev. Joh. V, 24; VI, 29. 37; VII, 15. 16;
VIII, 47; IX, 25. 39; XVIII, 37.

[1] Vgl. Psalm II und XXXVII und Ev. Matth. XXI, 42—44.
Dafür braucht man nicht ängstlich zu sorgen; wer es tut, glaubt
nicht recht an die Wahrheit.

[2] Das wirkt wie Alpenluft in der durch Unglück gebeugten,
oder von dem Geschwätz des Tages und der Last des materiellen
Denkens in den dumpfigen Ebenen des Alltagsdaseins ermüdeten
Seele. Man muß sich nur die Mühe geben, selbst und ohne irgend
einen „Bädeker", sondern nur mit dem Evangelium in der Hand
und offenem Auge und Herzen dafür auf diese Höhen zu steigen,
statt davon bloß dann und wann andere etwas predigen zu hören.
Diese großartig friedvolle Stimmung, die allein diesen Worten
innewohnt und die sie jedem mitteilen, welcher sie mit Aufmerk=
samkeit liest, ist in der altsächsischen Evangelienharmonie Heliand
vielleicht am vollkommensten beschrieben (Eingang der Bergpredigt,
Vers 1286): „da saß des Landes Hirte angesichts der Männer
Er saß da und schwieg und sah sie lange an und war ihnen hold
im Herzen, der heilige König, milde in seinem Gemüte. Seinen
Mund erschloß dann des Waltenden Sohn, mit Worten lehrend
viel herrlicher Dinge." Hätten wir diese Botschaft direkt aus israe=
litischem Geiste in deutsches Gemüt empfangen können, statt durch

Nebel von allmählich sich ansammelnden menschlichen Lehr=
meinungen, überflüssigen Erklärungen, ungesunden Ver=
mutungen und die darauf basierte Menschenknechtschaft
jeder Art hindurchbricht,¹ als die Lehre der politischen
Freiheit, ohne die keine wahre und dauernde menschliche
Gemeinschaft besteht, als die wahre Philosophie, die allein
alle Fragen des menschlichen Daseins wirklich löst, und
als der stets bereite Trost jedes einzelnen Herzens, dem
kein noch so großes menschliches Unglück irgend einer Art
auch nur entfernt gewachsen ist.²

Da liegt also „der Weg, die Wahrheit und das
Leben",³ die reale, geschichtlich begründete Philosophie,
die nicht bloß auf Hirngespinst beruht, und er wäre wohl
leichter, beiläufig gesagt, wenn es nicht zu viele Reiseführer
und Begleiter gäbe; die einzelne Seele würde ihn oft besser
finden ohne die allzu komplizierten „Anleitungen",⁴ die
sie von Jugend auf dazu erhält und die oft etwas eher
Abschreckendes haben. Er führt zu allernächst zur inneren

das spitzfindige Literatenvolk der Griechen hindurch, sie hätte noch
tiefere Wurzel bei uns gefaßt.

[1] Selbstsucht und Hingebung an das Göttliche sind die zwei
stets sich gleichbleibenden Prinzipien jedes menschlichen Lebens.
Die Selbstsucht kann aber auch ganz gut neben einer sehr eifrigen
Kirchlichkeit bestehen, die dann oft in völlige Blasiertheit aus=
läuft. Das Gesetz Gottes, das nur im Gedächtnis vorhanden
ist, hat gar keine Kraft und erscheint bloß als eine unerträgliche
Last, während es, innerlich erfaßt, sich als ein köstliches Präservativ
gegen alles Schädliche erweist und allmählich sehr leicht wird.

[2] Ev. Lukas XI, 31. 36. Ev. Matth. VI, 33; XI, 29.

[3] Ev. Joh. III, 36; VI, 68; XIV, 6.

[4] Ev. Lukas XVIII, 17; XI, 46; XX, 46.

Sicherheit,[1] die den Mut zur eigenen weiteren Forschung gibt und die große Zuversicht, daß das Leben jedenfalls nicht umsonst gelebt sein werde; sodann zur geistigen[2] und oft genug dadurch auch zur körperlichen Gesundheit, die von der geistigen mehr abhängt, als umgekehrt, wie die heutige Medizin es noch annimmt,[3] welche mit bloß materiellen Mitteln ihrer Aufgabe, den Menschen gesund zu machen und zu erhalten, nimmermehr gerecht werden kann.

Er führt auch zur sozialen Gesundheit; nicht durch die beständige Agitation der Massen für irgend einen Zweck,[4] sondern durch Gesundwerden der einzelnen, aus denen die Masse besteht, woher allein die wirkliche

---

[1] Sprüche XIV, 26. Jesaias XL, 31.

[2] Die vielen Liebhabereien unserer Zeit, Sammlungen, Agitationen und Sport jeder Art, sind immer ein Beweis eines mit den eigentlichen Aufgaben des Lebens nicht beschäftigten und daher mit sich selbst uneinigen Gemüts. Jeremias II, 13.

[3] Das ist wenigstens die Anschauung des Christentums von der Verbindung zwischen Geist und Körper, daß der erstere von dem letzteren durchaus nicht unbedingt abhängig sei, sondern im Gegenteil auf denselben einen sehr energischen Einfluß ausübe. Vgl. Ev. Markus IX, 23. 29. Ev. Lukas VI, 19. Ap.=Gesch. XXVIII, 6. Daher sagt auch ein bekanntes altes Kirchenlied:

"Keine größ're Freud' kann sein,
Davon grünen die Gebein,
Als des Geistes Fröhlichkeit;
Die mehr' uns Herre Gott allezeit."

Das wird wohl allmählich wieder etwas mehr auch in der Wissenschaft zu Ehren kommen, sobald die rein materialistische Übergangsperiode mit einem starken Defizit abgeschlossen hat.

[4] Der gerade durch die Agitation mit Sicherheit alteriert und oft genug gänzlich verdorben wird. Ev. Lukas XVII, 20. 21.

„Sanierung" des Ganzen kommt, die sonst in den meisten Fällen auch nur eine täuschende Hoffnung ist.

Und er bezeugt sich fortwährend selbst ganz unbestreitbar, durch innere Befriedigung, jedem, der die Wahrheit will und aufrichtig um jeden Preis sucht.[1]

Nur bei dieser Auffassung der Welt ist ferner Gerechtigkeit und Friede im großen überhaupt möglich.[2] Ohne sie wäre in der Tat ein beständiger erbitterter Kampf ums Dasein und eine natürliche Geltendmachung des nationalen Egoismus notwendig, bei der immer nur die Stärksten siegen und eine Zeitlang gewalttätig herrschen können; eine Hölle für die Armen und Schwachen kein Himmel für die Starken, die auch in beständiger Furcht vor der Abnahme ihrer Kräfte leben müssen, in welchem Falle sie sofort, nach Art der Wölfe, von ihren Zunächststehenden beseitigt werden.[3]

Daß dem aber nicht also ist, das zeigt Gott deutlich auf jeder neuen Seite seiner Weltgeschichte, und man kann es auch im täglichen Leben beobachten, wie alles Schlechte

---

[1] Vgl. Ev. Joh. I, 12; IV, 14; VI, 35. 37; VII, 17; VIII, 12; IX, 25. 39. Es wollen sie aber lange nicht alle, die scheinbar eifrig darnach streben. Ev. Joh. III, 19. Ev. Lukas XVI, 14. 15.

[2] Das ist das fünfte Weltreich, das alle andern überwindet, in dem die Menschen friedlich neben einander leben können (Daniel IV Jesais II und IV); sonst ist jeder „ewige Friede" eine Illusion.

[3] Ob der Stärkste ein einzelner Tyrann, wie die römischen Kaiser und Napoleon I., ist, oder eine Gesellschaft von Tyrannen, wie sie der Sozialismus notwendig an die Spitze stellen wird, ist sehr gleichgültig; übrigens endet jede Kollektiv-Gewaltherrschaft notwendig in Einzelherrschaft.

zuletzt doch seinen Meister in seiner eigenen Mitte findet und immer wieder „die Sanftmütigen das Erdreich besitzen" und im Segen stehen.[1] Daß in der Menschheit doch ein beständiger Fortschritt zum Bessern vor sich geht, das ist überhaupt der stärkste Beweis für das Dasein eines Gottes, ohne das sie in der Tat nur durch einen intelligenten Despotismus in der Weise der besseren römischen Cäsaren zu regieren wäre, aber einer fortschreitenden **Verschlechterung** durch denselben notwendig anheimfallen müßte.

Ein historisch gebildeter Freund der **Freiheit** ohne Gottesglauben ist daher eine etwas unlogische Erscheinung. Nur mit diesem kann er fest an einen Fortschritt der Menschheit auf **freiheitlichem** Wege glauben und jedem beginnenden Tage freudig ins Auge sehen; sonst ist Furcht vor den Massen und infolge dessen Ergebung an irgend eine menschliche Regierungsmacht[2] in Kirche oder Staat sein wahrscheinlicher Lebensausgang.

[1] Matthäus V, 5. Hosea XIV, 10. Psalm XXXVII, 11.

[2] Das ist daher gegenwärtig neuerdings in hohem Grade der Fall, wie zu Anfang des vorigen Jahrhunderts. Geistvolle Atheisten sind meistens Anhänger einer absoluten Staatsgewalt. Beispiele sind Hobbes, Hegel, Schopenhauer, Goethe. Sehr viele heutige Bismarckfreunde und Sozialistenfürchter sind es ebenfalls nur aus innerem Atheismus. Würden sie mit einem naiven alten kirchlichen Sänger denken: „Was ist des Satans Reich und Stand? Wenn Gottes Geist erhebt die Hand, fällt alles über'n Haufen", so würden sie viel ruhiger der Zeit, die allerlei Dinge gebiert, deren Ende schon bestimmt ist, ihren Lauf lassen. Die politischen Anschauungen sind überhaupt weit mehr, als man allgemein glaubt, ein Prüfstein für die Aufrichtigkeit und Tiefgründigkeit des religiösen Bekenntnisses.

Eine demokratische Republik vollends mitten unter autokratischen Monarchien wäre, wenn kein Gott bestünde, ein Ding der Unmöglichkeit, heute mehr noch als früher, und es ist ein tiefwahres Wort in seiner schlichten Einfachheit, mit dem die moderne Eidgenossenschaft in Aarau eröffnet worden ist: „Unsere Hilfe steht im Namen des Herrn, der Himmel und Erde gemacht hat."

Ohne die politische Freiheit erhält sich übrigens auch die religiöse nicht lange, sondern geht ebenfalls in Menschenknechtschaft über. „Kirche und Staat" sind ein unlösbarer Widerspruch; kirchlich und bürgerlich freie, sich selbst regierende Gemeinden dagegen ergänzen sich auf das beste und sind die allein ganz passende und sicherlich die Zukunfts=Form des Christentums.

Die Welt muß überhaupt in jeder Richtung durch Freiheit zur Vollendung gelangen, nicht durch Zwang und Gewalt irgend einer Art. Der freiwillige Gehorsam jedes einzelnen und allmählich ganzer Nationen gegenüber der großartigen sittlichen Weltordnung ist der Zweck und das Ziel der Weltgeschichte.

Aber eben auch historisch, durch das Leben, und nicht philosophisch, durch das bloße Denken, vollzieht sich dieser alleinige wahre Fortschritt der Menschheit.

Du hast nun inzwischen, bis das erfolgt, die Wahl vor dir, lieber Leser, unter all den Wegen — zu deiner persönlichen Erkenntnis der Wahrheit und zu deinem persönlichen wahren Wohlergehen, wie zu demjenigen der Gesellschaft, unter die du gestellt bist —, welche man Philosophen oder Religionen nennt und die alle keinen reellen Wert haben, wenn sie nicht dazu anleiten. Beklage dich nicht über dein Geschick und komme dir nicht interessant vor, wenn du den richtigen Weg verfehlst und dann der innern Befriedigung ermangelst. Verachte im Gegenteil gründlich den modernen Pessimismus, der in den allermeisten Fällen auf sittlichen Mängeln, oder moralischer Schwäche überhaupt, beruht und keineswegs etwas Großartiges ist. Wenn du an den hier empfohlenen Weg vielleicht noch nicht recht glauben kannst, so ist mir das sehr begreiflich, denn du hast ihn noch nicht ernstlich versucht und willst dich wahrscheinlich auch noch nicht dazu entschließen, seine Konsequenzen in allen Stücken auf dich zu nehmen.

Leichter ist es schon, bloß gelegentlich ein wenig zu philosophieren und irgend einem derartigen „System" anzugehören, was heutzutage keinerlei schwierige moralische Verpflichtungen nach sich zieht,[1] oder bei voller Gesund-

---

[1] Die moderne Philosophie ist darin in der Regel sehr indulgent und von dem alten Stoizismus weit entfernt; dazu braucht man bloß Schopenhauers kleine Schriften zu lesen, um von den eigentlichen Materialisten gar nicht zu sprechen. Das Erhebende in Schopenhauer, das mitunter selbst von Frauen betont wird, denen doch seine ganze Art widerwärtig sein muß, liegt bloß in dem Abscheu vor Scheinwesen, den er in seinen kleinen Aufsätzen oft sehr gelungen und ohne allen Respekt vor den Götzen seines Tages äußert. So sehr auf Wahrheit angelegt ist eben eine bessere Seite der Menschennatur, daß jeder solche kräftige Protest gegen Schein und Lüge in ihr ein Echo findet und befreiend auf sie

heit das Leben zu genießen, oder auch endlich irgend einer
Kirchengenossenschaft sich oberflächlich und ohne Widerspruch
anzuschließen, wie es heute viele tun, statt selbst über
alle großen Fragen des Lebens reiflich nachzudenken und
darin eine selbständige Überzeugung sich zu verschaffen.
Aber alle, die diesen letzteren Weg mit Ausdauer ge=
gangen sind, sagen, daß sie auf ihm zuletzt Freudigkeit,
Kraft zum Leben und Sterben, die volle Übereinstimmung
mit sich selbst[1] und die richtige Stellung zu der ganzen
Welt gefunden haben, die sie suchten — das, was auch
deine Seele, bewußt oder unbewußt, sucht und ohne das
sie sich mit keinen andern Gütern und Genüssen dieser
Welt befriedigen läßt.

Wie vieles versuchst du nicht, schon bloß um der
äußerlichen Gesundheit, vollends um deines gesamten äußern
und innern Glückes willen? Barfuß laufen und in nassen
Tüchern zu Bette gehen, oder Pilgerfahrten, Gebetswochen
und andere solche leicht auszuhaltende „geistliche Exerzitien"
sind noch das Allerwenigste von gläubiger Einfalt, das du
dir zumuten lässest; es gibt auch keine wirkliche Mühsal,
keine wahre Torheit, keine geistige und körperliche höchste
Anstrengung und keine Marter und Todesgefahr, die nicht
schon Tausende um des Heiles ihrer Seele willen über
sich genommen haben. Der Weg dazu liegt näher und ist

---

wirkt. Die Menschen müssen sich mit ihrem eigenen Mund ver=
urteilen, durch das, was sie selbst als ihren Lebenszweck
proklamieren; sie können nicht anders; vollkommene, erfolgreiche
Heuchelei, die auf alle Zeit täuscht, gibt es sehr wenig auf der Welt.

[1] Jesaias XL, 31. Jeremias XVII, 5 8.

viel einfacher. Höre zum Schluß, was ein gelehrter Mann aus der Reformationszeit dir darüber sagt, der ihn selbst nicht ganz zu Ende gegangen ist, zum rechten Zeichen und Denkmal dafür, daß es nicht am Wissen des Weges, sondern am Gehen desselben liegt. (Christus spricht:)

„Wie seid ihr Menschen so betört,
Daß ihr nicht glaubet Gottes Wort!
Mein Zusag ich gar treulich halt
Und hab des Macht und vollen Gwalt.
Wie seid ihr denn so törecht Leut,
Die mir mißtrauen allezeit?

G'neigt bin ich mit Erbärmd zu dir;
Warum fliehst du denn nit zu mir
Als einer sich'ren freien Statt,
Da jede Schuld Vergebung hat?

Darum, o Mensch, vergißt du mich,
Und führt zum Tod dein Blindheit dich,
Gib mir kein Schuld, klag' mich nit an,
Du hast's dir selbst mutwillig tan."

# Glück, Zweiter Teil.

(Gedruckt bis 45. Tausend.)

Geheftet 3 Mk., gebunden 4 Mk.,
in Liebhaberband 5 Mk. 50.

### Inhalt:

1. Schuld und Sorge.
2. „Tröstet mein Volk."
3. Über Menschenkenntnis.
4. Was ist Bildung?
5. Vornehme Seelen.
6. Transzendentale Hoffnung.
7. Die Prolegomena des Christentums.
8. Die Stufen des Lebens.

---

# Glück, Dritter Teil.

(Gedruckt bis 30. Tausend.)

Geheftet 3 Mk., gebunden 4 Mk.,
in Liebhaberband 5 Mk. 50.

### Inhalt:

1. Duplex est beatitudo. (Zweierlei Glück.)
2. Was ist Glaube?
3. „Wunderbar soll's sein, was Ich bei dir tun werde."
4. Qui peut souffrir, peut oser.
    Anhang: Krankenheil.
5. Moderne Heiligkeit.
6. Was sollen wir tun?
7. Heil den Enkeln.
8. Excelsior.

Druck:
Customized Business Services GmbH
im Auftrag der
KNV Zeitfracht GmbH
Ein Unternehmen der Zeitfracht - Gruppe
Ferdinand-Jühlke-Str. 7
99095 Erfurt